Quase antologia

Carlos Heitor Cony

Quase antologia

As melhores crônicas de
Carlos Heitor Cony na *Folha de S.Paulo*

ORGANIZAÇÃO E APRESENTAÇÃO Bernardo Ajzenberg

Copyright © 2018 Três Estrelas – selo editorial da Publifolha Editora Ltda.

Todos os direitos reservados. Nenhuma parte desta obra pode ser reproduzida, arquivada ou transmitida de nenhuma forma ou por nenhum meio sem a permissão expressa e por escrito da Publifolha Editora Ltda., detentora do selo editorial Três Estrelas.

EDIÇÃO Rita Palmeira
EDITORA-ASSISTENTE Livia Deorsola
PRODUÇÃO GRÁFICA Iris Polachini
CAPA E PROJETO GRÁFICO DO MIOLO Mayumi Okuyama
FOTO DA CAPA Ana Carolina Fernandes/Folhapress
EDITORAÇÃO ELETRÔNICA Jussara Fino
PREPARAÇÃO Thais Rimkus
REVISÃO Débora Donadel, Carmen T. S. Costa e Bia Abramo
ÍNDICE REMISSIVO Alvaro Machado

Dados Internacionais de Catalogação na Publicação (CIP)
(Câmara Brasileira do Livro, SP, Brasil)

Cony, Carlos Heitor, 1926-2018
   Quase antologia: as melhores crônicas de Carlos Heitor Cony na Folha de S.Paulo / organização e apresentação Bernardo Ajzenberg. – São Paulo: Três Estrelas, 2018.

   ISBN 978-85-68493-51-9

   1. Cony, Carlos Heitor, 1926-2018 2. Crônicas brasileiras 3. Folha de S. Paulo I. Ajzenberg, Bernardo II. Título.

18-18118   CDD-869.93

Índice para catálogo sistemático:
1. Crônicas jornalística: Literatura brasileira   869.93

Este livro segue as regras do Acordo Ortográfico da Língua Portuguesa (1990), em vigor desde 1º de janeiro de 2009.

TRÊS
ESTRELAS

Al. Barão de Limeira, 401, 6º andar
CEP 01202-900, São Paulo, SP
Tel.: (11) 3224-2186/2187/2197
editora3estrelas@editora3estrelas.com.br
www.editora3estrelas.com.br

Sumário

14 **Apresentação**
   O primor da coisa simples *Bernardo Ajzenberg*

19 Converter os convertidos
20 De Proust a Agnaldo Timóteo
22 Jamelão
23 Evocação
24 Anúncios e reclames
25 A lei e a misericórdia
26 *Santo subito*
28 Ondas e mulheres
30 Êxodo nacional
31 Paus de arara
32 O penico de Napoleão
33 Coisas que acontecem
34 Einstein e eu
35 Laranjas de hoje e de ontem
36 Jair Rosa Pinto
37 Heidegger e a pizza
38 Delações premiadas
39 Considerações sobre o trigo

40	O som carinhoso
41	As armas e os varões
42	Bonzos e bonzerias
43	Greve de voto
44	Saudavelmente corretos
45	Guerra geral
47	"Abram isso! Abram isso!"
48	Regatas
49	Amenidades e leitores
50	A razão da idade
52	No meio do silêncio
53	Não sabiam de nada
54	Liberdade de expressão
56	O roto e o esfarrapado
58	Os Rolling e o Senhor do Bonfim
59	As estátuas falam
60	O sobe e desce
61	Um chato de chapéu
62	Carequinha, o bom
63	Meditação ou chocolate
64	A infância da Terra
65	As faces de Macunaíma
66	Bagdá é aqui
67	Rosa e Machado
68	O ovo e a galinha
69	Chuteiras e bandeiras

70	A lenha e a depressão
71	O gato e a missão
72	Tom e Vinicius
73	O homem da imprensa
74	Chá da meia-noite
75	O barco e o sol
76	Presidente bombeiro
77	O demônio do poder
78	Cadê Braguinha?
79	Otários
80	Soberania e paz
81	Lição e memória
82	Tempos de Mustafás
83	Como tirar um cavalo da chuva
84	Poder é poder
85	A ameaça das águas
86	UTI da palavra
87	O coaxar das rãs
88	Bergman
89	Lua de mel em Bariloche
90	Réquiem para o indivíduo
91	O direito à verdade
92	Opinião sobre as vacas
93	Guevara
94	Bafio perigoso
95	As palmeiras de dom João VI

96	Como dominar o mundo
97	A fome da greve
98	Bimbalham os sinos
99	Uma foto e um fato
100	Fantástico! Inacreditável!
101	A farra dos lápis
102	Direito e dever
103	Medas e persas
104	O pau e o gato
105	Elis Regina e a dengue
106	Encontros sociais
107	A Torre de Babel
108	Maio de 1968
109	As barcas de Niterói
110	A grande noite
111	Machado e a bossa nova
112	O Rio e seus rios
113	Dercy
114	Verdades verdadeiras
115	Perguntas não inocentes
116	Alegorias de Mao
117	Conhecer e punir
118	Lagostas e frangos
119	Um filho sem mãe
120	O presidente
121	*Data venia*

122   A plebe rude
123   "Olha a crise!"
124   O rosto e a luta
125   Nota dez
126   Vara de marmelo
127   Eutanásia
128   *Pecunia non olet*
129   Comunhão e excomunhão
130   Um caso pessoal
131   Favelas e guetos
132   O suicida da Lagoa
133   Desculpa esfarrapada
134   Elogio do carro de boi
135   O máximo das máximas
136   Uma entrevista
137   Coisas
138   Alhures, a desoras
139   Dois gigantes
140   Poluição visual
141   Biografia de um bigode
142   Do hino nacional
144   Voltando a um tema
145   Vil pecúnia
146   O vermelho e o negro
147   Homens & mulheres
148   Nostalgia da verdade

149	Do próspero
150	Conflitos e repressão
151	A lágrima
152	Viver custa caro
153	Esses temíveis vilões
154	Teclas e botões
155	Respeitável público
156	Melancolia de um carioca
157	Maiúsculas e minúsculas
158	Por outro lado
159	Pensamentos imundos
160	Verdades históricas
161	Vidros e vidraças
162	A grande briga
163	Sinfonia macabra
164	As Guerras Púnicas
165	Política e vida pública
166	Direita e esquerda
167	Sabedoria política
168	Pau de sebo
169	Amor virtual
170	A memória que falha
171	Fígado de bacalhau
172	Urubus assassinos
173	A favorita do sultão
174	O barro e o macaco

175	Sua Excelência, o leitor
176	Ponte aérea
177	O tempo do tempo
178	O terrorista emérito
179	Tempos suculentos
180	Piadas
181	Médicos e monstros
182	O partido que falta
183	Pelas barbas de Lula
184	A véspera do tudo e do nada
185	Torre de Babel
186	Galeria Alaska
187	É preciso navegar?
188	Niterói era a salvação
189	A noite escura
190	Um julgamento histórico
191	O túmulo e o sanduíche
192	A sustentabilidade do carioca
193	Um mistério na redação
194	Contra ou a favor
195	O julgamento de Frineia
196	Dosimetria
197	Deus seja louvado
198	Bocas de fumo
199	Poltrão e lírico
200	Prece para um ano novo

201	*Deus vult!*
202	Merleau-Ponty
203	*Urbi et orbi*
204	Polêmicas
205	(Risos)
206	Uma lição do passado
207	Gatos-pingados
208	Sempre foi assim
209	Expedição infringível
210	Emigrar é preciso
211	Deus
212	A grande solução
213	Recados
214	Da pátria e dos esparadrapos
215	*De profundis*
216	Pílulas de vida
217	Chaplin e Hitler
218	O Concílio e o Kama Sutra
219	O equívoco
220	A voz no deserto
221	Evoé
222	O suicídio e a lucidez
223	Alta rotatividade
224	*Gementes et flentes*
225	Neymar e a Renascença
226	Uma vaca profanada
227	Ghiggia

228 Caetano e Gil
229 O Brasil eterno
230 O grande mudo
231 Realmente, nunca houve
232 Judas
233 Uma noite no mar Cáspio
234 O Carnaval e o menino
235 Sugestão salvadora
236 O *felix culpa*
237 Em nome do Pai
238 Maria Antonieta
239 Agora vai
240 Testamento
241 O heroísmo de Carlos Alberto Torres
242 Uma tragédia que poderia ser evitada
243 Descobri que nada de comum havia entre meus dois nascimentos
244 Dois de cada espécie
245 Se eu morrer amanhã
246 Governar o Brasil não é difícil nem impossível: é inútil
247 A raiz dos ódios
248 A cabana do pai Donald Trump
249 A morte da bezerra
250 Da circunstância de ser corno
251 Procura-se um homem
252 Uma carta e o Natal

255 Índice remissivo

Apresentação

O primor da coisa simples
Bernardo Ajzenberg

Carlos Heitor Cony (1926-2018) é uma figura ímpar entre os cronistas de um país que prima pela alta qualidade no gênero. Não só por ter se mantido tantas décadas em atividade – estreou no jornalismo em 1952 e na crônica dez anos depois –, com uma produção inacreditável de milhares de textos, como principalmente por tê-lo feito ao som de um mesmo diapasão, marcando com seu enfoque único os acontecimentos maiores ou menores que conformam o dia a dia, os momentos mais ou menos relevantes que constituem essa obra em permanente construção, com brutais avanços ou recuos, chamada Brasil.

As crônicas reunidas neste volume foram publicadas entre 2005 e o final de 2017 na página 2 da *Folha de S.Paulo*, onde Cony assinava a coluna "Rio de Janeiro". Trata-se de um período que não só marca a produção última de um autor que, sem temer necessariamente a morte, sabe que a régua da vida é finita, como também em que a arte de escrever "muito" em poucas linhas alcança, no seu caso, dimensões antológicas. Nessa época, Cony também escreveu textos na "Ilustrada", para os quais dispunha de um espaço bem maior do que o que lhe era reservado na página de editoriais e opinião (uma coletânea desses artigos publicados no caderno cultural do jornal foi lançada em 2004 pela Publifolha, sob o título de *O tudo e o nada*). Essa diferenciação merece ser destacada, pois não se trata apenas de uma questão de tamanho de texto. A exigência de escrever dentro de um limite de cerca de 1.700 caracteres, como no caso dos textos da presente seleção, implica uma específica capacidade de síntese, uma escrita de confecção árdua cujo produto final, se aparece aos olhos do leitor como "a coisa mais simples do mundo", é fruto de muita técnica, agudeza, perspicácia e experiência.

Os textos que o leitor tem agora em mãos testemunham que seu autor tinha tudo isso de sobra – e muito mais: humor, ironia, desprendimento, além de uma grande qualidade a que todo "homem de letras" deveria almejar, que é a de não se levar demasiadamente a sério. Versado em autoironia, Cony se definiu como um "anarquista triste e inofensivo"; um ateu ou um agnóstico, apesar da formação intensa de seminarista. Nunca viu a si mesmo como um "jornalista político", mesmo nos momentos em que mais opinou sobre a política nacional ou internacional. Ao lado do saudável senso da galhofa, nutriu o de uma nostalgia não declarada – embora sem nenhum saudosismo barato –, expressa nos textos por meio de reminiscências, memórias, revelações.

Esse traço atemporal, porém, jamais o afastou da essência da crônica literária: partir do dia a dia, dos fatos imediatos, dos detalhes de um episódio aparentemente banal ou inexpressivo, para, com a mente dilatada, destilar suas análises, expor elucubrações, devanear de modo ilustrativo, especular com inteligência e criatividade, levar o leitor, enfim, ao entendimento de que as coisas nunca se esgotam nas notícias das últimas 24 horas. Partir do concreto – um crime, um discurso, uma partida de futebol, um slogan, um bate-boca no Congresso, uma sentença judicial – para convidar o leitor a travar um bate-papo inteligente ao pé da página, fruindo a realidade, por mais amarga que esta seja, como uma obra de arte mais ou menos desconfortável concebida pelos homens em seus conflitos e filtrada por uma pena cirúrgica, de verve ao mesmo tempo sutil e incisiva.

Cony nasceu em Lins de Vasconcelos, na zona norte do Rio de Janeiro, em 14 de março de 1926. De 1938 a 1945, estudou no Seminário Arquidiocesano de São José, no Rio Comprido. Entrou na Faculdade Nacional de Filosofia da Universidade do Brasil (hoje Universidade Federal do Rio de Janeiro) em 1946, abandonou o curso no ano seguinte e frequentou de 1948 a 1950 o Curso de Preparação de Oficiais da Reserva (CPOR). Em 1952, estreou no jornalismo, desenvolvendo até o final de sua vida uma carreira em que exerceu funções de chefia em diferentes redações, destacou-se como cronista e colunista, além de atuar como romancista consagrado (escreveu dezessete livros do gênero) e até mesmo como autor de novelas para a televisão, no final da década de 1980.

Membro da Academia Brasileira de Letras (ABL), sempre foi um prosador incansável e pródigo na produção literária e jornalística. Uma sensibilidade à flor da pele, aguçada por uma espécie de paixão desabrida por sua cidade natal, por seu país e por algumas das grandes metrópoles do planeta, bem como um individualismo desassombrado, tornaram-no um observador e um comentarista sem igual dos "tempos suculentos" – título de uma das crônicas aqui reunidas – em que viveu. À parte a questão da sua qualidade estilística, o critério principal utilizado para selecionar os textos apresentados neste volume se baseou na necessidade de expor justamente a abrangência temática do cronista.

Assim, há neste livro textos sobre a situação política do país em que Cony não hesita em ironizar ou atacar os governantes de plantão, qualquer que seja o seu viés ideológico; crônicas sobre eventos esportivos que galvanizam as atenções de milhões de pessoas; comentários a respeito de acontecimentos artísticos e culturais; breves perfis de figuras emblemáticas de diferentes áreas (música, cinema, jornalismo, futebol, história); historietas tipicamente cariocas, em cujos textos se explicita uma sensibilidade aguçada para a descrição da mutante paisagem urbana do Rio de Janeiro. Há textos sobre a história da humanidade (ele sempre foi obcecado pelas chamadas Guerras Púnicas, por exemplo), mas comumente tomando como "gancho" um fato do momento. E há ainda aqueles sobre temas sociais polêmicos – o autor nunca teve medo deles –, como a questão do aborto, da eutanásia, do próprio exercício do jornalismo ou da descriminalização do uso de drogas.

Cony costumava dizer a amigos que Shakespeare não escreveu suas peças pensando em fazer obras-primas. Escreveu porque gostava e precisava. Se elas se tornaram obras-primas com o passar do tempo, é outra questão. Pois foi assim, com esse espírito de "operário da palavra", que ele, Cony – obviamente sem jamais ter se atribuído qualquer tipo de comparação com o célebre bardo inglês –, acabou por compor a partir do simples e do cotidiano, como mostra o conjunto destas crônicas, a sua própria obra-prima.

São Paulo, maio de 2018

Bernardo Ajzenberg é escritor e tradutor. Foi ombudsman e secretário de Redação da Folha de S.Paulo.

Converter os convertidos

Continuo achando sem sentido a campanha que está sendo feita aqui no Rio contra a violência, baseada numa palavra de ordem: "Basta" – no momento, não sei se colocaram um ponto de exclamação, mas, com exclamação ou sem, a cruzada deve ser louvada pela boa intenção, não por sua eficácia.

Aliás, as passeatas, os comícios, as concentrações religiosas, os espetáculos e os eventos culturais e artísticos destinados a mobilizar a sociedade contra a violência pecam por um simples detalhe: convertem os convertidos, convencem os já convencidos.

É conhecida e bastante citada aquela história atribuída a Garrincha. Na concentração, o técnico deu instruções para derrotar os russos, explicou o que cada um deveria fazer, a vitória seria certa. Garrincha perguntou se os russos sabiam daqueles planos e, se sabiam, se concordavam com eles.

Acontece o mesmo com a violência. Todos concordamos que é urgente dar um basta ao crime, organizado ou não. E, cá entre nós, os governos são os primeiros a saber disso – não por espírito público, mas por cálculo eleitoral. Pelo menos aqui no Rio, todos os governadores, bons, maus ou mais ou menos, foram derrotados por não terem acabado com nem diminuído a violência na cidade.

Como os russos da piada do Garrincha, os bandidos não tomam conhecimento do "Basta"; se tomam, pouca importância dão ao clamor da sociedade. Quanto aos eventos – shows do Zeca Pagodinho ou de alguma banda de sucesso –, é possível que até mesmo os bandidos se empolguem com os espetáculos, participando deles como qualquer um, dançando e cantando, aplaudindo o "Basta" gritado nos intervalos, mas sem misturar diversão com ofício.

Findo o show, o comício, a missa, o espetáculo teatral, voltam ao trabalho, pois é preciso ganhar a vida, geralmente à custa da vida dos outros.

13.1.2005

De Proust a Agnaldo Timóteo

O amigo admite: "Eu fazia um péssimo juízo de mim mesmo. Julgava-me um idiota desde os quinze anos, quando tentei ler Proust. Nunca ia além da página 50 ou 60. No Carnaval passado, decidi fazer uma higiene mental, apanhei o Proust e, maravilha, devorei os sete volumes, devagarinho. Agora posso me olhar no espelho".

Milhares de leitores tiveram experiência igual: forçaram a barra antes do tempo e empacaram. É preciso que tenham acontecido poucas e boas em nossa vida pessoal.

Pensando bem, o caso de Proust, com variantes, pode ser aplicado a qualquer autor que tenha se dedicado aos labirintos do homem. Machado de Assis me vem logo à memória.

Pulando de Proust e Machado para autores mais atuais, gostaria de falar de Agnaldo Timóteo, que não chega a ser autor, embora seja de sua autoria um episódio que escandalizou a nação.

Ao estrear na tribuna da Câmara dos Deputados, em Brasília, faz tempo, creio que uns vinte anos, foi pichado por editoriais e cronistas da grande imprensa. Chegaram a falar de falta de decoro parlamentar, de necessária cassação de seu mandato.

Não votei nele, mas curti adoidado sua ida à tribuna, com telefone à mão, pedindo a bênção de sua mãe para o instante em que inaugurava um momento que ele julgava importante em sua trajetória individual.

O presidente da casa (não lembro quem era) espinafrou-o soberanamente, baseado no regimento interno. De minha parte, fiquei emocionado com o espalhafatoso cantor de voz possante, repertório cafona, menino pobre que deu duro para chegar a algum lugar.

Ele prestou, a sua maneira, homenagem ao Poder Legislativo e ao ofício de deputado, que andavam por baixo. Havíamos atravessado anos de arbítrio e, com as exceções de praxe, o Legislativo habituara-se às humilhações do Executivo.

De repente, um homem simples é eleito, vai à Câmara, e seu primeiro gesto é pedir a bênção de sua mãe. Senti que alguma coisa ficou faltando em Proust e em Machado de Assis.

25.1.2005

Jamelão

Aos 91 anos, José Bispo dos Santos, que é Jamelão para todos os efeitos, declara-se na prorrogação, diz que está no lucro. Apesar disso, reclama que a Mangueira quer aposentá-lo como puxador de samba, ele, que continua sendo o maior de todos, consenso e referência das escolas de samba.

Aliás, Jamelão também reclama quando o classificam de "puxador" de samba. Ele se define como intérprete de samba-enredo, ainda que seja bem mais do que isso. Assisti recentemente a um programa especial sobre ele e, apesar de malfeito, de mal gravado e de mal tudo, fiquei, como sempre, comovido com sua voz, voz arrancada de dentro dele. Não se perde uma palavra de seu canto fundo, caixa de ressonância da dor, do ciúme, da distância.

Curiosamente, Jamelão parece autor das músicas que canta, embora poucas sejam de fato de sua autoria, como o clássico "Fechei a porta". Mas quem garante que seus dois maiores sucessos, "Folha morta", de Ary Barroso, e "Matriz e filial", de Lúcio Cardim, não são dele? Sua interpretação é tão sincera, tão dolorosa em alguns momentos, que as duas canções passam a ser dele, metabolizadas por sua voz, seu jeito de dizer a letra, de ir do grave ao agudo, até mesmo desafinando um pouco, mas na hora certa de desafinar.

Um de seus sonhos, parece que ainda não realizado, é gravar um disco só com músicas de Lúcio Cardim, que se tornou vítima preferencial do próprio Jamelão – tudo o que ele fez acabou pertencendo mais ao intérprete do que ao autor.

É o caso daquele "quem sou eu" que começa "Matriz e filial". O "eu" em tom grave é Jamelão puro, só dele, parece que ninguém mais tem o direito de se proclamar "eu". Outro sucesso de Cardim que é mais do cantor do que do autor: "Eta dor de cotovelo". Nem mesmo o repertório tão pessoal de Lupicínio Rodrigues resiste à voz de Jamelão, voz arrancada das entranhas da terra, de um mundo que só ele viveu.

12.2.2005

Evocação

Nunca fui chegado a desfiles de escolas de samba – sei o que estou perdendo, mas passo relativamente bem sem eles. Mesmo assim, sempre me interessei pela apuração após a grande festa – não pelo desfile propriamente dito, mas pela torcida em que predominavam duas entidades que o Carnaval carioca tornou famosas: dona Zica e dona Neuma. Devem estar no reino dos céus, agora, sem necessidade de torcer pela Mangueira, da qual eram, ao mesmo tempo, sacerdotisas, oráculos e talismãs.

Com emoção e pasmo, eu acompanhava a aflição delas quando se apuravam os votos dos jurados relativos ao desfile mangueirense. Elas sofriam o diabo, e a imprensa em peso, rádio e TV juntos, se fixava nelas. A cada voto, as duas gemiam e choravam – não neste vale de lágrimas, mas na sala da Riotur. Ai, Jesus! Minha Nossa Senhora! Valei-me, Senhor do Bonfim! Ai, que não aguento mais! Tenha misericórdia de nós!

Tiravam a pressão delas, temia-se por um desenlace. Nem sempre ganhavam, mas as súplicas eram as mesmas. Transcenderam ao Carnaval, aos desfiles, nada se fazia no mundo nem no Brasil sem que o pessoal da mídia as consultasse. Sem ouvir dona Neuma e dona Zica, perdia-se a bússola, nada se entendia de nada, e tudo ficava dolorosamente problemático. Elas eram consultadas sobre a explosão daquela nave espacial, sobre a doença de Tancredo Neves, sobre a pílula do homem, os buracos negros do Universo, as contas de PC Farias no exterior.

Sinto falta delas e acho que fazem falta ao Brasil. Ficou mais difícil encontrar nosso caminho, optar pelos rumos de nosso desenvolvimento, estabelecer prioridades nacionais. Nem sei como estamos sobrevivendo sem elas.

Acredito muito nessas coisas. Até hoje não encontramos os ossos de Dana de Teffé, e atribuo todas as nossas mazelas a esse enigma não decifrado. Minhas esperanças estavam centradas em dona Neuma e dona Zica. Mas elas se foram e nos deixaram no inverno de nossa desesperança.

13.2.2005

Anúncios e reclames

No tempo dos bondes, além da paisagem, que corria lenta e paralela pelo lado de fora, havia os anúncios, que eram chamados de reclames, espalhados pelas cantoneiras laterais do veículo. Pelo menos um deles tornou-se famoso, com a quadrinha atribuída por uns a Olavo Bilac, por outros a Bastos Tigre: "Veja, ilustre passageiro, o belo tipo faceiro etc. etc.".

Nunca tomei o peitoral recomendado pelo reclame, tampouco quase morri de bronquite como o belo tipo faceiro a meu lado. (Geralmente, não era tão faceiro assim.) No entanto, havia um anúncio que me causava horror. Um sujeito desesperado, com a pistola apontada para a própria cabeça, estava prestes a se matar. Um amigo aparecia de repente e gritava: "Não faça isso!". E receitava um tal de Elixir 914, que era tiro e queda para acabar com a sífilis, que era mais terrível na ortografia antiga, "syphilis".

Não lembro se já tentei um dia acabar com minha vida. De qualquer forma, não foi por culpa da sífilis que nunca tive, mas por causa das mulheres que tive. E que, por pérfida maquinação do destino e de mim mesmo, deixei de ter. Pulo para os anúncios, que agora não são mais reclames, e sim publicidade eletrônica.

Por mais que me ensinem a me livrar deles, toda vez que abro o notebook, vem a enxurrada que me ensina a encomprindar o pênis 2 centímetros por mês (precisaria de um carrinho de mão para carregá-lo), a tomar Viagra com a antecedência certa e, o mais inútil de todos, a deixar de fumar em apenas sete dias.

Em respeito aos bons costumes e por questão de decência, não devo comentar os dois primeiros. Quanto ao terceiro, não pretendo deixar de fumar em sete dias nem em sete eternidades. Agora mesmo encomendei duas caixas de Cohiba Pirâmide e os deliciosos Romeo y Julieta, enrolados em capinhas de cedro. Já que não posso viver satisfeito, espero morrer satisfeitíssimo.

10.3.2005

A lei e a misericórdia

O caso da moça que deseja morrer por estar há anos numa vida vegetativa se transformou em um assunto que empolgou a opinião pública mundial, o governo e o Judiciário dos Estados Unidos, autoridades religiosas de todos os credos, cientistas e curiosos em geral.

Basicamente, discute-se a legalidade de se tirar a vida de alguém que em teoria está morto. Além do mais, a própria doente havia implorado, diversas vezes, em surtos de lucidez no passado, a clemência de que a matassem.

A sociedade é puritana, e o puritanismo é hipócrita. Pode-se até afirmar que o fundamento do puritanismo seja a hipocrisia. Talvez eu esteja exorbitando na analogia, mas vou dar um exemplo da contradição desse prurido legal. A pena de morte, que não aceito em caso nenhum, é legal em numerosos países, sobretudo naqueles marcados pelo puritanismo mais radical.

São diversos os modos de aplicar a pena de morte, mas dois deles, o fuzilamento e o enforcamento, nem sempre acabam com a vida do condenado. Precisam do tiro de misericórdia ou do puxão final que o carrasco dá no condenado quando o laço da forca, por algum defeito, não quebra o pescoço da vítima.

Em algumas legislações, a falha na execução livra o condenado da pena capital, dando-se a sociedade por saciada em sua fome de punir o criminoso, que cumprirá outro tipo de pena. Mas o tiro de misericórdia, desferido individualmente pelo comandante do pelotão, ou o puxão suplementar que o carrasco dá na corda, muitas vezes agarrando-se nas pernas do enforcado para lhe aumentar o peso, têm a finalidade de impedir o sofrimento inútil e até mesmo o sepultamento em vida. É, de certa forma, um benefício que o Estado presta ao condenado, evitando que ele sofra além da pena.

É legal enforcar ou fuzilar nos países que adotam a pena de morte. O sofrimento desnecessário transcende a pena. Abreviá-lo é um gesto humanitário.

29.3.2005

Santo subito

Querendo ou não, o assunto dos últimos dias continua sendo a morte de João Paulo II. Durante seu funeral, uma faixa chamou a atenção de todos: "*Santo subito*". Em tradução literal, "santo já", "santo logo", "santo imediatamente".

Todos sabemos, e o próprio João Paulo II disse várias vezes, que a Igreja Católica não é uma instituição democrática. É uma monarquia não dinástica, o soberano é eleito por um colegiado, como nos regimes parlamentaristas, e os cardeais que o compõem não são escolhidos pelo povo. É complicado explicar, mas é assim mesmo.

A faixa estendida na praça de São Pedro trazia um apelo fortemente popular. E, no encerramento da cerimônia, quando o caixão do papa saía das vistas do povo e entrava na basílica, o grito partiu de toda aquela multidão:

— Santo! Santo! Santo!

Uma canonização apressada, mas espontânea, sem cabos eleitorais, inesperada. Expressava um sentimento geral.

Sabemos como é complexo o processo de canonização, são necessários mil requisitos, testemunhos, milagres, há até mesmo a figura do advogado do diabo, criação estupenda da tradição católica, um promotor com dezenas de auxiliares que esmiúçam a vida e as obras do candidato a santo, procurando por pecados, falhas e omissões.

Tratando-se de pessoa desconhecida, a tarefa pode ser mais fácil para o tal advogado, haverá sempre uma zona ignorada sobre a vida real daqueles que morrem em "odor de santidade", pitoresca expressão que cria a expectativa de um novo santo.

No caso de um papa, e de um papa de intensa exposição como João Paulo II, a tarefa desse advogado será mais difícil. Não bastará a negação das virtudes pessoais que constituem a base para a canonização.

Ele terá de especular sobre as consequências do pontificado que se encerrou, e isso demanda tempo e perspectiva. No caso do papa que mais santos elevou aos altares, a pressão do povo, talvez pela primeira vez na história da Igreja Católica, será decisiva e mandará o advogado do diabo ao diabo.

11.4.2005

Ondas e mulheres

Manhã dessas de domingo, decidi tomar um pouco de sol e evitei Ipanema, onde costumo encontrar conhecidos que de certa forma me atrapalham. Aproveito o sol, mas aproveito principalmente a solidão em que mergulho, lembrando coisas e esquecendo outras, remetendo-as para o lixo da memória.

E há sempre o importuno que pergunta alguma coisa a que eu tenho preguiça de responder ou o desinformado que me saúda pensando que ainda sou o Fernando Sabino.

Como disse, fui para Copacabana e me sentei no banco em que colocaram a estátua do poeta Carlos Drummond de Andrade. Só que eu fiquei virado para o mar, e ele, pernas cruzadas e livro no colo, ficava de costas para a praia.

Estou quieto, olhando as ondas e admirando as mulheres, quando um casal de jovens se aproxima e fica olhando a estátua do poeta. Olham, olham, procuram decifrar quem é aquele homem imobilizado no bronze.

De repente, o rapaz tem um clarão e diz para a moça:

— Acho que é o Renato Russo! Ouvi dizer que fizeram uma estátua dele!

Há um momento de dúvida no casal. Chegam mais perto, examinam melhor o rosto do poeta, sinto que desejam tirar a dúvida. A pessoa mais próxima sou eu. Timidamente, o rapaz pergunta se é mesmo o Renato Russo imortalizado, ali a meu lado.

Com gentileza rara em mim, digo que não, que não é o Renato Russo, que é o Cazuza. O Renato Russo está em Ipanema, e a praia em que estávamos era Copacabana.

Foi a vez de a moça exultar. Deu um pulinho, fez o rapaz tirar a máquina fotográfica da mochila. Olharam em torno à procura de um voluntário que lhes tirasse a foto. Fiz que não estava percebendo, mas a moça foi delicada, perguntou se eu poderia fazer o favor.

Levantei-me, os dois sentaram-se juntos no banco. Logo pensaram melhor e ficaram cada qual a um lado do poeta, abraçando-o. Pedi que olhassem o passarinho e bati a foto. Agradeceram e seguiram, contentes. Eu voltei a olhar as ondas e as mulheres.

28.4.2005

Êxodo nacional

Devo estar defasado ou completamente por fora do que vem acontecendo no Brasil. Ouvi, como todo mundo ouviu, o conselho do presidente Lula para que tiremos o traseiro dos bancos que cobram juros altos e transportemos civicamente o traseiro para outros bancos, nos quais certamente os juros serão menores.

A totalidade da mídia tomou o conselho presidencial como uma condenação ao comodismo nacional, que se habituou a sentar o traseiro num canto e a esperar que chova dos céus ou suba dos infernos a salvação de nossos problemas.

Dou de barato que Lula tivesse tal intenção, a de criticar o comodismo de todos nós. Mas não foi por aí que me espantei com sua declaração. Comodismo por comodismo, somos comodistas desde 1500, desde o descobrimento, ou achamento, do Brasil. A primeira reportagem feita sobre o país já mencionava esse comodismo. Pero Vaz de Caminha registrou que tudo dá neste país abençoado por Deus e bonito por natureza, desde que "em se plantando" – uma forma de não ser comodista.

O que me espantou na fala presidencial foi o velado cinismo em relação às taxas que todos pagamos, independentemente do lugar onde botamos o traseiro. Os juros que os bancos cobram são de fato altíssimos, mas é o governo que os alimenta e incentiva, cobrando também seus juros, acrescidos de impostos – e somos o primeiro ou o segundo país com taxas de juros e impostos mais altos do mundo.

Curioso: em quatro campanhas eleitorais, nem Lula nem o PT fizeram qualquer alusão ao local onde se deve ou não se deve botar o traseiro nacional. Prometiam muitas coisas, entre as quais baixar juros e impostos.

Se ouvirmos seus conselhos de agora, acabaremos levando os traseiros para as ilhas Papuas, onde, segundo consta, os juros bancários e os impostos não chegam a ser obscenos como os nossos.

2.5.2005

Paus de arara

Usuário compulsório do transporte aéreo, com necessidade de me deslocar pelo território nacional e eventualmente para fora dele, estou padecendo, como milhares de passageiros, da continuada crise que se abateu sobre o tráfego aéreo.

Sabemos que as companhias estão com dificuldades, sobretudo as duas maiores, que, em alguns casos, fizeram uma parceria que parece chegar ao fim. A crise não é doméstica, atinge também empresas de países mais ricos e organizados.

Contudo, nosso drama é mais agudo e devastador. França, Alemanha, Espanha, Portugal e Inglaterra, infinitamente menores, são servidos por extraordinárias malhas rodoviária e ferroviária, que, além de dar para o gasto doméstico, fazem conexões entre si.

Não é nosso caso. Tirante o estado de São Paulo, no restante do país é uma temeridade usar o carro para longas distâncias. O avião é a única opção – uma opção cada vez mais problemática. Não em termos de segurança. Os pilotos, as tripulações e as turmas de manutenção que mantêm em uso a combalida frota de que dispomos merecem uma estátua, um panteão.

Por sua vez, o serviço em si, que não depende deles, mas da estrutura e da logística de cada empresa, atingiu um ponto lamentável, até mesmo vergonhoso, em termos de serviço público. Não se trata da irregularidade dos horários, mas dos cancelamentos abruptos de voos em cima da hora, quando as bagagens já estão embarcadas; as conexões, fixadas; os portões de embarque, marcados e explicitados nos painéis eletrônicos.

Isso sem falar do cancelamento de linhas, obrigando os usuários a ir de um ponto a outro em gincanas absurdas. Semana dessas, para ir a uma capital do Nordeste, tive de ir do Santos Dumont a Congonhas, de Congonhas a Guarulhos, de Guarulhos a Brasília e de Brasília a Salvador para, finalmente, chegar ao destino. É evidente que minha mala ficou numa das escalas.

Lula se orgulha de ter sido um pau de arara. Eu tenho raiva de ser um deles.

12.5.2005

O penico de Napoleão

Como qualquer mortal, ou mesmo imortal, volta e meia questiono meus conceitos e minhas atitudes. Ultimamente, olhando tudo em conjunto, o que fiz de ruim e deixei de fazer de bom, tenho vontade de subir à montanha e pedir clemência, implorar o perdão de todos. Entre meus pecados está o de nunca ter levado a humanidade a sério, desprezar os bons propósitos, a moral e a compostura. Estava começando a mudar de opinião, achando que eu exagerava – bolas, impossível que a humanidade não tenha alguma coisa de aproveitável.

Durou pouco meu discreto arrependimento. Li nos jornais, na semana que passou, que o penico de Napoleão será posto em leilão, pela casa Bonhams, em Londres. O lance inicial será modesto, 2.220 euros, mas a expectativa é de que seja arrematado por cerca de 50 mil euros ou 60 mil euros.

Nisso tudo, só absolvo mesmo o imperador, então exilado em Santa Helena, que morreu sem saber que os ingleses estavam fazendo um penico especial para ele. Consultei o *Memorial de Santa Helena*, de Las Cases, para verificar se havia qualquer referência ao penico. Não há. Não tenho informações para descrer do penico. Tampouco para acreditar nele. E aí está o arrependimento do arrependimento que começava a sentir pelo fato de nunca ter levado a humanidade a sério. Segundo a Bíblia, que ainda é a referência maior para nós, ocidentais, logo após a queda de nossos primeiros pais, o Criador condenou-nos todos: os homens, a ganhar o pão com o suor do rosto, as mulheres, a parir os filhos com dor.

Entre as maldições lançadas, o Criador não incluiu esta, a de valorizarmos um penico, ainda que um penico nobre, destinado a servir a um ex-imperador do tamanho e do feitio de Napoleão.

Nunca tive um penico que pudesse considerar meu. Acho que meu avô tinha um. Não fez parte da herança familiar e não devia valer 2.200 euros. Não fico ressentido com isso. Afinal, o avô não era imperador, mas simples chefe de estação em Barra do Piraí.

22.5.2005

Coisas que acontecem

Não é para bagunçar o coreto da história, mas já me garantiram que quem está sepultado no Memorial JK, em Brasília, não é o ex-presidente, e sim um indigente anônimo. Não chega a ser novidade. Outras fontes afirmam que Napoleão não está em Paris, naquela suntuosa tumba que ergueram para ele. Ali repousa, esperando a ressurreição dos mortos, um sargento inglês que integrava o grupo de Hudson Lowe, o responsável pela guarda do prisioneiro na ilha de Santa Helena.

No caso de JK, por ocasião de sua morte na Rio-São Paulo, houve alguma confusão. Ele seria velado aqui no Rio, no Museu de Arte Moderna, no aterro do Flamengo. Mas dona Sarah pediu a mim e a Murilo de Melo Filho que fôssemos ao IML com a nova ordem: o corpo seria velado no saguão da Manchete, como de fato foi.

Ao saltarmos na calçada do IML, o repórter Tarlis Batista nos perguntou o que fazíamos ali. Sendo nosso companheiro de redação, dissemos a verdade: levar o corpo para onde dona Sarah ordenara. Subimos, falamos com os responsáveis (o corpo de JK e o do motorista Geraldo ainda não haviam chegado ao necrotério) e descemos. Do lado de fora, vi um rabecão saindo da garagem do instituto, com Tarlis Batista ovante, no banco da frente, pedindo ao povo que abrisse caminho. Meia hora depois, o velório teria início com gente aos prantos, no saguão da Manchete.

O dia amanhecendo, outro rabecão do IML chegou com os dois corpos verdadeiros, vindos do necrotério. O pasmo do motorista e de seu ajudante foi enorme. Já havia velório, muita gente então, inclusive Elio Gaspari e algumas autoridades. Bestificado, o pessoal do IML passou em marcha lenta pelo edifício, avaliou a situação e decidiu voltar, levando o corpo de JK e de seu motorista para não sei onde. Ia ser complicado substituir os dois ataúdes que já estavam cobertos com a bandeira nacional.

Quem não quiser acreditar não acredite.

4.6.2005

Einstein e eu

Como todos sabem, após a morte de Einstein, em 1955, o patologista de plantão no hospital universitário de Princeton, Thomas S. Harvey, fez a autópsia do cadáver e, por conta própria, tirou o cérebro do gênio e o levou para casa a fim de estudá-lo e descobrir onde se localizava a genialidade do falecido. Foi demitido.

Mas persistiu nos estudos, seccionando o órgão em duzentos pedaços que foram analisados por vários cientistas. Em 1993, um deles, S. S. Kantha, do Instituto de Biociência de Osaka, no Japão, estudando a parte que lhe coube, concluiu que uma falha na região conhecida como "área de Brodmann 39" explicaria o fato de Einstein só ter começado a falar depois dos três anos de idade.

Aí é que entro eu. Nasci na mesma data do gênio, 14 de março – com alguns anos de diferença, é lógico. Na mesma data, nasceram Castro Alves, Glauber Rocha e Abdias do Nascimento. Em termos zodiacais, eu estaria bem acompanhado. Não seria por aí que explicaria meus fracassos nem minhas penas.

Acontece que também fui mudo até os cinco anos, superando Einstein folgadamente com a tal falha na área de Brodmann 39. Se a genialidade dele se explica pela falha no complicado sistema de seus neurônios, eu deveria ser mais gênio do que ele. E, ai de mim!, mal passei das quatro operações, as quais custei a aprender e que hoje domino relativamente bem com o auxílio de uma minúscula contadora eletrônica que comprei num camelô da rua Senhor dos Passos (custou 10 reais; pagando 15 reais, poderia ter levado duas).

Espero que, após minha morte, nenhum cientista nem nenhum faxineiro de hospital se apodere de meu cérebro para estudar a tal falha que, em vez de me tornar gênio como Einstein, me fez incapaz de compreender não apenas as teorias da relatividade, a física quântica e a expansão do Universo, como, descendo ao nível da humanidade comum, nem mesmo a birra que se criou contra Severino Cavalcanti.

18.6.2005

Laranjas de hoje e de ontem

Acredito que ninguém mais duvide da existência do "mensalão". A CPI vai apurar apenas os detalhes do escândalo: quem pagou, quem recebeu, quando e quanto.

Como prática política – e ideológica também, embora não haja qualquer ideologia no "mensalão" da vez –, pagar deputados para formar uma base contra ou a favor de um governo é tradição antiga. Sem ir muito longe, basta recordar do Ibad, sigla que já não lembro mais o que significa, acho que Instituto Brasileiro de Ação Democrática ou coisa parecida. *Grosso modo*, seria um "mensalão" cuja finalidade principal e talvez única fosse a de financiar parlamentares que formassem uma linha de ação no Congresso contra o governo de João Goulart, que estava sendo acusado de preparar um golpe para implantar o comunismo no Brasil.

O Ibad era financiado aberta e prodigamente com dinheiro norte-americano. O embaixador dos Estados Unidos, Lincoln Gordon, que teria papel importantíssimo no golpe de 1964, administrava a distância a caixa e os propósitos do Ibad. A operação em si ficara a cargo de brasileiros mesmo, laranjas dos interesses do Departamento de Estado dos Estados Unidos.

Laranjas idealistas, que se reuniam na modesta sala do edifício Avenida Central, aqui no Rio. Um coronel até então obscuro – e bota obscuro nisso – começou a ser falado, repetido e temido: Golbery do Couto e Silva. Acho que esse nome não é estranho para os que viveram aqueles anos hoje chamados "de chumbo".

Em termos operacionais, o chumbo começou lá na pequena sala em que candidatos a isso ou àquilo iam buscar recursos para a campanha de salvação da pátria. Golbery, mais tarde, fundaria o SNI (extensão oficializada do próprio Ibad), que sobrevive hoje na Abin, que tem o mesmo DNA.

O produto final do Ibad foram os 21 anos de regime totalitário. À primeira vista, o mensalão de hoje pareceria inocente, destinado apenas a garantir projetos de rotina do governo. Mas... e depois?

17.7.2005

Jair Rosa Pinto

Na semana passada, morreu Jair Rosa Pinto, aqui no Rio, cidade que ele encantou com o maravilhoso futebol que jogou durante quase duas décadas (1940 e 1950). Com o perdão de Pelé e Garrincha, considero Jair, ao lado de Didi, os dois maiores craques que meus olhos viram jogar.

Bem verdade que o futebol, embora conservando as mesmas regras, mudou de tal forma as táticas que praticamente se transformou em um novo tipo de jogo. Deixou de ser arte para ser esporte. O time tricampeão da Copa de 1970 perderia hoje para o Anapolina. Os atletas, em geral, ganharam resistência, melhor preparo físico. Johnny Weissmuller, campeão olímpico de natação em 1928, perderia hoje para um infantojuvenil do Fluminense. As marcas olímpicas são anualmente superadas.

Voltando ao futebol e, sobretudo, a Jair. Ele jogava parado, como Beckenbauer, a bola ia até ele. Driblava pouco, tinha uma fabulosa visão de jogo, seus passes de 40 metros, tais como os de Didi, colocavam o companheiro frente a frente com o goleiro. Era dono do chute mais potente dos gramados, um chute que até hoje não teve igual.

Integrou o trio atacante mais famoso de nosso futebol (no tempo em que a armação em campo era 2-3-5): Zizinho, Ademir e Jair, trio que brilhou (apesar da derrota final) na melhor seleção que tivemos, a de 1950.

Num jogo em que o Flamengo perdeu para o Vasco, Zé Lins do Rego foi ao vestiário consolar os jogadores de seu time. Quando abraçou Jair, deu um grito:

— Você não molhou a camisa, ela está seca!

O romancista deu um jeito e levou a camisa 10 para a Galeria Cruzeiro, que era, então, o centro do centro do Rio. Fez um comício, um discurso indignado, e queimou a camisa de Jair para provar que não estava molhada

Pouco depois, mesmo sem molhar a camisa 10, durante a Copa de 1950, Jair foi considerado pela imprensa internacional o melhor jogador do mundo.

1º.8.2005

Heidegger e a pizza

No fim da semana passada, começaram os rumores de que se prepara um acordo para abafar as duas CPIs em curso. Vozes isoladas garantem que não há clima para tal e tamanha pizza – mas há cheiro de muçarela derretida no ar, saída quentinha dos fogões a lenha de Brasília.

De todas as hipóteses sobre a corrupção no atual sistema de poder, não podia haver ameaça pior. Deus é testemunha de que nada tenho contra as pizzas, pelo contrário, muito as aprecio. A pizza que está sendo preparada por pizzaiolos experientes, com horas e horas diante dos fornos da política, porém, equivale ao Nada. Repetindo Heidegger, devemos ter a "coragem para temer o nada" ("*Mut zur Angst vor dem Nichts*").

Leitor e, segundo Eduardo Portella, sósia do filósofo alemão, aprendi a temer o nada, procurando ter coragem para isso. Não é fácil. Homens de minha geração acumularam tantas decepções, tantas quebrações de cara, que devíamos ter adquirido coragem suficiente para temer mais um nada, que, desta vez, parece que será mesmo servido em feitio, cor e cheiro de pizza.

Com o fim da Segunda Guerra Mundial, havia a promessa de uma vida livre e prazerosa. Um cartaz espalhado pelo mundo apelava para que todos colaborassem na construção da paz: uma família risonha, pai, mãe, um casal de filhos e um cachorro, numa lancha confortável, mas relativamente modesta, cortando um mar azul e calmo, a areia branca de uma praia com coqueiros ao longe.

Depois, veio o fim da ditadura do Estado Novo; mais tarde, o fim do regime militar, a liberdade abrindo as asas sobre nós, o povo orgulhoso de um país justo e decente. Um político paulista lançou a palavra de ordem: "Desta vez, vamos!".

Não fomos. O político terminou seus dias cassado por corrupção, foi obrigado a fazer cirurgia plástica no rosto para esconder sua vergonha.

Heidegger está certo: devemos ter coragem para temer o nada. Infelizmente, continuo covarde.

4.8.2005

Delações premiadas

Não costumo aderir às modas que se sucedem, sobretudo no campo do jornalismo. Não faz tempo, os redatores usavam o verbo "disparar" no sentido de retrucar, acusar. Outra mania, fartamente adotada pelos membros das atuais CPIs, é usar a expressão "ao fim e ao cabo", que nem sentido faz, além da redundância, e que o bom gosto aconselha evitar.

Moda relativamente antiga nos processos penais e que entrou em circulação nos dias que correm é a delação premiada. Para o uso comum, qualquer delação é odiosa. Durante o regime militar, tivemos uma excelente safra de dedos-duros. Alguns exercem a função de forma gratuita, não pretendiam prêmios nem vantagens, delatavam por amor à arte de delatar. Outros, sem dúvida a maioria, delatavam para ganhar alguma coisa: penas menores em certos casos, dinheiro vivo em outros.

Na atual fase de denúncias e investigações, parece que as porteiras da delação ficaram escancaradas e que os mais comprometidos já negociam os respectivos prêmios, que serão proporcionais ao valor da delação. Potencialmente, todos podem apelar para ela na esperança de lucrar alguma coisa.

A prática é polêmica tanto do ponto de vista moral como do jurídico. Uma coisa é a confissão que revela circunstâncias, motivos e detalhes que poderão esclarecer um crime. A delação tem outra finalidade, além de ganhar o prêmio – seja em dinheiro, seja em liberdade, seja em diminuição da pena. Abre a possibilidade de acusações nem sempre verdadeiras, ou parcialmente verdadeiras, feitas não por amor à justiça, mas por vingança, ressentimento e, até mesmo, para complicar ou impedir a ação dos tribunais. O argumento que explicaria a delação premiada é o bem da sociedade ao término do processo.

"Ao fim e ao cabo", lembro aquela verdade que rola ao longo dos séculos: aproveita-se a delação, mas se despreza o delator, premiado ou não.

18.8.2005

Considerações sobre o trigo

A pátria, segundo Rui Barbosa, é a família amplificada. Aceitando a definição, a família seria o indivíduo amplificado. Não mais se cita Rui Barbosa como antigamente, mas, vez por outra, ele é lembrado, sobretudo com aquela famosa dissertação sobre a decadência de usos e costumes: de tanto ver desprezadas a moral, a justiça, a dignidade etc., o homem deixa de crer na moral, na justiça, na dignidade etc.

Fazendo uma elipse mais ou menos lógica, deve-se concluir que a pátria é a amplificação do indivíduo. Uma frase badalada durante o regime totalitário (1964-85) garantia que o Brasil era feito por nós, ficando meio obscuro se esse "nós" se referia ao equivalente "*nosotros*" do espanhol ou se eram nós – uma sucessão de atropelos, dificuldades, becos sem saída.

Daí que nunca entendi direito aquela distinção dos Evangelhos segundo a qual deve-se separar o joio do trigo, ou vice-versa. Para falar a verdade, sei mais ou menos o que é trigo – dele me alimento e, com algum esforço, sou capaz de diferenciar um trigal de uma floresta de eucaliptos. Mas, que me lembre, nunca vi um joio. Tenho a impressão de que deve ser alguma erva daninha ou inútil. Boa coisa não deve ser para ter merecido a condenação evangélica e o repúdio generalizado que anda por aí.

Minhas referências agrárias só se tornam maiores diante de minhas referências políticas, que são realmente escassas e lerdas. Sempre foi difícil, para mim, estabelecer o que é joio e o que é trigo. Tirante a supressão da liberdade de pensamento, que ocorre nos regimes totalitários, liberdade da qual não pretendo abrir mão, o resto deixo para os outros, que devem saber o que é joio e o que é trigo.

A cara do Severino, já o disse aqui, é a cara do Brasil. O Brasil de verdade, feito por nós ou por "nós". Se somos joio ou trigo, fica a critério de nossa pretensão. Ou da má informação.

15.9.2005

O som carinhoso

Um pequeno acidente em casa, e precisei chamar, entre outros quebradores de galho, um envernizador que atende pelo nome de Adhemar, isso mesmo, Adhemar com "h", que me parece mais solene e confiável do que um Ademar.

Nada de especial com ele. Trabalha bem. Não fosse pelo cheiro do verniz, que dura alguns dias, sua presença nem seria percebida. Contudo, ficando eu sozinho em casa, esqueci que ele estava na área, dando retoque numa porta que fora afetada pelo acidente doméstico.

Não fui o único que se julgou sozinho. Ele também. Imaginando que não havia ninguém em casa, tomou liberdades e começou a assobiar. Devagar, nem alto nem baixo, naquele tom melodioso do qual Nelson Rodrigues sentia falta, lamentando que ninguém mais assobiava. Nelson dizia que o assobio ficara reduzido a um sinal, um chamamento, uma exclamação, uma vaia, alguma coisa que se faz com a boca para chamar a atenção.

Assobiar mesmo, isso saiu de moda. Não para o Adhemar. Primeiro começou com "Carinhoso", bem lento, bem afinado, embora sem palavras, somente a melodia pura, destacada, boiando no ar sem qualquer artifício.

Não entendo muito do assunto, se há assobios com registro de tenor, barítono ou baixo. Mais: tanto faz um homem ou uma mulher assobiar – o resultado é o mesmo. Funciona como um instrumento musical cujo som vem da raiz de si mesmo, sem qualquer interferência instrumental.

Depois de "Carinhoso", veio um repertório adequado à circunstância de ele estar sozinho e trabalhando, criando sua própria trilha musical. Faz tempo, o finado Sérgio Porto informou que morava ao lado de um prédio em construção. Durante doze meses, centenas de operários, em diferentes turnos, assobiaram "Carinhoso". E ele sentia o mesmo encantamento que eu senti. Sérgio dizia que nunca ouviu ninguém assobiar bossa nova nem rock. O repertório de um verdadeiro assobiador é simples, essencial, definitivo.

22.9.2005

As armas e os varões

Não votarei no plebiscito sobre a proibição das armas de fogo. Se fosse obrigado ao voto, o anularia propositada e lucidamente. Trata-se de um escapismo, uma forma que a tal sociedade ética e transparente encontrou para, mais uma vez, empurrar com a barriga um dos problemas mais agudos de nosso tempo: a violência. Com pequenas alterações, pode-se usar a comparação do termômetro. Proíbam-se a compra e o uso dos termômetros, e não haverá mais febre no país.

Os dois lados da questão têm argumentos respeitáveis. A compra de armas pode colocar um revólver na mesinha de cabeceira ou no porta-luvas do carro. Uma criança, por distração, uma desavença doméstica, um bate-boca no trânsito, e haverá um estrago em forma de crime ou de acidente. Ponto para quem é contra a venda de armas.

Os cidadãos éticos, transparentes, republicanos cumprirão a lei, jogarão fora a arma que compraram no passado e não mais a comprarão no futuro. Literalmente desarmados, darão sopa aos bandidos que continuarão armados, eliminando a hipótese de uma reação por parte da vítima. Ponto para quem é a favor da venda de armas.

As duas hipóteses são óbvias, mas não é por aí que a onda da violência e do crime acabará ou diminuirá. A droga é proibida. Uma vez ou outra, os traficantes são caçados e presos, mas o comércio e o uso da droga aumentam – e todos sabemos que a droga, se não é a responsável única, é disparadamente a causa mais frequente dos tiroteios, das balas perdidas, e 80% dos assaltos nas ruas e nas residências são a fonte preferencial para os chamados pés de chinelo obterem recursos para uso próprio ou para o tráfico miúdo. O graúdo tem outra estrutura, nem precisa de arma.

Uma faca, um caco de vidro ou de lata de cerveja farão vítimas do mesmo modo. A violência não está nas armas. Está em nós mesmos, culpados que sabem o que fazem, inocentes que não sabem o que fazer.

6.10.2005

Bonzos e bonzerias

Gosto de recorrer à ficção para comentar a realidade, sem a explicar, é certo, mas para lembrar aquele trecho bastante citado do Eclesiastes, de que nada de novo existe sob o sol e que tudo é vaidade e aflição de espírito.

Ontem, lembrei Tartarin de Tarascon, hoje lembrarei uma cena de *Madama Butterfly*. Pode parecer uma alucinação do cronista encontrar nexo entre o drama nacional que estamos vivendo com o drama da japonesinha que se casou com um oficial da Marinha dos Estados Unidos.

Para se casar, Cio-cio-san renunciou não apenas à tradição de seu país e de sua classe, como à própria religião, adotando a crença ocidental de seu provisório marido. Logo após o casamento, surge o tio dela, um bonzo ortodoxo e furibundo, amaldiçoando a sobrinha em seu nome, em nome da família e de todo o Japão, com seus milênios de história. O bonzo tanto se exalta em sua abominação que Pinkerton, o oficial norte-americano e recém-marido, o expulsa, gritando: em casa minha, nada de bonzos nem de bonzerias!

Pulando de Nagasaki, onde se desenrola a ópera de Puccini, para Brasília e para o Brasil em geral, o que temos de bonzos e de bonzerias não é mole. O bonzo-mor, por direito de função e gosto, parece que é o próprio Lula, que grita e amaldiçoa a oposição, a elite e, de quebra, os corruptos dos outros partidos que não o dele.

As bonzerias estão aí, na TV, nas revistas e nos jornais, variando de grau, mas não de gênero. Outro dia, dois bonzos iam se atracando no plenário da Câmara. Um bonzo movimenta-se nos bastidores, ameaçando uma bonzeria que o livre da cassação. Bonzos à espera de novas bonzerias aguardam hora e vez.

Na ópera lembrada, é impressionante a chegada do tio bonzo, que, antes de entrar em cena, começa a gritar das coxias: "*Abbominazione!*". Aí entra uma diferença fundamental. Quem clama contra a abominação somos todos nós.

13.10.2005

Greve de voto

Se amanhã não for atingido por bala perdida nem sofrer um sequestro relâmpago, terei uma ditosa manhã, passeando pela Lagoa e vendo a plebe rude se esbofar nas zonas eleitorais para decidir se devemos abolir os termômetros para acabar com as febres – não, não é bem isso, o referendo é sobre outra coisa, se devemos aprovar ou condenar o comércio de armas.

Já faz tempo que decidi não votar em nada nem em ninguém. Não precisam de minha opinião – nem mesmo eu preciso dela. Deixei de votar até mesmo na Academia, as coisas miúdas de lá, prêmios, moções disso ou daquilo etc. Não me sinto em cima de um muro. Simplesmente não vejo muro a separar a miséria humana.

O Estado, a mídia, os transparentes de diversos tamanhos e feitios, sobretudo os éticos de carteirinha, acreditam que a soberana vontade do povo pode acabar com a violência, desde que haja um plebiscito sobre a venda de armas. São elas responsáveis por nossa segurança pessoal, ou pela violência que nos mata.

Os violentos não precisam de armas. Qualquer coisa, desde o insulto até o espancamento ou a facada, tudo serve ao violento para exercer a violência. Mesmo assim, embarcando na boa vontade do governo e da sociedade em liquidar os males que nos afligem, sugiro um plebiscito sobre o fim das penitenciárias. Nelson Hungria, um dos maiores penalistas que o Brasil já teve, dizia que a prisão é a universidade do crime. Além disso, por melhores e mais numerosas que sejam as prisões, elas não acabam, nunca acabaram com o crime e a violência. Servem apenas para gerar mais crimes.

Acabando-se com as penitenciárias todas, acaba-se com o problema dos presos, da superpopulação carcerária e das rebeliões e poupa-se dinheiro público a ser aplicado em shows, passeatas e eventos contra a violência. Em havendo plebiscito sobre o assunto, o cronista talvez decida quebrar sua greve de voto.

22.10.2005

Saudavelmente corretos

Jornal aqui do Rio publica foto do local onde vivia um dos traficantes mais procurados pela polícia carioca, um tal de Sassá, 34 anos, que lidera o tráfico em onze favelas, responsável pela maioria dos confrontos que provocaram interdições nas linhas Vermelha e Amarela. Ao ser preso, na semana passada, ofereceu 1 milhão de reais aos guardas que o jogaram no camburão. Não levava o dinheiro na cueca, mas o pagamento seria *cash*, era só apanhar num balde de plástico azul sob a pia do banheiro de seu esconderijo permanente.

O que me impressionou, na foto, foi a desoladora pobreza, quase miséria, do quarto onde o bandido morava. A pequena geladeira, cuja porta ficou aberta na hora da prisão, mostrava alguns iogurtes, duas latas de refrigerantes *light*, um vidro que parece ser de geleia, pela metade, três latas de leite condensado, pouco mais do que isso.

O bandido dormia num sofá de dois lugares, bem cafona, com estampados conflitantes. Numa prateleira acima da geladeira, pacotes de biscoito. Uma TV no chão, com o controle remoto em cima do sofá, e um ventilador ordinário, de 12 polegadas, que continuou funcionando no vazio – num filme de Antonioni há um ventilador igual que fica ventando em cima de Monica Vitti o tempo todo.

Não há armas na fotografia. Certamente os policiais as levaram. Deviam ser mais suntuosas do que os trecos ali deixados, coisas de última geração. Movimentando o tráfico de onze favelas, tendo 1 milhão de reais num balde sob a pia, Sassá era um anacoreta.

Uns pelos outros, os chefes que movimentam o tráfico vivem em cubículos iguais ou piores. Evitam os sinais exteriores de riqueza – é a explicação que geralmente é dada. Mandam folhear de ouro as armas, mas se alimentam de iogurte e leite condensado. Saudavelmente corretos, devem estranhar o grude que lhes é servido na prisão, geralmente temporária. Deve haver baldes azuis em outros lugares.

8.11.2005

Guerra geral

O século XXI mal começou e já podemos prever o que nos espera ou, melhor, o que espera a vós outros, a humanidade toda, nela não mais me incluindo – atingi o prazo de validade e, mais dia, menos dia, serei retirado das prateleiras e jogado no lixo.

Se no século XX tivemos duas guerras mundiais e uma centena de conflitos setorizados, no atual entramos numa guerra que pode não ser grande como as anteriores, mas é geral. Numa grande guerra, há o campo amigo e o campo inimigo. Há, inclusive, uma terra de ninguém. Os adversários estão fixados em zonas e linhas de tiro, sabemos onde estão a vanguarda e a retaguarda. Em certo sentido, uma grande guerra, como a de 1914 ou a de 1939, apesar de sua ferocidade, é organizada como um desfile de escola de samba, com estandartes, hinos e, evidentemente, vencedores e vencidos.

Na guerra geral, tudo é misturado, não há linhas de frente nem terras de ninguém. O inimigo não está além daquela cota topográfica, entrincheirado naquela colina nem ocupando aquela cabeça de ponte.

Ele está entre nós. Cruzamos com ele nas ruas, nas praças, a qualquer momento ficamos na linha de tiro, embora continuemos dentro de casa.

Os tumultos de Paris,* que se alastram pela Europa inteira, são momentos desta guerra geral que nós já conhecemos bem. Os inimigos de lá foram chamados de "escória das periferias", mas são franceses há três gerações, embora de etnias diversas. Por ora, limitam-se a atos de vandalismo, mas prometem mais e pior.

Nossa guerra geral é mais antiga e, para falar a verdade, mais geral mesmo. Uma cidade como o Rio nem tem periferia, tudo se mistura no

---

* Revolta nos subúrbios de Paris (depois estendida a várias localidades francesas), ocorrida entre o fim de 2005 e o começo de 2006. Seu estopim foi a morte de dois adolescentes, Bouna Traoré e Zyed Benna, após perseguição policial. [N.E.]

complexo urbano. E não há problema com etnias: há ricos e pobres, pobres e miseráveis – e, potencialmente, a guerra nem precisa ser declarada para ser mesmo geral.

Na França, o toque de recolher adotado nesta semana pelo governo de lá pode isolar ou acabar com a violência. Aqui, nem isso.

10.11.2005

"Abram isso! Abram isso!"

Deodoro estava em uma crise, dizem que de hemorroidas. Não se trata de doença letal, mas aporrinha pra burro, dá um mau humor desgraçado. No mais, tudo estava bem para os lados dele, era o chefe incontestе do Exército nacional, amigo de dom Pedro II (mas não aproveitador), respeitado pelos companheiros que nele viam realmente um chefe.

No dia 15 de novembro de 1889, uma pequena comissão foi tirá-lo da cama. Estremunhado, quis saber o que se passava. A comissão, formada por líderes republicanos, disse que era preciso depor o mais recente gabinete nomeado pelo imperador e, em decorrência, depor o próprio imperador. Com a Abolição, a Monarquia entrara em coma.

Deodoro nem era republicano. Não conspirara, era apenas militar e sofria de hemorroidas. Além de autoridade máxima do Exército, morava próximo do QG — Machado de Assis diria que morava "ao pé". Deodoro montou em seu cavalo e dirigiu-se ao quartel-general, cujos portões estavam fechados. Do alto de sua montaria, deu dois gritos: "Abram isso! Abram isso!".

Cada país tem as frases históricas que merece. O "isso" em questão não era apenas o quartel-general, era o regime, o Império. Estava proclamada a República, e o povo nem ficou sabendo. Segundo Aristides Lobo, ficou foi "bestificado".

Corte rápido para 2005. Dona Dilma Rousseff, que não é general e aparentemente não sofre de doença alguma, anda pedindo ao ministro da Fazenda que abra isso. A diferença é que o "isso" da ministra não é o regime, mas as burras da nação, fechadas pelo ministro da Fazenda.

De nada adianta acumular superávits primários ou secundários, gastar apenas 10% ou 15% do orçamento para receber elogios do FMI e do capital internacional à custa de hospitais lastimáveis, estradas em decomposição, segurança da população no nível mais baixo de nossa história.

"Abra isso!", pede a ministra. A história tem o bom gosto de se repetir.

15.11.2005

Regatas

Acontece aos sábados. Em plena temporada, acontece também aos domingos e em feriados. A Lagoa fica cheia de barquinhos a vela, parecem formiguinhas levando imensas folhas secas para baixo da terra, fazendo provisão de alimento para o inverno que se aproxima. Ao contrário das formigas, que seguem uma trilha quase militar, os barquinhos se arrumam e se desarrumam com a brisa que sopra ou pela imperícia de seus velejadores. Que é um quadro bonito, é.

Pena que eu nada entenda de esportes náuticos, fico como aquela grã-fina citada por Nelson Rodrigues que foi ver um jogo de futebol, entrou no Maracanã, a partida já tinha começado, e, aflita, perguntou aos amigos:

— Quem é a bola? Quem é a bola?

Estou nessa situação. Nunca sei quem está na frente ou atrás, não entendo os movimentos que os barquinhos fazem; uns até parecem andar para trás, outros se desgarram e encalham nas margens. Vez ou outra, uma colisão, vez ou outra, mesmo sem colisão, um barquinho se inclina tanto que acaba virando de quilha para o ar, a vela encharcada custa a ser levantada das águas.

Já tentei torcer por um deles para tornar o espetáculo mais atraente, ao menos para mim. Escolho aleatoriamente, uma vela cor de laranja ou aquela que tem uma estrela azul no meio. Sempre dou azar. São justamente as que escolho que adiante naufragam ou encalham aqui em frente ao prédio em que moro. Acompanho a desolação do navegante, mas nada posso fazer por ele nem por mim, a não ser escolher outro barquinho que me parece mais veloz do que os outros – engano meu, pegou um vento contrário e está indo para trás.

Mudando o que tem de ser mudado, é também uma regata que vejo não apenas nas águas da Lagoa, mas no largo oceano do mundo inteiro. Não entendo os movimentos, não conheço as regras do jogo e, quando decido torcer por alguma coisa, torço errado. Mesmo assim, me distraio com as regatas aqui da Lagoa. São mais higiênicas e saudáveis do que as do lago de Brasília.

22.11.2005

Amenidades e leitores

Leitores, se os tenho, reclamam aos canais competentes dos assuntos que costumo abordar em minhas crônicas, que não considero colunas, mas crônicas mesmo. O país pegando fogo, escândalos pipocando, ídolos despencando de seus pedestais históricos, tudo isso constitui o pão, pão, queijo, queijo da mídia nos dias de hoje.

Eventualmente, e meio contra vontade, abordo temas que têm a ver com a situação. Nada entendendo de política e, além disso, mal-informado como sempre, não me entusiasmo e muito menos me esbofo em comentar, criticar ou elogiar o que se passa no cenário nacional.

Prefiro, como em crônica recente, escrever sobre a corrida de barquinhos a vela que vi aqui na Lagoa, diante de minha varanda, num sábado de sol e preguiça. Perda de tempo e espaço, reclamam os leitores que não tenho – mas o jornal os tem. Ficam indignados com o desprezo que dedico aos grandes temas que sacodem nossa vida pública.

Penso em minha mãe – pensamento que equivale mais ou menos a pensar na corrida de barquinhos de sábado. Nada a ver com a realidade que atualmente preocupa a nação e estarrece o povo. Ela tentou educar o filho para temas que considerava nobres, botou-me num seminário para que eu salvasse almas, estudasse Sócrates, Santo Agostinho, lesse Horácio e Ovídio no original. Ficaria estarrecida ao ver-me falar de Marcos Valério, Lula, Palocci, Delúbio.

Mau filho, mau cronista, vez por outra sou obrigado a falar desse time de pernas de pau da humanidade. Em 1964, quando processado e preso pelo então ministro da Guerra, minha mãe passou uns tempos decepcionada comigo: "Não foi para isso que eduquei meu filho", dizia.

Não falo com ela há muito, mas, de alguma forma, sinto que ainda me protege – não por concordar comigo, mas por pena, talvez por amor. De maneira que, quando escrevo sobre barquinhos a vela, sinto a mão dela afagando minha cabeça e me abençoando.

28.11.2005

A razão da idade

Já lembrei aqui o centenário de Jean-Paul Sartre, que seus devotos estão comemorando.

Grande parte da crítica e a maioria dos leitores o consideram superado, tanto na filosofia como no ensaio, no teatro, no conto e no romance. Concordo em parte com esse tipo de datação, mas continuo admirando sua ficção.

Dei palestra na Universidade Estadual do Rio de Janeiro sobre a influência sartriana na obra dos autores surgidos logo após o fim da Segunda Guerra Mundial, deixando claro meu desprezo pelo filósofo e pelo ensaísta, que considero menores e realmente superados. Mas pisei forte a favor de sua importância, sobretudo no conto e no romance.

À saída do auditório, ela me abordou. Perguntou qual livro de Sartre deveria ler para entrar no clima que eu acabara de invocar. Indiquei-lhe *A náusea* e *A idade da razão*. Ela preferiu o segundo.

Dias depois, me procurou.

— Tudo bem? — perguntei-lhe.

— Mais ou menos — ela respondeu. — Com exceção do título, tive a impressão de que sou personagem do livro, vivi alguns de seus episódios, estou vivendo ainda...

— O que há com o título? Não gosta da idade da razão?

— Preferia que fosse o contrário: a razão da idade. — E explicou: — Tenho 38 anos. O Mathieu do livro descobriu a idade da razão aos 35. Eu descobri bem antes. Atualmente, estou encarando a razão da idade, compreende?

Não compreendi. Ela acrescentou:

— A idade da razão poderia me justificar, mas não me explicaria. Ao contrário de Mathieu, estou na razão da idade. Apesar do montão de artigos que leio em livros, revistas e jornais garantindo que nós é que fazemos nosso próprio tempo, o tempo dos outros é que nos faz. No meu caso, o passado foi um futuro que não houve, e o futuro não é o roteiro preferencial.

— E o presente? O que é o presente para você?
Ela perguntou se eu podia emprestar-lhe *A náusea*.

22.12.2005

No meio do silêncio

Tem adulto que acredita em disco voador, em caminho de Santiago, em Harry Potter. Acredita até mesmo na ignorância de Lula sobre a lambança nacional.

Eu acredito em Papai Noel. Em criança, quando todos insistiam para que eu acreditasse no bom velhinho, na tendência maldita que tenho para o mal, eu não acreditava. Volta e meia, tinha dúvidas. Aos cinco anos, vi um sujeito mexendo no presépio que o pai armara, mas era ele mesmo que dava os retoques finais, colocando o burro mais pertinho da manjedoura.

Acontece que os anos passaram e, aos poucos e contra vontade, passei a duvidar de minha descrença, à medida que aumentava a dúvida de todas as crenças – as minhas e as dos outros. E eis que encontrei uma espécie de salvação particular: comecei a acreditar em Papai Noel, aos poucos. Não foi um raio que me feriu na estrada de Damasco, obrigando-me a mudar de opinião, tal como aconteceu com São Paulo.

Foi, como disse, aos poucos. Estava na rede, fumando um Montecristo e olhando o céu da Lagoa. Havia estrelas e um pouco de paz na Terra – não devido à paz entre os homens de boa vontade. Era quase madrugada, as pistas desertas, todos dormindo o sono do Natal.

Foi no silêncio. Não apenas o silêncio do mundo lá fora, mas o silêncio que nasceu dentro de mim, próximo do vazio, do nada. Diz o Evangelho de Lucas que Jesus nasceu no meio do silêncio, *dum medium silentium*. Aliás, tudo de bom acontece no silêncio. Silenciosamente, descobrimos que estamos amando, nosso choro é mais choro quando choramos em silêncio.

Foi uma mistura de tudo isso. De repente, sem mesmo fechar os olhos, senti que havia alguém na varanda, também olhando a Lagoa. Não estava vestido de vermelho, não havia renas nem neve. Nada havia no mundo, a não ser o silêncio e eu.

Quem era? Eu não pedira nada a ninguém. Ficou a meu lado ou eu é que fiquei ao lado dele. Depois foi embora – e eu também.

24.12.2005

Não sabiam de nada

Estou lendo os relatos do médico psiquiátrico que cuidou dos vinte e tantos réus no Tribunal de Nuremberg logo após a rendição da Alemanha, em 1945. Não há novidades em seus textos, o principal já era sabido, foi julgado e devidamente condenado. Nos anos seguintes, outros criminosos de guerra foram presos em diferentes partes do mundo e disseram a mesma coisa: cumpriam ordens e nada sabiam do massacre de 6 milhões de pessoas.

Acontece que em Nuremberg, com exceção de Hitler e de Goebbels, que se suicidaram quase simultaneamente, no *bunker* da chancelaria, lá estavam todos os chefes dos chefes, os hierarcas do sistema nazista, que incluía governo e partido que haviam chegado ao poder em 1933 e cometido a série de crimes mais repugnantes da história contemporânea.

Todos eles diziam que não sabiam dos campos de extermínio. Alguns admitiam conhecer campos de concentração, comuns durante as guerras. Os aliados também mantinham seus prisioneiros de guerra concentrados em campos especiais. *C'est la guerre*. Os campos de extermínio, contudo, eram ignorados. O almirante Dönitz, que sucedeu a Hitler como chefe de Estado e negociou a rendição final dos alemães, declarou que era responsável primeiro pelos submarinos alemães, depois pela Marinha inteira. Declarou-se homem do mar. Hans Frank, que tiranizou a Polônia, também nada sabia, cuidava de seu território. Um deles revelou que, ao ser nomeado por Hitler, recebeu uma única ordem: "Cumpra sua obrigação e trate de sua própria vida". O mesmo deve ter acontecido com todos os demais.

A ordem de Hitler era clara, melhor do que a de Maquiavel. "Faça o que deve fazer (dirigir submarinos, no caso de Dönitz) e trate de sua vida, enriqueça se quiser, roube se quiser, como Göering e outros. O resto deixe comigo."

No caso do nazismo, o "resto" foram 6 milhões de massacrados. No caso brasileiro – bem, não há caso brasileiro, Lula não sabe de nada.

29.12.2005

Liberdade de expressão

Uma charge publicada em jornal da Dinamarca, reproduzida em outros jornais, está provocando protestos (alguns deles radicais) no mundo árabe e, de quebra, uma onda de defensores da liberdade de expressão, que estaria sendo violentada pela reação "do outro lado" da corda.

Vamos com calma. A liberdade de expressão tem mão e contramão. Ela não é exclusividade divinatória dos jornalistas e dos profissionais da mídia. Qualquer ser humano tem a liberdade de expressar-se. É evidente que há limites legais e morais para esse tipo de manifestação, a menos que se assuma o risco de ser punido, como de fato eu fui, várias vezes, não por delito de expressão, mas de opinião, o que é outra coisa.

Os manuais de redação de quase todo o mundo proíbem ofensas a raças e religiões indistintamente, incluindo-se na proibição seus símbolos mais sagrados.

Uma charge com a Menininha do Gantois praticando atos sexuais com a imagem de Ogum seria intolerável para o bom gosto e para os milhões de adeptos das seitas afro-brasileiras, haveria o diabo se alguma coisa parecida fosse publicada entre nós.

Uma charge glorificando a cruz suástica, por exemplo, varrendo os israelenses do Oriente Médio ou mesmo um livro ou uma reportagem enaltecendo o nazismo seriam recolhidos pela polícia e por grupos justamente indignados – e não apenas de judeus.

Muhammad, para os muçulmanos, é mais do que um profeta, é um pai. O cristianismo diferenciou-se do judaísmo por substituir Javé (ou Adonai) pelo Pai Nosso.

Deus (que os ortodoxos judeus grafam D'us em sinal de respeito) foi substituído pela função e pela figura de um pai. A liberdade de expressão dá direito de ofender ou ridicularizar o pai ou a mãe de quem quer que seja?

A defesa histérica e incondicional da liberdade de expressão é, no fundo, a expressão de um corporativismo da mídia, que, em alguns casos, mascara a truculência e, em outros, a burrice.

7.2.2006

O roto e o esfarrapado

Poderíamos perdoar tudo a FHC; esquecer, mas não perdoar seu governo mais do que suspeito, recheado de escândalos, a criminosa impunidade que bancou e incentivou, chegando a nomear para o STF um advogado que abafou não com argumentos jurídicos, mas com outro tipo de argumento, todas as CPIs que a nação então exigia.

Poderíamos perdoar seu pernosticismo acaciano, mestre no dizer obviedades que já foram ditas à exaustão. Mas como perdoar sua atual fase de trator contra o governo que o sucedeu e cujo erro maior (e praticamente único) está sendo repetir os mesmos erros que ele cometeu, inclusive a corrupção reinante nos altos e nos médios escalões da vida pública?

Dos 170 milhões de brasileiros, somente um, o próprio FHC, não tem o direito de reclamar de Lula e do governo petista. Por vários motivos, desde sua condição de ex-presidente.

Nem Jânio Quadros (que o derrotou numa eleição municipal que ficou na história), que odiava pessoalmente o antecessor e não era flor que se cheirasse, ousou violentar a moral e os bons costumes políticos atacando aquele que legitimamente o sucedeu.

Gosto de repetir a máxima que aprendi na lógica de Aristóteles: "*Affirmatio unius non est negatio alterius*" (não cito em grego por falta de fontes gráficas em meu notebook).

A afirmação de uma coisa não é negação de outra. Criticar FHC pela desembestada campanha contra Lula não significa que Lula seja um querubim, um Sólon, um Licurgo, uma vestal. Pelo contrário.

Lula tem sido tão desastrado como FHC – daí que acredito em sua reeleição. Ele não terá escrúpulo, como seu antecessor não teve, de repetir todos os desatinos para se reeleger, com exceção da indecente compra de votos para emendar a Constituição a seu favor – jogada que teve preço maior do que qualquer caixa dois ou três do atual governo.

Lembrei há pouco que um burro coça outro burro. Para repetir o latinório, "*asinus asinum fricat*".

14.2.2006

Os Rolling e o Senhor do Bonfim

Não farei parte dos 2 milhões de fãs dos Rolling Stones que se espremerão nas areias de Copacabana para assistir ao show daqueles artistas já combalidos pela idade e pelo repertório. Aliás, alguns jornais afirmam que não serão 2 milhões, apenas 1 milhão, cifra modesta para um megaevento, mas gente pra burro em meu entender.

Não compreendo como os institutos de pesquisa eliminam, numa simples linha de texto, 1 milhão de pessoas. No último show pirotécnico de Réveillon, alguns jornais e revistas garantiram que havia na praia 3 milhões de pessoas, a cifra foi baixando até insignificante 1,5 milhão. É uma hecatombe de informação, um holocausto midiático.

Vamos, no entanto, ao que interessa. As autoridades sanitárias estão achando insuficientes os banheiros químicos à disposição do milhão ou dos 2 milhões de fãs dos Rolling Stones. Imagino que num show de pelo menos 45 minutos haverá gente que, por um motivo ou outro, precisará apelar para os banheiros químicos ou não, havendo a suja possibilidade de usar as areias ou o mar para a mesma finalidade – e reconheço que, apesar de tanta gente necessitada, o oceano Atlântico será o bastante para a emergência.

Lembro que, numa das vezes em que o grupo esteve no Rio, no dia em que ia embora, os fãs estavam aglomerados diante do hotel que o hospedava, pedindo – que digo eu? –, clamando pela presença de um dos elementos da banda, que ao menos um deles surgisse por meio minuto na varanda e acenasse para a multidão.

Após duas ou três horas de apelos emocionados, parece que o baterista, ou outro qualquer, dignou-se a aparecer na sacada. Sem saudar a plebe, atirou um pé de meia que provavelmente não coube na mala que ele estava fechando.

Lá embaixo, saiu tapa e bofetão na disputa pela preciosidade, pela relíquia. E tem gente que acha um atraso abominável o baiano colocar uma fitinha do Senhor do Bonfim no pulso.

16.2.2006

As estátuas falam

Não sei, parece que foi nada menos do que Freud o primeiro a tentar descobrir o que o *Moisés* de Michelangelo estaria falando ou sentindo quando foi imortalizado naquele formidável mármore que se encontra em Roma, na basílica de San Pietro in Vincoli.

Freud dizia que Moisés acabara de descer o monte Sinai, onde recebera as tábuas da lei diretamente do Senhor. Encontra seu povo, que ele salvara do cativeiro e conduzia à Terra da Promissão, numa orgia pagã. Liderados por seu irmão, Aarão, aproveitando a ausência do líder, estão adorando não o Deus que os tirou do cativeiro, mas um bezerro de ouro.

Moisés quebrou as tábuas (mais tarde providenciaria outras) e botou a mão no estômago – sinal que para Freud era de cólera e angústia. Disse um palavrão, provavelmente em aramaico ou língua assemelhada, que Freud não ousou adivinhar.

Ainda em Roma, no centro da *piazza* Navona, a fonte dos Quatro Rios, de Bernini, tem em destaque um personagem apavorado, com o braço protegendo o rosto e a cabeça. Dizem os romanos que o gesto desesperado é por causa da igreja em frente, de Santa Inês em Agonia, obra de Borromini, o grande rival de Bernini, que só sossegou quando convenceu o papa a expulsar o desafeto para Viena. Bernini garantia que a igreja de Borromini desabaria em cima de sua fonte.

No Rio, havia duas estátuas que também falavam. Chopin andou uns tempos em frente a nosso Theatro Municipal, parecia ouvir música, mas parecia também tampar um dos ouvidos. Diziam que ele protestava contra um pianista que ali dava concertos.

Ainda no Rio, Floriano Peixoto tem uma estátua eloquente. Está no topo de um grupo complicado, tendo na base personagens diversificados, alguns da vida real, políticos, militares, índios, outros alegóricos. O Marechal de Ferro olha com ferocidade para baixo e brande sua espada num gesto autoritário. É evidente que está gritando: "Ninguém mais sobe!".

20.2.2006

O sobe e desce

Fui trocar peça de um novo notebook num edifício enorme, no centro do Rio, famoso pela oferta de parafernálias eletrônicas. Os cinco primeiros andares não eram servidos por elevadores, mas por escadas rolantes em imensos *halls* cheios de gente.

A peça que eu procurava era difícil de encontrar. Dois funcionários da loja foram fazer buscas complicadas e me deixaram junto a uma escada rolante – aliás, duas, uma que descia e outra que subia.

Fiquei seguramente mais de meia hora me distraindo com as caras dos que subiam e desciam. Nunca tivera tempo, oportunidade e vontade para tal e tanto. Em geral, e quando é preciso, sou eu que subo ou desço conforme as necessidades da circunstância, na qual procuro não colocar qualquer pompa.

Vai daí, fiquei admirado de nunca ter admirado o espetáculo de sobes e desces do restante da humanidade. Nos elevadores, vamos todos calados, procurando manter um mínimo de decência social ou alheamento. Estamos ali provisoriamente, nada que nos comprometa.

Na escada rolante é diferente. O sujeito, ao subir, adquire uma aura, um halo em torno da cabeça. Como os santos nas igrejas. A expressão corporal torna-se ovante, alguns até ganham certa majestade, embora sejam contínuos ou faxineiros. Todos se sentem num momento importante, acreditam que ali, subindo mecanicamente de um andar para outro, estejam dominando as contingências humanas, usufruindo daquilo que os americanos chamam de *finest hour*.

Na descida, é quase a mesma coisa, só que ao contrário. Alguns chegam a ficar cabisbaixos, mas não porque quebraram a cara no que foram fazer ou procurar. Descer é sempre incômodo, sobretudo para quem subiu tão pouco. A cara dos que descem nunca é a mesma da dos que sobem. Na subida, a maioria está mal-informada, como sempre. Na descida, bem realizado ou não, o sujeito acha que cumpriu uma função. Aliviado, voltará para a vida lá fora, que não sobe nem desce, monotonamente é apenas chata.

27.2.2006

Um chato de chapéu

Não sei quem inventou a expressão "chato de galocha". Deus é testemunha de que não fui eu, que nunca a usei e, honestamente, não sei por que a galocha faz um chato. Um sujeito já nasce chato independentemente de ter ou não ter galochas em seu enxoval de bebê.

Quero falar de um dos caras mais chatos que já andaram por nossas plagas. Usa chapéu, parece que de palha, que faz parte de seu visual básico, como o báculo e a mitra fazem parte do equipamento profissional de um bispo.

Garantiram-me que é um artista, bom cantor, líder de uma banda de sucesso internacional. Além disso, é um esforçado lutador de causas nobres – ignoro tudo o que ele fala e diz em proveito geral da humanidade. Presumo que, como todos os politicamente corretos, ele faça apostolado contra a extinção das baleias e dos micos-leões-dourados, contra a devastação da selva amazônica e contra os gases poluentes que ameaçam a camada de ozônio, que protege a cabeça dele e a nossa, que nem temos a proteção de seu chapéu.

Dou de graça que mereça os fãs que tem. Ganhará todos os prêmios por sua benemerência e por sua cruzada pelo bem e contra o mal. Como diria o Chacrinha, palmas para ele, inclusive as minhas.

Agora, que é chato, é. Chega a abusar do direito de ser chato, lembrando, com muitos furos acima, nosso Roberto Carlos, que também merece a multidão de fãs que conquistou. O Rei também andou uns tempos temendo pelo holocausto das baleias, a hecatombe dos micos-leões-dourados. De uns tempos para cá, mudou, parece que ficou mais humano. Embora vestido de comandante de navio, continua sendo um sujeito aproveitável – gosto dele, mas o quero longe de mim.

Quanto ao Bono, esse já vive mesmo longe de mim – e eu, dele. Suspeito que, na intimidade, ele adore um bom bife de baleia e só não coma mico-leão--dourado porque ouviu dizer que é indigesto.

4.3.2006

Carequinha, o bom

No último domingo, minha filha que mora em Roma fez anos. Usando os recursos da internet, minha outra filha e eu a despertamos ao som de Carequinha cantando a musiquinha da infância das duas: "Parabéns! Parabéns!". Foi uma choradeira só. Veio tudo de volta, toda a infância delas, o tempo mais gostoso de minha mocidade, tempo em que um palhaço ainda nos comovia – ao contrário de certos palhaços de hoje, que nos fazem chorar.

A voz dele, propositadamente rachada, não o impediu de emplacar um sucesso na marchinha de Miguel Gustavo, "Ela é fã da Emilinha", campeã de um Carnaval dos anos mais antigos do passado.

Carequinha foi logomarca e trilha musical do início esforçado de nossa televisão. Pulara do circo, hábitat natural de um palhaço, para o grande circo eletrônico ainda em preto e branco, uma televisão ingênua como ele e na qual fazia a ligação do passado com o presente, trazendo sua máscara, seus tombos, sua boca enorme e vermelha escondendo a nostalgia disfarçada dos palhaços – "e enquanto o lábio trêmulo gargalha, dentro do peito o coração soluça", segundo soneto famoso.

Certa vez, despojado de suas vestes litúrgicas de picadeiro, ele cantou ao violão uma música de sua autoria. Era a herança dos palhaços que ele cantava, o apelo da multidão que pede riso e alegria, e a alma ferida lá dentro, olhando a plateia que o exige e aplaude, sem ver que seus olhos estão molhados. Nada mais triste do que o olhar de um palhaço mal protegido pelo alvaiade cor de luar.

Crianças daquela época, crianças de três gerações, acompanhavam aquelas cambalhotas segurando o chapéu, terminando-as com o chapéu na cabeça. O palhaço-herói, o palhaço ícone de um mundo que poderia ser, roque roque do ratinho, o bom menino não faz xixi na cama – um mundo que se vai com ele. Ano que vem, minhas filhas e eu novamente tocaremos seu parabéns com mais emoção e saudade.

8.4.2006

Meditação ou chocolate

Acontecem mais ou menos ao mesmo tempo: a Páscoa judaica (*Pessach*) e a Páscoa cristã, fora do calendário gregoriano, uma vez que são festas móveis. A Páscoa cristã é uma data (e uma festa) essencial e exclusivamente religiosa, eixo do mistério da Redenção: um Deus que se entregou em holocausto para salvar a humanidade de sua culpa original.

Já a Páscoa judaica é uma festa nacional com fundo religioso. No *Seder* (a ceia tradicional), há sempre um menino que pergunta a alguém mais idoso: "Por que esta noite é diferente das outras noites?". É contada, então, a história do *Pessach*, quando o anjo do Senhor passou por cima das casas e Moisés retirou o povo judeu do cativeiro do Egito. Uma festa de libertação nacional, a maior que eu conheço, maior do que qualquer outra revolução da história. Um povo inteiro, escravo, escolhendo a liberdade.

Teve um preço: os quarenta anos que formaram a geração do deserto em busca de chão próprio e livre. Ao se transformar na Páscoa cristã, a mensagem de libertação é a mesma, mas não em nível nacional, e sim ontológico, teológico, espiritual: a libertação do pecado.

São duas festas bonitas, embora com sentido diferente. Durante o regime totalitário, escrevi um romance ao qual dei um título estranho e duplo: *Pessach: a travessia*. Éramos um povo oprimido, em cativeiro. Precisávamos de uma liderança (que não houve) para atravessar o deserto que se abria à frente.

O desafio era uma travessia, e ela só seria possível – como, de fato, foi – com o sacrifício de toda uma geração também do deserto.

Jesus comemorou o *Pessach* na ceia que antecedeu sua prisão, sua tortura e sua morte. Comeu o cordeiro pascal e ele mesmo se transformaria num cordeiro imolado para salvar seu povo, ou seja, todos os homens. Festas bonitas, que merecem mais meditação do que chocolate.

16.4.2006

A infância da Terra

Leio em revista científica que o planeta Marte, em sua infância, foi habitável, ou seja, tinha um tipo de vida mais ou menos, pior ou melhor, como o nosso. Hoje, como sabemos, Marte é um cadáver que rola insepulto no espaço. Há vestígios, segundo se crê, de canais, obras supostamente planejadas e criadas por seres articulados como o homem, tal como o conhecemos.

Nunca me preocupei com a possível vida em outros planetas. Nunca vi discos voadores nem creio que eles existam, apesar dos numerosos relatos que andam por aí. Nenhum extraterrestre teria interesse em nos visitar: ou são superiores a nós e já teriam iniciado um trabalho de cooperação, trazendo o *know-how* para aliviar nossas deficiências morais e materiais, ou são inferiores e não teriam alcançado o estágio tecnológico que buscamos e ainda não atingimos. Digamos que Marte tenha tido realmente uma vida inteligente. Vida inteligente que não impediu seu desaparecimento. Uma catástrofe nuclear produzida pela própria inteligência ou, o que é mais provável, a exaustão do ambiente, calor ou frio insuportáveis para qualquer tipo de vida, inteligente ou primitiva.

Pensando em nós, que é o importante. Dinossauros e outros animais pré-históricos desapareceram à medida que o ambiente se alterava. Pergunta: daqui a 1 milhão de anos, será possível surgir um Chico Buarque ou um Renato Gaúcho? Será possível um novo Pedro de Lara daqui a 2 milhões de anos?

Assim como Marte teve sua infância, nós devemos viver a infância da Terra. Adulta, ela será o que Marte é hoje: um cadáver do astral, silencioso e inútil. Outra pergunta que faço: por que nossa agitação, nossas competições e nossas aflições? Dou razão ao poeta: "Mas para que tanto sofrimento, se lá fora há o lento deslizar da noite?".

26.4.2006

As faces de Macunaíma

Essa tem a ver com os editores de todos os jornais do país. Sempre que o filme *Macunaíma* é lembrado ou citado incidentalmente, a foto que escolhem para ilustrar a matéria é a de Grande Otelo, que, no filme do Joaquim Pedro de Andrade, ocupa, se tanto, um quinto da história, nascendo negro e ficando branco.

Daí em diante, Macunaíma, na maior parte de suas venturas e desventuras, é interpretado por Paulo José, que nunca é paginado pelos jornais, sendo ele o personagem que vive a maior parte da história do herói sem nenhum caráter.

Nada contra Grande Otelo, grande ator e amigo meu. Alguns de seus últimos trabalhos na TV foram administrados por mim, na finada Rede Manchete, em que eu exercia o estranhíssimo cargo de superintendente de teledramaturgia.

Por osmose, nos suplementos literários que abordam a obra literária de Mário de Andrade, aparecem as fotos do autor e de Grande Otelo – como ilustração oficial do personagem masculino talvez mais famoso de nossa literatura.

Acredito que os editores nada tenham contra Paulo José, um dos melhores atores do cinema e da TV. O problema me parece um erro de avaliação do filme e do livro, achando que o verdadeiro Macunaíma é sua versão negra, quando, na realidade, ele se tornou símbolo e metáfora de nossa falta de caráter em suas andanças como personagem branco. Para usar o lugar-comum dos anos 1980: "inserido no contexto" branco de nossas patifarias e de nossa quebração de cara.

No livro de Mário de Andrade, o negro Macunaíma comete sua mais sensacional façanha quando se transforma em homem branco e, aí sim, passa a ser o verdadeiro herói sem nenhum caráter no qual todos nos reconhecemos.

A troca de fotos é até um lugar-comum dos editores. Quando precisam de uma imagem de *Macunaíma* (livro ou filme), apanham a pasta de Grande Otelo por preguiça ou deformação cultural e ignorância da história.

E publicam sempre a mesma foto.

2.5.2006

Bagdá é aqui

Pior do que o noticiário são as imagens da violência que explodiu em São Paulo e se estendeu, em escala menor, por outras cidades brasileiras, estarrecendo a população civil diante da bandidagem, que, além de organizada, é centralizada: bandos rivais se unem para atacar o Estado.

Ao contrário do que ocorre em Bagdá, os ataques não são motivados por uma ocupação estrangeira, sequela de uma guerra absurda e imoral. No conflito entre israelenses e árabes, a violência é decorrência de uma guerra não declarada. Os exemplos não podem ser aplicados ao que acontece na capital paulista. É a falência da ordem diante do crime. Um pretexto bobo – a transferência de presos de um presídio para outro – tomou proporções inacreditáveis de guerra civil.

Contar mortos e feridos é uma providência inútil que as autoridades exibem como trabalho. Uma operação como a do PCC teria de ser detectada pelos serviços de inteligência das polícias civil e militar. Se houve surpresa, foi por parte da cidade inteira, do país inteiro. O núcleo da violência continua intato, os chefes já estão presos, mas continuam comandando suas quadrilhas, formadas por gente que não tem nada a perder, presos foragidos ou indultados, que não podem nem querem ser absorvidos pela sociedade, preferindo continuar no crime. Entre mortos e feridos, nem todos se salvam. A maioria, porém, sobrevive e ganha motivo maior para afrontar polícia, Estado e povo.

Nem adianta procurar culpados. A origem da violência, primeiro banalizada e, em seguida, organizada e centralizada, situa-se no problema carcerário e na falta de preparo técnico dos responsáveis pelo setor. Basta lembrar que se gastou mais na campanha pelo desarmamento, que antecedeu o último plebiscito nacional, do que nas prisões, nas penitenciárias e no sistema policial como um todo.

O trágico episódio que São Paulo está vivendo mais cedo ou mais tarde será repetido no Rio, apesar das facções do tráfico e das armas até agora estarem longe de uma centralização. Eles chegarão lá.

16.5.2006

Rosa e Machado

Aos 31 anos, Guimarães Rosa exercia funções diplomáticas em Hamburgo e acabara de ler *Brás Cubas*. Nenhuma simpatia por Machado de Assis. No diário que escrevia sobre as impressões de suas leituras, há uma anotação esquisita:

"M. de A. usa de construção primária. [...] Adquiri certeza, quase absoluta, de que ele, antes mesmo de compor seus livros, ia anotando: pensamentos, frases etc., em livro ou em cadernos especiais, espécie de surrão ou alforje, de onde sacava, aos punhados, ou pinçava, um a um, os elementos de reserva que houvessem resistido ao tempo. (Processo aliás muito louvável. Tanto quanto o hábito de compulsar dicionários, visível em M. de A.) Não pretendo ler mais Machado de Assis. [...] Acho-o antipático de estilo, cheio de atitudes para embasbacar o indígena; lança mão de artifícios baratos, querendo forçar a nota de originalidade; anda sempre no mesmo trote pernóstico, o que torna tediosa sua leitura. [...] Quanto às ideias, nada mais do que uma desoladora dissecação do egoísmo e, o que é pior, da mais desprezível forma de egoísmo: o egoísmo dos introvertidos inteligentes. Bem, basta, chega de Machado de Assis."

Curiosamente, Rosa também tinha lá seu alforje de citações, tomava nota de tudo o que ouvia de interessante nas Gerais. Bem verdade que mais tarde reformulou algumas das críticas a Machado, mas nunca morreu de amores por ele.

Temos a opinião do único romancista brasileiro que se alçou a um patamar próximo ao de Machado, em polo contrário, mas com o mesmo prestígio acadêmico, crítico e de público.

Pobre dos demais romancistas que navegaram ou navegam ainda nas mesmas águas. Se um gigante como Rosa ataca de forma tão radical outro gigante, que será dos demais que se encontram na planície, divididos nas duas vertentes básicas de nossa literatura de ficção?

20.5.2006

O ovo e a galinha

Questão antiga e das mais inúteis é saber quem apareceu primeiro: o ovo ou a galinha. Como se fossem poucos os problemas da humanidade, e de cada um de nós em particular, esse é um problema que, de agora em diante, segundo o jornal *The Times*, está resolvido. "O ovo veio primeiro", garante o periódico londrino.

Consta que fizeram a mesma pergunta a Vieira, e ele respondeu com base no Velho Testamento. Imperador de nossa língua, segundo Fernando Pessoa, o Padre Vieira lembrou que Deus criou os animais em espécie. Sendo as aves (se não estou enganado) ovíparas, ele concluiu que Deus criou primeiro a galinha, embora não tenha sido avicultor.

Deus fez cada animal, peixe e ave na base de espécie, tal como mais tarde ordenaria a Noé que colocasse em sua arca dois animais, um macho e uma fêmea, de cada espécie para garantir a continuidade da vida sobre a Terra inundada pelo dilúvio.

Fica difícil acreditar que Deus tenha criado um ovo para só então surgir a galinha. Muita gente não acredita em Deus nem no relato bíblico, de maneira que a ciência ficaria com a última palavra, embora a ciência tenha tido últimas palavras que depois foram negadas por ela mesma, ciência.

Pessoalmente, embora não seja autoridade em nada, muito menos em ovo e em galinha, acho que a galinha nasceu primeiro e botou um ovo, do qual nasceriam outras galinhas. E galos também, pois sem eles não haveria a citada continuação da espécie. De maneira que surgiram primeiro o galo e a galinha, como logo depois surgiriam o homem e a mulher e o resto, que somos todos nós.

Por falar em nós, lembro um amigo, meu xará, chamava-se Heitor, que cismou de botar um ovo. Não sei se o conseguiu num hospício em Jacarepaguá, onde por sinal existem muitas galinhas.

1º.6.2006

Chuteiras e bandeiras

Ruas e praças de todo o Brasil estão vestidas de verde e amarelo. Faixas, símbolos e bandeiras nacionais dão a impressão de uma festa cívica comemorada pelo povo, com entusiasmo; mais do que entusiasmo, com devoção. A pátria ganha contorno de sacrário.

Antigamente, o povo se enfeitava e enfeitava ruas e casas para o Carnaval. Hoje são as prefeituras que fazem a decoração de cima para baixo, colocam alguns pandeiros combalidos nos postes das ruas principais e acreditam que estão incrementando a outrora grande festa popular.

A Copa não precisa de governos federal, estadual nem municipal. Ela mexe com a persona, a própria alma nacional. Já foi dito que a seleção é a pátria de chuteiras. Não é bem isso. As chuteiras quase não importam. Importa o "Brasil", é ele quem ganha ou perde – o resto é silêncio.

Passo pelas ruas em festa e vejo que são raras as fotos dos jogadores, mesmo daqueles mais queridos e badalados. Cada um tem seus ídolos quando se trata propriamente de futebol, mas, durante uma Copa, valor mais alto se levanta.

Não é Ronaldinho Gaúcho nem o outro Ronaldo nem Kaká nem Cafu nem Parreira que contam e cantarão vitória – se ela vier mesmo.

O que contará, para o bem ou para o mal, é a pátria, a família amplificada segundo Rui Barbosa, sendo a família o indivíduo simplificado.

Lembro a Copa de 1970, num dos piores momentos do regime militar que sofríamos. Houve até uma campanha para que o povo torcesse contra o Brasil a fim de não encher o gás da ditadura.

Não adiantou. As mesmas bandeiras, as mesmas faixas verde-amarelas que o governo espalhava pelo país o ano todo, para incrementar o civismo dos tempos totalitários, enrolaram o povo na grande festa do tricampeonato.

7.6.2006

A lenha e a depressão

Em carta angustiada, Simone de Beauvoir queixou-se a Sartre de estar deprimida. Problemas pessoais e existenciais davam-lhe insônia, ela tomava toneladas de Valium (o remédio da moda), a ansiedade não passava.

Recorria ao amigo e amante, esperava dele uma dissertação erudita sobre como curar seu mal, imaginava uma carta com citações de Heidegger, Husserl, Kierkegaard ou mesmo, quem sabe, de Descartes ou Platão.

Numa resposta curta, Sartre respondeu: "Se você tivesse de serrar lenha, não estaria deprimida". Fez outras breves considerações sobre a desnecessidade da angústia e terminou o bilhete sem mandar as saudações de praxe. Apenas o conselho: "Vá serrar. E tudo passará".

Recebo de leitora anônima carta mais ou menos extensa dando conta da depressão causada em duas frentes: briga com o noivo (pelos detalhes, bem mais do que noivo) e crise do PT. Ela perde noites de sono sem saber se reata com um e se vota no outro. Ambos a decepcionaram, e ela não sabe o que fazer. Sofre e toma Lexotan – que está mais em moda do que o Valium que Simone de Beauvoir tomava.

Não sou Sartre para lhe dar conselhos. Além do mais, ela mora em apartamento moderno na Barra da Tijuca, sem lareira e com fogão a gás, de maneira que não posso dar o conselho de mandá-la serrar lenha.

Sugeri a ela algumas opções inocentes, embora sem a utilidade doméstica da lenha que aquece as casas e acende o fogão em que se prepara a comida. Entre as sugestões que dei, duas me pareceram oportunas: colecionar figurinhas dos jogadores da Copa ou criar uma ONG para tampar os buracos da rua Voluntários da Pátria.

A primeira é lúdica, a segunda é prática. Não haverá depressão que resista aos dois desafios.

10.6.2006

O gato e a missão

Como se não bastassem os problemas antigos e os recentes, eis que consigo mais um: minha filha viajou e deixou-me um gato por missão. Isso mesmo: missão.

Ela tomou a louvável iniciativa de deixar o gato com uma amiga, dona de outro gato. Fui ao aeroporto levar meu rebento e, na volta, já encontrei o recado: o gato não poderia ficar onde estava por causa do gato preexistente. Àquela hora, eu não podia consultar minha filha a respeito do gato dela. Ela fora taxativa ao embarcar: casos omissos seriam resolvidos por mim.

A transitória depositária do gato de minha filha decidiu levá-lo para uma clínica veterinária na Tijuca, a qual custei a localizar. Era uma velha casa caindo aos pedaços.

À minha entrada, todos os animais se assanharam, cães, micos, gatos e até mesmo um bicho estranho que me parecia uma gentil mistura de veado com cabrito.

O gato de minha filha lá estava, deprimido: a realidade da clínica, os cães e os micos, aquele animal misto de veado e cabrito. E o pior ainda não lhe acontecera: minha chegada. O responsável pela clínica retirou-o a custo de sua pequena jaula e esforçou-se por colocá-lo na cesta que o levara até ali.

Depois de muito parlamentar (sem alusão a nossos deputados), consegui um protocolo de coexistência pacífica com o gato: ele ficou quieto, e eu deixei de tentar suborná-lo com afagos e frases carinhosas. Levei-o para o carro e foi no carro que ele passou sua primeira noite longe de sua dona e de sua casa.

Pela manhã, encontrei-o mais calmo. A forração do carro ficou em frangalhos, mas, honra seja feita, o estrago ficou nisso. E assim enfrentei a segunda-feira com a tarefa suplementar de encontrar uma casa e um dono provisório para ele. E, se possível, também para mim.

18.10.2006

Tom e Vinicius

Em meus tempos de redator, recebi o texto de um repórter sobre Tom Jobim. O texto era bom e foi aprovado com as inevitáveis pinceladas de quem o editou. Mas eu fiquei no meu canto, aterrado não pelo texto em si, que nada tem de aterrorizante, mas pelo que Tom disse ou deixou que o repórter dissesse por ele.

A pergunta inicial era sobre a morte e foi formulada mais ou menos assim: "Tom, ouvimos dizer que, depois da morte de Vinicius de Moraes, você está preocupado com a morte". A resposta do Tom é simples: "Realmente, depois da morte do poeta, estou pensando muito na morte, descobri de repente que, se Vinicius morreu, é bem possível que todos nós morreremos".

Se o autor de "Garota de Ipanema" falou com ironia, o repórter não a captou. A impressão que dá, a quem lê a entrevista, é de que Tom nunca tinha lido um jornal nem visto a página em que se estampam os avisos fúnebres. Foi preciso que a morte levasse a boa alma de Vinicius para que Tom começasse a desconfiar: "Se ele foi, por que não eu?". Foi necessário morrer um poeta para que esse fato tão banal na vida de nós outros entrasse nas preocupações de nosso grande compositor.

Há momentos em que nos julgamos eternos. Faz parte de nossa cobiça. Mas, depois dos trinta anos, qualquer mortal que até então se julgou imortal começa a desconfiar que um dia vai para o beleléu mesmo. E, dentro das possibilidades de cada qual, todos se coçam e se arrumam como podem. O corcunda sabe como se deita.

As religiões, em certo sentido, procuram habituar o homem à ideia da morte. No entanto, com ou sem religião, a morte é o fato mais importante da vida, e o homem será sempre um desgraçado enquanto não aceitar placidamente a rudeza, a estupidez e a necessidade de seu próprio fim.

28.10.2006

O homem da imprensa

A profissão de jornalista cria situações estranhíssimas, que me surpreendem ainda. Trago nos ombros alguma vivência no ofício, e já não era para me entregar às vãs perplexidades do mister que escolhi ou, melhor, que a vida me obrigou a escolher.

Este introito é para reclamar de mim mesmo. O exercício do jornalismo tem me obrigado a dar pulos no tempo e no espaço. Anos atrás, amanheci com os gerânios vermelhos arrebentando nos peitoris da *piazza* Navona.

No dia seguinte, amanheci na praça Tiradentes catando dois travestis que haviam brigado por causa de um concurso de fantasia. Pouco mais tarde, saí da comitiva que acompanhou Sua Santidade aos pagos brasílicos e fiquei trancafiado um dia e uma noite na cela sombria da Delegacia dos Entorpecentes, a fim de entrevistar um tal de Tonelada, que traficava drogas. O papa fazia outro tipo de tráfico, o sobrenatural. As diferenças entre os dois eram muitas. O jornalista, contudo, era o mesmo.

Na viagem que trouxe João Paulo II ao Brasil, quando o DC-10 da Alitalia penetrou no espaço brasileiro, pensei em minha mãe e senti pena de que ela não saboreasse o orgulho de ter um filho ali no céu – no céu mesmo, ao lado de um papa. Por analogia, senti o mesmo quando a porta do xadrez se fechou e me vi cercado de criminosos de vários tamanhos e feitios. Visualmente, eu não era diferente deles. Espiritualmente, talvez fosse até o pior deles. E voltei a pensar em minha mãe: se ela me visse aqui!

Isso tudo não teria importância se não houvesse um fato relevante para minha biografia. Casada com um jornalista, ela me aconselhava a ser tudo na vida, padre, baleiro de cinema, doutor, ascensorista, bandeirinha de futebol:

— Qualquer coisa serve, meu filho, desde que não seja jornalista.

1º.11.2006

Chá da meia-noite

Embora legalizada em outros países, a eutanásia continua proibida no Brasil. No entanto, demos um passo importante em direção à dignidade do único episódio vital, que é a morte. Com isso estou lembrando a frase de Santo Agostinho: "A vida não é mortal, a morte é que é vital".

A ortotanásia difere da eutanásia porque não interrompe a vida do doente terminal, simplesmente deixa que a natureza siga seu caminho. Os adversários da eutanásia a consideram um assassinato, porque se trata de um ato específico que provoca o fim. A ortotanásia, de certa forma, é um não ato aprovado previamente pelos médicos e pelas famílias e, em alguns casos, pelo próprio paciente em condições de expressar uma vontade.

Mas, todas as vezes que ouço falar em eutanásia, me lembro do "chá da meia-noite", que diziam ser comum nos hospitais públicos. Os doentes desenganados recebiam uma visita suplementar, que caridosamente oferecia um chá incrementado ao paciente, dizendo que se tratava de uma mordomia em paga pelo bom comportamento do enfermo. Garantiam que o chá era um prêmio que tinha uma eficácia assombrosa para curar doenças e aliviar dores.

Comovido, o doente bebia o chá com sua autoestima redobrada: era um enfermo bem-comportado e merecedor de atenção especial da direção da enfermaria. No dia seguinte, havia um leito vazio no hospital. A prática do "chá da meia-noite" é negada por alguns e confirmada por outros que sobreviveram à mordomia letal. Se verdadeiro, o chá era um assassinato, embora tivesse o nome pomposo de caridade ou a denominação técnica de "eutanásia". A questão da morte induzida sempre provocou polêmicas. Mas, desta vez, a Igreja Católica aprovou a ortotanásia numa atitude que alguns consideram surpreendente.

14.11.2006

O barco e o sol

Alguns leitores reclamam do cronista que usa o nobre espaço de um jornal para textos que nada têm a ver com a realidade e com o momento. Falando francamente, eu também me estranho e, por mais que me estranhe, fico na minha.

Não tenho saco para acompanhar com argúcia e interesse pessoal fatos e fastos da política nacional, de nossa economia e da situação internacional. De vez em quando, abordo um tema relativo a esses departamentos, que, afinal, de certa forma fazem parte de meu cotidiano.

O atentado ao WTC me espantou, a invasão do Iraque me irritou, o Brasil na Copa do Mundo me decepcionou. Foram acontecimentos abordados à exaustão por todos os jornais e jornalistas, cada qual com sua visão particular, inclusive a minha.

Para dar exemplos: não tenho qualquer interesse em saber quem vai ser ministro disso ou daquilo, não torço por nenhum candidato e nenhum partido.

Sou minimamente patriota para admitir que torço compulsoriamente pelo Brasil, pela paz universal, mas, de tanto quebrar a cara, não o faço com arroubo e persistência.

Ontem pela manhã vi um barco solitário na Lagoa. Os remos encharcados refletiam o sol da manhã. Um espetáculo bonito em sua banalidade, logo me deu vontade de escrever sobre barcos de remos encharcados de água e de sol.

Sei que não é isso que os leitores esperam de um cronista numa página de opinião, preferem um comentário sobre o senador Ney Suassuna, que escapou de uma repreensão verbal no Senado. Ou uma análise original e indignada da crise do tráfego aéreo, agora suspeito de sabotagens.

Ou uma revelação sobre as doações de empresas ligadas ao governo para a campanha eleitoral de Lula. Assumo a culpa de preferir o barco e o sol.

10.12.2006

Presidente bombeiro

Para explicar e justificar sua posição política e ideológica de hoje, o presidente Lula referiu-se à idade, que ainda não é muita, dizendo que uma pessoa velha que insiste em ser da esquerda deve ter problemas, do mesmo modo que um jovem direitista deve ser problemático.

Está na cara que ele tomou a si mesmo como referencial dessa frase com um bafio acaciano, que lembra o professor Fernando Henrique Cardoso, useiro e vezeiro em repetir as retumbantes obviedades do conselheiro Acácio.

Desde os tempos da Revolução Francesa, quando se criou o conceito de esquerda e direita, sabe-se que, na juventude, o homem tende a ser incendiário e, na idade madura, prefere ser bombeiro. Para o cidadão comum, uma e outra posição têm retórica própria e inofensiva. Para um político profissional, revela mudança de camisa ideológica e, em alguns casos, moral e ética.

O próprio Lula se enquadra num e noutro caso: incendiário na mocidade, bombeiro na maturidade. Ainda bem. Que seria de nós se nosso presidente fosse incendiário? Já temos problemas e aflições suficientes com o presidente que tenta apagar incêndios que ele gostaria de ter provocado quando era sindicalista e político de oposição.

Da mesma forma que FHC se diz social-democrata, repelindo o neoliberalismo que marcou seu governo, Lula se declara centro-esquerda, um escalão oportunista do espectro político. Sabemos que o centro é como aquela anedota do português que comprou um relógio que lhe foi vendido como sendo de ouro. Um amigo negou que fosse de ouro. Ao ser perguntado por outro amigo se o relógio era de ouro, ele disse que às vezes era e às vezes não era. O centro é uma posição cômoda de quem é uma coisa ou outra de acordo com as circunstâncias e os interesses pessoais.

13.12.2006

O demônio do poder

"Não é a fome, não é o desejo – é a sede do poder que é o demônio do homem. Dê-se-lhes tudo: saúde, alimentos, moradia, distrações – nem por isso se sentirão menos tristes nem menos infelizes; porque o demônio está de alcateia, o demônio os espera, espera e quer ser satisfeito."

A frase é de Nietzsche (*O viajante e sua sombra*), e ele mesmo acrescentou a seu texto os versos de Lutero com o mesmo sentido: "Se nos tiram o corpo e haveres, honra, mulher e filhos, bom proveito lhes faça – não nos hão de tirar o poder".

O poder de que falam Nietzsche e Lutero tem escalas: o poder do pai, do Estado, o poder do chefe e do subchefe, o poder, enfim, que explica todas as formas do mal que vulgarmente é centralizado no demônio – o demônio do homem, que o leva a comer o fruto da árvore do Bem e do Mal para ser poderoso igual a Ele, ao Deus que o criou.

É na vida pública, vale dizer, na vida política, que o demônio do poder mais se manifesta. A conquista do poder e sua sustentação são os desafios maiores do poder, cada qual em seu quintal específico, nos executivos, nos legislativos e nos judiciários. O maior explora o menor, o menor explora o mínimo, e o mínimo busca outro mínimo a explorar.

Até mesmo na vida particular de cada um, o poder é o objetivo final de cada ação, por mais prosaica que seja. O poder do marido sobre a mulher, do guarda sobre o motorista, do motorista sobre o transeunte e, evidentemente, de um presidente de empresa ou da República sobre seus subordinados e sobre a nação.

O demônio do poder está no embrião de todo o processo político, das alianças e das rupturas. Aparentemente, há limites legais para o exercício do poder, mas, no subsolo das paixões, tudo é permitido, desde que, guardadas as conveniências de ocasião, o demônio que está a rugir em volta faça mais um súdito.

19.12.2006

Cadê Braguinha?

O Rio amanheceu cantando, toda a cidade amanheceu em flor, os namorados vão para a rua em bando porque a primavera é a estação do amor. A estrela-d'alva no céu desponta, e a lua anda tonta com tamanho esplendor, e as pastorinhas, para consolo da lua, vão cantando na rua lindos versos de amor.

Branca é branca, preta é preta, mas a mulata é a tal, quando ela passa todo mundo grita: estou aí nessa marmita. Yes, nós temos bananas, bananas para dar e vender, banana, menina, tem vitamina, banana engorda e faz crescer. Cadê Mimi, que fugiu para Xangai e do meu pensamento não sai? Conheci uma espanhola natural da Catalunha, queria que eu tocasse castanhola e pegasse touro a unha. Copacabana, princesinha do mar, pelas manhãs tu és a vida a cantar e à tardinha ao sol poente deixa sempre uma saudade na gente. Pela estrada afora, eu vou bem sozinha, levar esses doces para a vovozinha. Ela mora longe, o caminho é deserto, e o lobo mau passeia aqui por perto.

Eu sou o lobo mau, eu pego as criancinhas para fazer mingau, hoje estou contente, vai haver festança, tenho um bom petisco para encher a minha pança. Vai, com jeito, vai, senão um dia a casa cai. Nós somos as cantoras do rádio, levamos a vida a cantar, de noite embalamos seus sonhos, de manhã nós vamos te acordar. Meu coração, não sei por quê, bate feliz quando te vê, e os meus olhos ficam sorrindo e pelas ruas vão te seguindo, mas, mesmo assim, foges de mim. O povo invade a barca e lentamente a velha barca deixa o velho cais, fim de semana que transforma a gente em bando alegre de colegiais.

(Para homenagear Braguinha, que morreu no último sábado, não encontrei nada melhor do que lembrar a letra de alguns de seus sucessos que marcaram meu tempo e minha saudade.)

27.12.2006

Otários

Amigo meu foi com a namorada passar o Carnaval em Búzios. Pegou um congestionamento de 25 quilômetros na estrada da Manilha e foi assaltado por dois bandidos, que nem usavam capuz para não chamar a atenção dos outros carros engarrafados.

Recebeu ordem de ir em frente, no ritmo lento do tráfego, se desse algum sinal acusando o assalto, seria sacrificado na hora. O jeito foi obedecer. Quando o trânsito melhorasse, os bandidos ficariam com o carro e libertariam os dois. O que realmente aconteceu, hora e meia mais tarde.

Da experiência de dirigir com uma arma na nuca, meu amigo guardou um detalhe que o impressionou. O calor era muito, sol forte. Aproveitando centenas de carros engarrafados, vendedores de água, de refrigerantes e de biscoitos passavam entre as filas, suando como demônios em fornalhas coletivas. Um dos bandidos sentiu sede, mandou que o outro providenciasse uma Coca-Cola:

— Pede a esse otário uma Coca geladinha.

Meu amigo pensou que o otário em questão fosse ele mesmo: além de estar sendo assaltado, teria de pagar uma Coca para o bandido.

O otário era o vendedor, um sujeito forte, com a pele tostada brilhando de suor, ganhando trocados na manhã de sol — se conseguisse vender todo o estoque que levava nas costas, mal teria dinheiro para o almoço à beira da estrada. Um otário.

Com uma arma roubada por aí, ele poderia estar dentro do carro refrigerado, mais um pouco e teria o carro todo para passar o Carnaval. Enquanto houver otários no mundo, é mole trabalhar sem pegar no pesado. Ser apanhado pela polícia é um acidente de percurso, um risco do *métier*.

Estatisticamente, ele poderia se refrescar com a Coca, ficar com o carro e ganhar o dia.

1º.3.2007

Soberania e paz

Generalizou-se um raciocínio aparentemente óbvio: se forças do Exército brasileiro podem e estão policiando cidades, ruas e favelas do Haiti, por que não fazem o mesmo em nossas cidades, nossas ruas e nossas favelas? Tempos atrás, soldados brasileiros também foram policiar a região do Suez, que vivia uma situação difícil, ameaçando até mesmo um conflito mundial.

Acontece que, tanto em Suez como agora no Haiti, como membro da Organização nas Nações Unidas, também conhecida como ONU, o Brasil foi designado para formar a tropa internacional para policiar uma região conflagrada, em estágio de guerra civil. Pensando bem, é nosso caso atual. A onda de violência e a incapacidade do Estado de normalizar nossa vida doméstica criaram uma situação de guerra civil não declarada, mas existente em nosso dia a dia.

Seria o caso de abdicarmos de nossa soberania e apelarmos para a entidade mundial criada para ajudar países em dificuldade? Aceitar a intervenção de tropas estrangeiras para suprir nossa necessidade de ordem e paz? Pessoalmente, não vou tão longe. Fico pensando na possibilidade de *marines* patrulharem a Linha Vermelha. Seria o primeiro passo para forças internacionais tomarem conta da Amazônia, dada nossa incapacidade de acabar com o desmatamento da maior floresta do mundo.

Haveria uma hipótese dentro da hipótese: membro da ONU, o Brasil poderia ser convocado para combater a violência, o contrabando e o tráfico, não exatamente no Haiti, mas aqui mesmo, dentro de nossas fronteiras.

Não mais prevaleceria o argumento de que as Forças Armadas não foram feitas para cumprir um papel policial. O Brasil continuaria um país soberano e talvez fôssemos capazes de saber, afinal, onde estão os ossos de Dana de Teffé.

6.3.2007

Lição e memória

São muitas e variadas as impressões que podemos ter de Octavio Frias de Oliveira. Há, evidentemente, um eixo, um núcleo que está sendo abordado pelos depoimentos de personalidades que o admiravam. Os mais próximos, que com ele conviveram e trabalharam, destacam sua objetividade, seus valores morais, seu amor à verdade e o respeito às opiniões contrárias a seu modo de pensar.

Nas reuniões do conselho editorial que presidia, era o que menos falava. Gostava de ouvir. Perguntaram a São Vicente de Paula o segredo de seu sucesso no confessionário, ao que ele respondeu: "Eu sei ouvir". Seu Octavio sabia ouvir.

Dele guardo uma experiência inédita em meus sessenta anos de jornalismo militante. Quando da campanha presidencial para a sucessão de Itamar Franco, com o eleitorado dividido entre FHC e Lula, ele deixou claro que admirava seu antigo colaborador e amigo de muitos anos (FHC), mas cada um deveria manifestar seu pensamento livremente.

Nos oito anos do mandato de FHC, pelo menos duas vezes por semana eu e outros cronistas da *Folha* criticávamos seu governo. Nunca fomos censurados nem advertidos. O mesmo está acontecendo com o governo de Lula. A independência que ele imprimiu ao jornal estendeu-se a seus colaboradores.

Curtido numa vida em que o trabalho era a chave de sua autonomia como homem e como profissional, ele exerceu outros ofícios antes de se fixar no jornalismo, que até então era monolítico, expressando a opinião de grupos e pessoas de pensamento homogêneo.

Abrindo seu jornal ao pluralismo das tendências e dos debates, ele criou um fato novo na mídia nacional, um fato que alguns ainda não compreenderam, mas que marca um ponto de não retorno na imprensa brasileira.

6.5.2007

Tempos de Mustafás

Mal refeito das venturas e desventuras dos recentes escândalos da vida nacional – mensalão, bingos, correios, sanguessugas e agora as navalhadas de uma operação que ameaça cortar mais carne –, fiquei, como sempre, sem entender nada, misturando nomes, siglas, cifras e façanhas. Um samba do crioulo doido que nem me distrai.

Tive experiência anterior, quando, numa das Copas do Mundo, fui obrigado a ouvir pelo rádio um jogo de duas seleções de países árabes, transmitido por um exaltado locutor marroquino ou egípcio – não tenho certeza. Durante noventa minutos, com o descanso regulamentar do primeiro para o segundo tempo, fiquei sem nada entender do que ouvia, percebendo apenas uma palavra que me parecia íntima: "Mustafá". A impressão era a de que havia 22 Mustafás em campo, distribuídos nos dois times e autores dos cinco gols da partida, sendo que um dos Mustafás foi expulso pelo juiz, que me parecia ser um Mustafá suplementar.

É mais ou menos assim que me sinto diante do noticiário sobre os escândalos nacionais. Mal me habituo com um Mustafá que pagava deputados para votar a favor do governo, surge outro Mustafá que explorava casas de bingo, substituto de outros Mustafás que compravam ou vendiam ambulâncias. É bem verdade que os nomes e as caras mudam, um deles é careca, outro é cabeludo, todos têm secretárias suspeitas, que devem ser Mustafás honorárias.

O estoque é vasto. Cada Mustafá prepara o terreno para outros Mustafás entrarem na jogada. Quando cansam a paciência pública, são substituídos por novos Mustafás que adentram o gramado com a fúria de que vão decidir a partida, que nunca é decidida por causa dos Mustafás que estão no banco dos reservas, esperando sua hora.

29.5.2007

Como tirar um cavalo da chuva

Ingredientes: um cavalo; uma chuva.

Modo de preparar: pega-se um cavalo que esteja na chuva e, usando de persuasão ou de força, obriga-se o animal a se dirigir a um lugar seco, onde deverá ficar até que a chuva passe.

Modo de usar: são inúmeras as vantagens de tirar um cavalo da chuva, qualquer cavalo, da chuva, de qualquer chuva. Chuva e cavalo podem se misturar, mas há que tomar cuidado para não prejudicar a natureza dos ingredientes, ficando o cavalo molhado demais e a chuva, que deveria fecundar o solo fazendo nascer o trigo e as flores do campo, molhar inutilmente o cavalo, que não produz flores nem trigo.

Outro mérito de tirar o cavalo da chuva, sobretudo para quem não dispõe de cavalo, mas está sujeito a chuvas e trovoadas, é fazer o que deve ser feito, ou seja, tirar o cavalo da chuva e, se possível, tirar a si mesmo da chuva.

Sabe-se que quem está na chuva é para ser molhado. Recomenda-se tirar o cavalo da chuva em ocasiões especiais, como votações no Congresso, prorrogações de medidas provisórias, reescalonamento de dívidas públicas, cargos e funções.

É preferível tirar o cavalo da chuva, mantendo-o enxuto, a enxugá-lo depois de molhado. Em caso de dúvida, para saber se o cavalo está molhado ou não, aconselha-se um relatório do senador Epitácio Cafeteira.

Convém, contudo, não exagerar e, a pretexto de enxugar o cavalo molhado pela chuva, enxugar os orçamentos da saúde, da educação, dos transportes, da segurança.

Como servir: com o cavalo fora da chuva, pode-se fazer muita coisa ou nada fazer. Em ocasiões mais críticas, o melhor é montá-lo e partir indignado em todas as direções. (Esta crônica é dedicada a todos os cavalos que estão na chuva.)

19.6.2007

Poder é poder

Pela vida afora, já me explicaram mil vezes o que é e como se forma o poder. Eu mesmo fucei por aí, lendo entendidos e curiosos que trataram do assunto. Li os alemães, que são bons na matéria. Li tratadistas que trataram do poder e de sua fonte.

Tanta e tamanha sapiência nunca me convenceu. A primeira noção que tive do poder foi um canivete que o pai jogou fora. Estava enferrujado e só tinha uma lâmina, com a qual o pai descascava laranjas o ano todo e as castanhas nas ceias de Natal. Não usava facas para isso. Ao contrário daqueles que crucificaram Cristo, ele devia saber o que fazia.

Apanhei o canivete no lixo, limpei-o, amolei sua única lâmina numa pedra cinzenta e porosa que tinha o óbvio nome de "pedra de amolar". Armado cavalheiro, sagrado com aquilo que os laudos do Instituto Médico-Legal chamam de "instrumento perfurocortante", assumi o poder de todo o lado esquerdo da rua em que morava.

Só não assumi o poder da rua inteira porque, no lado direito, havia um menino que tinha um canivete com duas lâminas. Uma delas era maior do que a outra. Aberto, o canivete parecia um siri com as duas garras metálicas.

Chamava-se Agenor. Acho que Agenor Fernandes Batista. Nunca tive um amigo com esse nome – desconfio que o motivo foi esse canivete mais poderoso do que o meu. Daí estabeleci toda a hierarquia do poder, que perdura até hoje. Anos depois, em Zurique, comprei um daqueles canivetes suíços que tem 48 lâminas e outras tantas serventias.

Dizem que é a principal arma do Exército daquele país. Ninguém briga com a Suíça por medo de arma tão mortífera. Nunca esqueci aquele canivete de duas lâminas que me roubou o poder de uma rua. Uma rua que não mais existe, um poder que nunca tive.

24.6.2007

A ameaça das águas

Leio nos jornais que Macaé, norte do estado do Rio, está afundando. É coisa pouca ainda, alguns centímetros por século, mas de forma inapelável. Nada a ver, por ora, com a elevação do nível dos oceanos devida às calotas polares derretidas pelo calor do meio ambiente poluído. É a cidade que afunda por conta própria, mais ou menos como Veneza.

Admito que entre Macaé e Veneza haja algumas diferenças e torço sinceramente para que não desapareçam, tragadas pelas águas. Não posso folgar com a desgraça alheia, morador que sou de uma cidade litorânea que, mais cedo ou mais tarde, terá destino igual.

Não estou alarmado o suficiente para imitar um amigo que mora na avenida Atlântica.

Já comprou um terreno em Friburgo, altitude confiável, mais de mil metros. Ali construirá uma casa que deverá estar pronta antes que o nível do mar se eleve até o segundo andar do edifício em que mora.

Sou péssimo em matéria de cálculos, nem me atrevo a pensar nos muitos séculos que levarão até que o oceano atinja Brasília, no Planalto Central. Quando pensaram em mudar a capital da República para o interior, muitos anos antes de JK, um dos motivos foi exatamente este: ao nível do mar, a capital oferecia dois perigos, o ataque marítimo por esquadras inimigas e a ameaça de maremotos devastadores.

O Rio foi cercado por fortalezas, que hoje são apenas decorativas e ameaçam se transformar em espaços culturais – o que não parece, mas faz algum sentido.

Quanto à elevação das águas, nada foi feito; pelo contrário, aterraram grandes nacos da baía de Guanabara e praias oceânicas, como Copacabana.

Tudo leva a crer que não será para meus dias a ameaça das águas. No entanto, gostaria de ver Brasília imitar Macaé.

8.7.2007

UTI da palavra

Desde criança estranho qualquer tipo de sigla. Sei que são necessárias e práticas, reduzem qualquer conceito ou fato a poucas letras. Lá atrás, em respeito ao nome de Deus, os judeus criaram a primeira sigla, que foi Javé, uma combinação cabalística de conceitos cuja soma se refere a Adonai, o Senhor.

Não entendo línguas orientais, mas sei que os criptogramas funcionam mais ou menos como siglas; determinado sinal significa uma árvore, a repetição do mesmo sinal significa floresta.

Fiquei pasmo quando me explicaram que SOS, que eu sabia ser o pedido de socorro, significava *"save our soul"* (salve nossa alma). Em princípio, quem pede socorro quer salvar a pele, e não exatamente a alma. Seria o *"save our skin"*.

A tecnologia, em seus diferentes estágios, inundou o mercado com siglas complicadíssimas. Ler o placar de uma bolsa de valores ou a rota de um avião que vai de um lugar a outro é topar com uma sucessão de siglas esotéricas, algumas impronunciáveis, porque não têm vogais.

Louvemos a Aids, que pode ser dita, o SUS, que é quase uma variação do SOS, e outras poucas que entram fácil pelo ouvido e pela compreensão. Daí a precariedade dos dicionários, que não podem acompanhar a velocidade com que são criadas as siglas que participam do nosso cotidiano. VHS, DVD, MPB, TPM, PTA, PAC – eu poderia encher milhares de páginas citando milhares de siglas. Os manuais de redação dos jornais tentam disciplinar o uso ou o abuso desse recurso, que, afinal, procura poupar tempo e espaço na comunicação oral ou escrita.

Um dia, chegaremos à simplificação máxima do MTYJ – *"me, Tarzan; you, Jane"*. Em matéria de linguagem, atingiremos o topo e poderemos ir definitivamente para a UTI da palavra.

15.7.2007

O coaxar das rãs

Animal urbano, sempre ouvi falar em coaxar de rãs, mas nunca soube exatamente o que era isso. Até que li, num jornal aqui do Rio, uma referência ao "coaxar de rãs" a propósito das críticas que estão sendo feitas, ao Rio em geral e ao carioca em particular, por causa do Cristo Redentor, que foi considerado uma das sete maravilhas do mundo.

Alguma culpa o Rio deve ter para purgar tanta e tamanha esculhambação vinda de outros estados tão ou mais maravilhosos. A cidade assumiu a pretensão e folgou com a eleição – certo. No passado, ela já havia assumido por conta própria a condição de maravilhosa, contrariando a esposa de dom João VI, que, quando aqui chegou, em 1808 (vai fazer duzentos anos daqui a pouco), considerou a velha aldeia colonial um burgo infecto, indigno de hospedar uma corte europeia que estava fugindo de Napoleão.

E naquele tempo não havia balas perdidas nem a polícia promovia chacinas matando supostos marginais. E ninguém havia poluído a paisagem com uma estátua grosseira, de braços abertos, num gesto que parece pedir "me tirem daqui, não tenho nada a ver com esta cidade amaldiçoada e leviana".

Somando tudo isso, desconfio de que as rãs sejam sábias, e seu coaxar, além de justo, é necessário para dar, a nós cariocas, um pouco da vergonha que nos falta pelo fato de termos nascido num chão de pecado e luxúria. O carioca é folgado por vocação e imprestável por opção. Nem as balas perdidas acabarão com sua raça. Não precisa de um Cristo Redentor, mas de um anjo exterminador.

Um dia, arrancaremos do morro aquela estátua que consagra nosso provincianismo mal-informado e ali colocaremos um mastro com enorme cueca – teremos, então, o aplauso das rãs que louvarão nossas artes e nossos ofícios.

28.7.2007

Bergman

Poucos cineastas obtiveram consenso crítico favorável como Ingmar Bergman. Dos anos 50 a 70 do século XX, cada um de seus filmes marcava um momento bom do cinema mundial, fenômeno que só acontecia com Fellini. Bem verdade que nunca chegou a ser popular, apesar dos muitos prêmios importantes que ganhou e da influência que exerceu em cineastas como Woody Allen, de trânsito internacional, e Walter Hugo Khouri, no Brasil. E, até certo ponto, Michelangelo Antonioni, também de trânsito internacional, que morreu nesta semana.

Bergman deu ao cinema um patamar novo; além da diversão e da mensagem, foi ao mesmo tempo um mestre da imagem e da palavra. Ao contrário de John Ford e Eisenstein, que faziam filmes para fora, ele fazia filmes para dentro, exigia que o espectador metabolizasse cada cena, cada diálogo. Sobretudo, cada silêncio.

Sua obra não é vital como a de Fellini. É até mesmo sombria, uma pauta vazia em que ele escrevia gritos e sussurros, cavando fundo na matéria da alma de seus personagens, basicamente das mulheres que refletiam seu mundo interior.

O primeiro filme, *Monika e o desejo* (1953), passou aqui no Rio numa sala dedicada ao cinema pornô. Nada tinha de pornográfico, apenas mostrava uma adolescente em seu estágio de mulher e desejo.

Seu melhor filme, entre os melhores, em minha opinião, seria *Morangos silvestres* (1957), mas o que me marcou foi *Sorrisos de uma noite de amor* (1955), do qual tirei uma frase para a epígrafe de um de meus romances (*Matéria de memória*): "O amor é horrível ocupação". O livro é de 1963, dei o crédito a Ingmar Bergman, mas os resenhistas acharam que eu me enganara e atribuíram a frase a Ingrid Bergman.

2.8.2007

Lua de mel em Bariloche

Das muitas coisas que não entendo, uma é a mania de os usuários de celular fazerem os outros participarem contra vontade de suas venturas e desventuras. Minha curiosidade pela vida alheia não chega a tanto. Outro dia, num restaurante, em mesa próxima, uma senhora falava com uma amiga que lhe contava detalhes da lua de mel da filha num hotel de Bariloche.

De início, não prestei atenção, mas era impossível não ouvir a história de um casamento que terminou no segundo dia da lua de mel. É bem verdade que só ouvia parte do diálogo, que me pareceu escabroso – minha vizinha de mesa estava indignada; mais do que isso, insultada. Seus comentários, inicialmente, eram de espanto, mas aos poucos se tornaram perplexos e terminaram escandalizados.

A coisa começou com um genérico pesar pelo casamento desfeito.

— Que pena! Nem deram tempo para melhor se conhecerem.

Os comentários foram aumentando em gênero, número e grau. Depois de certo tempo, limitaram-se a exclamações, revelando descrença: "Não, não é possível!", "não acredito!", "não, não me diga!", "o quê?".

Houve um silêncio em que a senhora, olhos arregalados, apenas ouvia o que a outra contava. Durou pouco o silêncio. Aumentando o tom de voz, ela estertorava:

— Não é possível, ó, não, não acredito, o quê??? Por trás?

O restaurante estava cheio. Com o desenvolvimento da conversa, todos fingiam não prestar atenção aos lances nupciais de Bariloche. Não se ouvia o barulho de um talher, os garçons pisavam mansinho.

É bem verdade que, após o último detalhe, a conversa esfriou e logo acabou. Todos voltamos a comer, mas paramos outra vez. Desligado o celular, a senhora ligou-o outra vez. Entrou de sola no assunto:

— Você não imagina o que acabei de saber!

14.8.2007

Réquiem para o indivíduo

Descobriram com cívico entusiasmo que a Constituição garante a liberdade de expressão que legaliza e justifica a liberdade de informação. Acontece que a mesmíssima Constituição garante a privacidade de cada um, fazendo de cada cidadão o guarda insubstituível de sua moral e sua imagem.

Volta e meia, a dualidade constitucional, de aparente contradição, torna a ser discutida, com os entendidos dando palpites que geralmente colocam a liberdade de expressão como valor absoluto, cláusula pétrea à qual todos os demais direitos estão subordinados.

O dever de informar é corolário de outro dever, o de defender o interesse público. Havendo interesse público (ou curiosidade pública), tudo é permitido. Não há direito particular que se sobreponha ao da sociedade de estar informada.

O raciocínio está sendo brandido a propósito de mensagens eletrônicas de dois ministros do STF, fotografadas durante uma sessão daquela corte de Justiça. A predominância de um direito sobre outro vem sendo, através dos tempos, o argumento básico de todas as ditaduras que esmagam o direito individual em nome da sociedade, representada, no caso, pelo Estado. Para dar um exemplo: no fascismo e no nazismo, era proibido ter vida pessoal. Tudo se subordinava ao interesse da "sociedade".

Não faz muito, um homem público enfrentava um câncer terminal que resultara em metástase em seu circuito urinário. Publicaram-se desenhos dando à sociedade detalhes e tamanhos dos órgãos comprometidos. O interesse público foi saciado com relevante informação sobre as partes afetadas.

Nenhum valor individual poderia limitar o direito da sociedade de tudo saber. Uma sociedade perfeita que, para ser mais perfeita, precisa ser informada do tamanho de um pênis avariado.

28.8.2007

O direito à verdade

A publicação do livro *Direito à memória e à verdade*, lançado sob patrocínio do presidente da República, é um passo à frente – e passo importante – para esclarecer, sem denunciar legalmente, os muitos crimes do regime militar (1964-85).

No entanto, é apenas um passo, melhor do que a inércia da história, em relação ao que realmente aconteceu em termos de violência, tortura e morte.

Espera-se que o próximo passo seja a abertura dos arquivos militares e policiais daquele período.

Até certo ponto, continuamos ignorando o subsolo das ações punitivas, a mecânica burocrática das torturas. Os depoimentos que temos são a ponta final do processo, na maioria dos casos prestados pelas vítimas que sobreviveram e por parentes e amigos dos que morreram. Ainda não li o livro, mas os casos agora destacados pela mídia já eram de conhecimento geral. Neste particular, são poucas as novidades.

Importante é que o governo libere os arquivos com as tramas que desembocaram nos episódios criminosos da ditadura, ou seja, a hierarquia do aparelho em si, as motivações ideológicas e táticas da repressão.

Tal como no caso do mensalão, com a impossibilidade de Lula ignorar o que se passava em seu governo, seria impossível que os hierarcas daquele regime não soubessem (e não aprovassem) a miséria instalada na carne e na alma da nação.

Não se trata de um degrau para o revanchismo. A abertura política que resultou no retorno ao Estado de Direito teve como base a anistia que beneficia os dois lados daquele confronto. Violar o princípio da anistia seria uma violação ao Estado de Direito, uma porta aberta para um novo tipo de violência.

4.9.2007

Opinião sobre as vacas

O Rio amanheceu cantando… Não, não era isso que eu queria escrever, e sim: "O Rio amanheceu cheio de vacas". Não entendi bem o que tantas vacas faziam na paisagem da cidade, tradicionalmente sem elas, desde que uma lei municipal proibiu estábulos nos limites urbanos da então capital da República.

O Brasil cultivava vacas, precisava delas, mas as expulsara para outras paragens, que naquele tempo eram chamadas de roças.

Menino urbano, a primeira noção que delas adquiri foram as "vacas leiteiras", caminhões que paravam nas esquinas mais importantes dos bairros, buzinavam durante cinco minutos, donas de casa corriam aflitas com panelas e bules, o leite vinha gelado, mas nem sempre fresco, a saúde pública também proibiu aquele tipo de vaca na cidade, o produto passou a ser distribuído industrialmente, como um refrigerante ou um detergente.

Lembro o estupor nacional quando, num ano qualquer do século passado, o Zé Serra, nomeado ministro, declarou que nunca tinha visto uma vaca em carne e osso. Fui dos poucos que compreenderam o atual governador paulista. Só tomei conhecimento da existência do gado vacum quando já entrado em anos. Mas até hoje a vista de um boi ou de uma vaca me dá um torpor pastoral.

Mesmo assim, há tempos iniciei um romance que teria como título *Opinião da vaca sobre a cidade do Rio de Janeiro nos meados do século XX*. Nunca terminei esse trabalho e, se um dia o fizer, inverterei o título, que será *Opinião da cidade do Rio de Janeiro sobre a vaca no início do século XXI*.

Em Copacabana, botaram até uma vaca ao lado da estátua do poeta Drummond de Andrade, fazendeiro do ar. Se nada entendia de vaca, passei a entender menos.

7.10.2007

Guevara

Os quarenta anos da morte de Guevara estão provocando matérias na mídia internacional – a maioria a favor do mito; outras, em menor número, apresentando o outro lado do herói, sua crueldade para com os adversários, sua incompetência como administrador.

Como sempre acontece, os dois lados têm razão. Guevara foi e continua sendo o maior exemplo de paixão por um mundo melhor, mártir que se imolou por uma causa nobre, a justiça social. Neste particular, seu nome e rosto de guerrilheiro ficarão para sempre.

O outro lado é também verdadeiro. Após a revolução e entronizado no poder como o segundo homem na hierarquia cubana, mostrou que não tinha vocação nem entusiasmo pela função pública. Seus planos econômicos foram um desastre.

Foi eficiente apenas na temporada que se seguiu à tomada do poder, quando assumiu a responsabilidade por centenas de fuzilamentos dos adversários, muitos deles sem nenhum julgamento.

Contudo, a grandeza pessoal e a dedicação consciente e permanente à causa que abraçou fizeram dele o melhor logotipo das reivindicações humanas, o qual ele encarnou como nenhum outro em nosso tempo.

Quando cheguei a Cuba, logo após a notícia de sua morte na selva boliviana, meu maior espanto foi ver uma cédula de cem pesos emitida nos primeiros anos do novo regime. Como acontece com todo papel-moeda, lá estava a assinatura do presidente do Banco Central daquele país: o mesmo Che que morrera de arma na mão, lutando contra o poderoso moinho de vento do imperialismo capitalista.

Nunca se deverá julgá-lo por sua atuação como executivo funcional ou estadista político. Ele desprezava as duas funções. A crueldade com que mandou fuzilar adversários foi a mesma que se voltou contra ele.

11.10.2007

Bafio perigoso

Manchete de ontem de um jornal: "A Copa é nossa". Tudo bem, é isso mesmo, a Copa do Mundo de 2014 será aqui. Temos vontade e tempo para preparar o torneio, e dinheiro há de se arranjar, afinal, um evento mundial de tamanho porte é um desafio para obras de infraestrutura que transcendem o esporte e já se tornaram dramaticamente necessárias.

Trens-balas ligando as principais cidades brasileiras, principalmente as do Sudeste – Rio, São Paulo e Belo Horizonte –, seriam prioritários. Além de superinvestimentos em segurança, malha rodoviária, aeroportos, comunicações etc. A Copa um dia acaba, mas a modernização de importantes setores de nossa realidade ficará.

Gostei de ver a foto da turma que representou nossas cores em Zurique. Romário com aquele jeitinho de quem acredita no que faz, Dunga com um laço na gravata que aprendeu com o rabino Sobel, Lula cansado de guerra, mas dando para o gasto e pensando se ainda será presidente daqui a sete anos. E, acima de tudo, nosso mago de plantão, que não embarca em canoa furada. Paulo Coelho aprendeu a ler "sinais" – todas as coisas têm sinais, e parece que só ele os entende e deles tira proveito.

Tenho certeza de que ele não entraria na jogada se não estivesse em importante missão esotérica. Ele nem precisará fazer qualquer tipo de bruxaria, bastam os eflúvios de sua presença, sua química pessoal e sua alquimia profissional para nos dar a certeza de que a Copa, que já é nossa, será mais nossa em 2014.

Em princípio, sou pessimista nato e naturalizado. Suspeito de qualquer alacridade antecipada. Senti no noticiário de ontem ("A Copa é nossa") um bafio temerário do "já ganhou". Também não é qualquer dia que pratico a temeridade de ressuscitar a palavra "bafio".

1º.11.2007

As palmeiras de dom João VI

Nunca dei palpite sobre a recorrente (e redundante) polêmica a respeito da rivalidade entre Rio e São Paulo. Isso não me impede de estranhar certas matérias e artigos da imprensa paulista considerando as comemorações da chegada da corte de dom João VI ao Brasil como um pretexto para colocar a azeitona de praxe na empada do carioca.

O Rio tem misérias mil, da mesma forma que tem os "encantos mil do coração do meu Brasil", segundo a letra de nosso hino oficial. Encantos e misérias que formam sua biografia – e o Rio não tem culpa de possuir uma suculenta biografia para todos os gostos. Desde o Cristo Redentor, maravilha de um mundo sem maravilhas, até as chacinas que formam nosso dia a dia nada maravilhoso.

Quando tivemos a Rio 92, a imprensa paulista preferiu a expressão "Eco 92". As duas versões estavam corretas. Foi uma questão de escolha – ou critério – editorial. No resto do mundo e nos documentos oficiais, ficou a primeira expressão, como a do Tratado de Madri, a Dieta de Worms (nem sei o que é isso, só lembro o nome), o Édito de Nantes, o Congresso de Viena etc. O grau de importância não conta.

Nenhum carioca ousou reclamar do "Ouviram do Ipiranga" nem contestar o horário do trem de Jaçanã. Cada macaco tem o direito a seu galho ou cada galho tem o direito a ter um macaco.

O fato é que o Rio, aldeia infecta e cidade suja até hoje, durante algum tempo foi sede de um império europeu que tinha colônias em vários continentes. A chegada da corte portuguesa é considerada por muitos estudiosos o pontapé inicial de nossa partida na história.

Penso sempre em dom João VI quando vejo as palmeiras imperiais que ele plantou e que se refletem na Lagoa, em frente a minha varanda.

2.12.2007

Como dominar o mundo

Foi divulgada uma lista internacional sobre os países que mais se dedicam ao estudo da matemática. Para variar, o Brasil está pessimamente cotado. Não somos um povo amante dos números. Tirante os bicheiros, que são capazes de inverter um milhar por sete lados, e os técnicos que fazem a contagem de tempo de serviço dos candidatos à aposentadoria, somos frouxos ou vagos quando o problema envolve cifras e prazos.

Houve tempo em que o pessoal da área econômica optou por uma fórmula cômoda, adotando a expressão "alguma coisa em torno de 20% ou 25%". O rigor de uma ciência exata, como a matemática, nunca foi cultivado por governantes nem por governados.

E agora sabemos que as novas gerações continuam na mesma. Na semana passada, foi divulgado que alunos de um vestibular não sabiam fazer as quatro operações básicas, empacavam na hora de dividir.

Eu não devia falar desse assunto. Mal e porcamente consegui chegar à regra de três e considero uma façanha pessoal ter chegado a tal e tanto. Mas sempre que falam em matemática lembro uma sacada de Hitler – nada mais, nada menos do que o próprio.

Questionado sobre como um povo de arianos, com uns 50 milhões de espécimes da raça pura, poderia policiar a humanidade, que à época andava em "alguma coisa em torno" de 4 bilhões, Hitler respondeu em seu livro: dominando o mundo e todas as raças impuras – eslavos, latinos, judeus e negros –, uma pequena minoria da raça nobre não precisaria ficar nas esquinas e nas ruas como um policial em serviço. Bastaria que os povos inferiores fossem proibidos de chegar à matemática e só pudessem estudar aritmética.

Não faltariam operários, soldados e empregados domésticos que saberiam fazer as quatro operações.

6.12.2007

A fome da greve

O respeito – e até certo ponto a admiração – que todos devemos à greve de fome do bispo Luiz Cappio não deve impedir algumas considerações sobre duas questões: o mérito da causa em si e o recurso pessoal de que ele se valeu para questionar a transposição do rio São Francisco.

Quanto ao mérito: o problema é polêmico. Vem dos tempos do Império a ideia de fazer do São Francisco uma espécie de caixa-d'água para abastecer grandes porções do árido e do semiárido, onde vivem milhões de pessoas que seriam beneficiadas com a irrigação pretendida. O processo foi estudado por técnicos e já foi usado com êxito em várias partes do mundo, inclusive nos Estados Unidos e, em escala menor, no Egito. Tudo ficaria na dependência de uma eficiente e honesta tecnologia a ser empregada.

Quanto ao recurso da greve de fome para pleitear uma causa, ela se justifica quando a causa em questão envolve um princípio moral inquestionável para quem a pratica. Digamos que o Brasil aprove a lei do aborto. Um bispo poderia fazer uma greve de fome – para os católicos, o aborto é um crime, um assassinato.

Os mártires de todas as causas – bonzos que se queimavam no Vietnã – faziam o sacrifício em nome de uma causa que transcendia o aspecto político e técnico de determinada circunstância. Os judeus de Massada que se imolaram estão no mesmo caso.

Tivemos em nossa história alguns momentos que poderiam ter provocado greves de fome: o regime da escravidão, que durou tantos anos, a vacina obrigatória – houve apenas badernas nas ruas –, o golpe de 1964, as Diretas Já, a transferência da capital para Brasília.

Conheci no Lins de Vasconcelos um sujeito que fez greve de fome para impedir que o Flamengo vendesse Zizinho ao Bangu.

20.12.2007

Bimbalham os sinos

Houve tempo em que os jornais publicavam no Natal um editorial, uma crônica ou uma reportagem que começava com este "bimbalham os sinos". Era o tempo, também, em que hospital virava "nosocômio", cemitério virava "necrópole" e bandido virava "meliante". Carnaval era o "tríduo momesco". E Papai Noel atendia pelo pseudônimo de "o bom velhinho".

"Mudaria o Natal ou mudei eu?" é o verso final de um dos sonetos mais famosos de nossa língua, assinado por Machado de Assis, que não chegava a ser um poeta extraordinário, mas um observador cético, até mesmo cruel, da aventura humana. "Que eu, se tenho nos olhos malferidos pensamentos de vida formulados, são pensamentos idos e vividos" – foi assim que ele encerrou outro soneto famoso, dedicado à própria mulher.

Misturar sinos bimbalhando com Machado pode parecer uma extravagância minha, mas a verdade é que na infância os sinos ainda bimbalhavam, não apenas nas igrejas, mas no presépio que o pai armava todos os anos, patinhos de celuloide nadando num espelho que parecia lago, os personagens de sempre na manjedoura, o burro e o boi compenetrados – os primeiros a adorar o menino que nascera. Os três Reis Magos se aproximando, montados em camelos de barro. Por cima de tudo, um cometa prateado com uma estrela iluminada e o sininho que tocava quando o vento batia nele.

Numa de nossas épicas mudanças, o presépio ficou desfalcado, um dos camelos se esfarelou e o espelho do lago se quebrou. O pai já estava cansado, pediu-me que o substituísse. Preferi armar uma árvore de Natal, era menos complicado. O pai a detestou, considerou-a uma profanação. Velho jornalista, jornalista de outro tempo, ele disse que Natal sem sinos bimbalhando não era Natal.

25.12.2007

Uma foto e um fato

Acho que não deveria escrever esta crônica. Mas como resistir à foto de Lula fotografando Fidel Castro e Fidel Castro fotografando Lula? Taí: sempre ouvi dizer que uma imagem vale por 10 mil palavras. Pode valer muito mais e muito menos. Refiro-me ao ditado latino *"asinus asinum fricat"*. Um burro coça outro burro.

Peraí. Se há dois caras que podem ser tudo menos burros, são eles; tanto Fidel como Lula estão acima de qualquer suspeita. Embora não admire suas ideias nem os métodos políticos que praticam, tenho uma admiração pela pessoa física de ambos – não apenas por suas qualidades pessoais, mas por seus defeitos.

Estava em Cuba quando, num momento de crise, dos muitos que atravessava, Fidel parou tudo e foi torcer por seu time de beisebol. Que perdeu feio para um adversário tradicional. Fidel entrou em depressão, cancelou compromissos e foi curtir a cara inchada como qualquer torcedor, ninguém podia se aproximar dele. Lula até que tem mais qualidades do que Fidel no aspecto humano. É um ótimo sujeito para se bater um papo sobre futebol, mulheres, comidas e bebidas, músicas de churrascaria, fofocas genéricas sobre a vida alheia.

Pena que os dois tenham se dedicado à salvação não da lavoura, mas da pátria. Nesse particular, não contam com minha bênção, que, aliás, não faz falta a ninguém, muito menos a eles, que terão um lugar garantido na história da humanidade, que também não conta com minha inútil e desmoralizada bênção.

Gostei de ver a foto dos dois se fotografando. Com um pouco de treino, Lula poderá se tornar um razoável *paparazzo*. Gosta do ofício, sempre que pode pede uma máquina emprestada para fotografar alguma coisa.

Fidel tem idade e já não tem mais saúde para mudar de profissão.

20.1.2008

Fantástico! Inacreditável!

Outro dia, acessei o Google, inventei um nome absolutamente improvável e pedi informações. Pensei que receberia uma mensagem me mandando para algum desses lugares que nunca pretendemos conhecer, mas logo apareceram na telinha algumas páginas referentes ao pedido.

Nascera na Tunísia, em ano incerto. Diziam ser filho ilegítimo de um califa aposentado que morreu no Cairo, após uma suruba incrementada com diversas prostitutas locais. Não deixou bens, mas o filho providenciou seus próprios bens e, no dia em que fez 25 anos, era dono de uma frota de camelos que transportavam turistas em volta das pirâmides e de uma plantação de coca de baixos teores na Bolívia.

Sua grande oportunidade veio com a Segunda Guerra Mundial, durante a campanha da África, quando Rommel, pelos alemães, e Montgomery, pelos ingleses, segundo alguns comentadores, iriam decidir o conflito.

O camarada era poliglota, falava alemão e inglês, suplementarmente era fluente em vários idiomas orientais e em outros que inventava na hora, conforme as circunstâncias. Tornou-se agente duplo e deu informações erradas aos dois lados. Vendia cigarros egípcios aos ingleses e uma bebida de alto teor alcoólico aos alemães. Com isso, ganhou muito dinheiro, uma nomeação para o serviço secreto de Sua Majestade e outra para um posto equivalente na Gestapo nazista.

No fim da guerra, foi cooptado pela União Soviética, que usou seus serviços para criar um grupo que dinamitaria o canal de Suez no caso de uma guerra pelo controle do Mediterrâneo, velha aspiração dos russos desde os tempos dos czares.

Perseguido pela Interpol, veio para o Brasil, onde se tornou usineiro no Nordeste e dono de bingos no Sudeste.

22.1.2008

A farra dos lápis

Rubem Braga estava sozinho numa cidade do interior e sentiu falta de mulher. Informou-se e foi dar com os costados e o desejo num bar em que profissionais da noite faziam ponto. Bebeu um pouco para calibrar e se encher de coragem, escolheu uma delas, muito jovem e tímida. Perguntou quanto custava, ela respondeu de cabeça baixa: 32,50. Rubem reclamou:

— Minha filha, isso não é preço de michê, é conta de telefone.

Lembro a história do mestre a propósito do novo escândalo que está sacudindo nossa vida pública. Autoridades e funcionários categorizados fizeram uso do cartão corporativo, e parece que tudo terminará numa CPI que se arrastará pelo ano todo. Evidente que houve casos escabrosos, gente de primeiro escalão pagando aluguel de carro e hotéis cinco estrelas com dinheiro funcional.

Mas o que está vindo a público são despesas menores, uma delas, de 4,40 reais, parece compra de um maço de cigarros, e não uma corrupção das piores. É bem verdade que cada tostão do governo gasto indevidamente configura um abuso de autoridade ou mesmo um crime contra o erário da nação.

Num ano qualquer da República Velha, quando o morro do Castelo foi desmontado aqui no Rio, houve uma sucessão de escândalos com o aluguel de burros que puxavam carroças com a terra removida, que formaria a ponta do Calabouço, onde hoje se situa o aeroporto Santos Dumont.

Um dos empreiteiros comprou um castelo na Espanha. Roubou-se muito à custa dos burros, que nada reclamavam. Quem reclamou foi uma autoridade municipal, que examinou as contas das empreiteiras e descobriu que engenheiros e operários gastavam lápis demais para os apontamentos. Houve inquéritos e demissões, a bem do serviço público, pela farra dos lápis.

10.2.2008

Direito e dever

Como frequentemente acontece com qualquer tipo de debate, a questão sobre as pesquisas com células-tronco está futebolizada – uma versão plebeia do velho e desgastado maniqueísmo, que demoniza a opinião contrária, atribuindo-a aos baixos instintos da humanidade, responsáveis por tudo o que acontece de ruim na história.

O satã de plantão é a Igreja Católica e alguns de seus adeptos, que não aprovam as pesquisas sobre um assunto em que a ciência ainda não deu sua palavra final, uma vez que não chegou a determinar o ponto exato do começo da vida humana. A própria ciência percorre um caminho muitas vezes errado. De cinquenta em cinquenta anos, até em ciências exatas, como a física, as verdades são modificadas. O caso mais visível envolve dois gênios, Newton e Einstein.

O ministro do STF que pediu vista do processo naquela corte está sendo crucificado pelo fato de ser católico praticante, um direito que lhe assiste. Se a questão envolvesse homossexuais, liberdade de culto para as seitas afro-brasileiras, um magistrado que fosse homossexual ou adepto da umbanda não seria acusado de estar vendido ao movimento gay nem pressionado pelos diversos terreiros existentes. Teria reconhecido o direito de ter sua opinião – e seria até mesmo elogiado por isso.

Sou a favor das pesquisas, embora não acredite nas maravilhas prometidas pelo uso das células-tronco. É apenas um estágio importante na tentativa de recuperar tecidos – processo que deve continuar, uma vez que não implica uma forma de homicídio.

A simples fecundação não significa a existência de um novo ser humano. Adoto, enfim, uma posição contrária à da Igreja. Mas, como homossexuais e umbandistas, ela tem o dever moral e constitucional de lutar pelos valores que defende.

11.3.2008

Medas e persas

Durante anos, frequentei cinemas e cinematecas. Não havia vídeos nem DVDs, que hoje posso comprar ou alugar. Ao contrário da lenda de Maomé e da montanha, se eu não fosse à montanha, a montanha não viria a mim.

Num mesmo dia, vi dois filmes que terminavam com o cara na cadeira elétrica; aliás, um na cadeira elétrica e o outro na forca – o que dava mais ou menos no mesmo.

Minutos antes da execução, um sacerdote entregava ao condenado uma Bíblia. Que ele escolhesse um trecho, que lesse um versículo como consolação final e redentora.

Em outro filme, um mesmo sacerdote, em vez da Bíblia, dava ao condenado um cigarro já aceso. Que ele tirasse algumas tragadas antes de ter a garganta estrangulada pela corda que o enforcaria.

Fui para casa e tentei os dois métodos de consolação, em condições mais suaves, pois não pretendia ser eletrocutado nem enforcado, pelo menos não naquele dia. Tentei o cigarro. Não foi nenhuma novidade, fumava naquela época o Continental sem filtro. Dei várias tragadas imaginando que seriam as últimas. Nada senti de especial.

Quanto à Bíblia, abri aleatoriamente o grosso volume da Sociedade Bíblica Brasileira, na velha tradução de João Ferreira de Almeida, tive diante dos olhos o *Livro de Ezequiel*, capítulos 23 e seguintes, que narram as prevaricações de duas irmãs, Ohola e Oholiba. Uma delas fornicava com todos os persas, e a outra fornicava "até" com os medas. O profeta Ezequiel não devia gostar dos medas, mas parece que tolerava os persas.

O trecho lido também não me consolou. Fiquei imaginando que teria melhor vida se, em vez de ter nascido no Lins de Vasconcelos, eu fosse um persa ou "até" um meda, desde que evitasse confusão com palavra parecida.

18.3.2008

O pau e o gato

Já haviam me dito, mas não acreditei. Ou melhor, não dei importância. A turma que se esbofa para tornar a sociedade politicamente correta, que mudou a designação de mudos, surdos, cegos, impotentes, homossexuais, carecas, gagos etc., finalmente chegava ao cancioneiro infantil, às cantigas de roda. Não se devia mais cantar "atirei o pau no gato", seria politicamente incorreto habituar as crianças a maltratar os animais.

Numa festinha de aniversário do prédio vizinho, ouvi de longe a versão feita para a musiquinha que todos aprendemos na infância. Não deu para entender quase nada. Não mais se atirava o pau no gato nem dona Chica admirou-se do berro que o gato deu.

Era uma coisa complicada, peguei palavras que nada tinham com a letra original, o pau foi substituído por uma flor e o berro final foi trocado civilizadamente: em vez de "berro", o gato dizia "obrigado".

Dona Chica compareceu sob a espécie de uma respeitável, uma inacreditável dona Francisca. E ela nem ficou admirada do berro que o gato não deu, berro substituído por uma flor que ela agradeceu penhorada.

Embora pertença a uma geração que cantou para si e para as filhas a mesmíssima cantiga, Deus é testemunha de que ainda não consta de meus hábitos jogar pau nos gatos.

E uma de minhas filhas, que mora em Roma, cidade onde os gatos são fartos, tem em casa uma porção deles e os trata com rações dinamarquesas – que parecem ser as melhores.

Se já tinha motivos bastantes para desprezar o politicamente correto, ganhei mais um – e acredito que definitivo. Gosto de ouvir gatos fazendo miau, pedindo leite e carinho.

23.3.2008

Elis Regina e a dengue

Deve ter sido uma das heranças dos chamados anos de chumbo, que duraram de 1964 a 1985. A turma que nasceu nesse período e a que veio logo após, de 1985 para cá, adotaram uma simplificação da história que dificulta o decantado diálogo de gerações.

Tenho um amigo que me critica a mania de abordar qualquer assunto, da camada de ozônio da atmosfera ao último disco do Tom Zé, a partir das Guerras Púnicas. Gozação à parte, ele tem razão. Bem ou mal, tenho uma vaga noção das coisas que aconteceram a partir das expedições de Cartago contra Roma até o caso da menina que foi atirada pela janela em São Paulo.

Não é sabedoria, é apenas o acúmulo caótico de tudo o que vi, li ou imaginei ao longo de um tempo comprido.

Outro dia, conversei durante horas com uma jornalista de trinta e tantos anos sobre vários assuntos. Ela ficou admirada quando eu disse que antes de Elis Regina já havia acontecido muita coisa no mundo.

Tinha uma noção compacta de tudo o que poderia ter havido antes, mas, na cabeça dela, era um samba do crioulo doido, em que Jesus era enforcado por causa da queda da Bastilha, Tiradentes teria dado o tiro que matou Getúlio Vargas e Noel Rosa era o autor da "Marselhesa".

Contudo, a partir de Elis Regina, ela sabia tudo: o nome dos iluminadores do primeiro show da Rita Lee, o dia em que o gato do João Gilberto se suicidou e quantos intelectuais havia no banheiro do Antonio's quando o restaurante foi assaltado por bandidos.

Não estou fazendo apologia de minha discutível sapiência. Até as Guerras Púnicas, dou relativa conta do recado. Daí para trás, porém, embaralho tudo, botando na arca de Noé um casal de *Aedes aegypti* cujos descendentes geraram uma epidemia de dengue no Rio.

20.4.2008

Encontros sociais

"Diante de dois imbecis desconhecidos, eu me torno mais imbecil do que eles." Li essa frase num velho almanaque no tempo em que havia almanaques, que funcionavam mais ou menos como o Google de hoje. Eles ensinavam o melhor modo de tirar manchas dos brocados, o melhor mês para plantar mandioca e lembravam que Agripina morreu no ano 59 da era cristã.

Eram informações inúteis para mim, que não sabia o que era brocado, não pretendia plantar mandioca e poderia passar a eternidade inteira ignorando a morte da mãe de Nero. Contudo, a frase relativa à imbecilidade dos desconhecidos e de minha própria imbecilidade, nunca a esqueci, não sei se era de Anatole France ou de Edmond de Goncourt. Não importa a autoria: ela se aplicava a meu caso e acredito que ao de muita gente.

Nada mais constrangedor numa reunião social do que o encontro de duas ou três pessoas que se ignoram mutuamente. Podem ser gênios em suas respectivas áreas, homens de ilibada virtude e profunda sapiência, mas, ao contato com pessoas estranhas, funcionam como débeis mentais, aprovando por cortesia todas as afirmações emitidas e concordando com as opiniões que nenhum deles na verdade defende.

Por desgraça do destino, sendo eu um animal pouco sociável, sou vítima frequente desses encontros dos quais saio em geral com mais dois desafetos. Na semana passada, exagerei no azar. Após uma cerimônia num desses espaços culturais que transformam uma garagem em auditório, fiquei frente a frente com dois desconhecidos que já conhecera antes, numa reunião semelhante. Vagamente, eles se lembravam de mim, mas o mesmo não acontecia comigo. Tive a indelicadeza de aludir, genericamente, aos imbecis desconhecidos. Um deles discordou: "Piores são os conhecidos imbecis".

1º.5.2008

A Torre de Babel

O grande público ignora, mas está em discussão – aliás, continua em discussão – o acordo ortográfico entre Brasil, Portugal e demais países que falam e escrevem o português, designados eruditamente como "lusófonos". Uma velha questão que motivou diversos acordos – e nenhum deles foi de fato respeitado.

Tanto na Academia Brasileira como na congênere portuguesa, sempre houve comissões mais ou menos permanentes em busca da unificação ortográfica – que, a bem da verdade, é quase completa, com exceção de pequeno número de palavras sobre as quais não existe consenso. Exemplo: dificilmente o Brasil aceitará escrever "facto" em vez de "fato", duas palavras que, em Portugal, têm sentidos diferentes.

Em linhas gerais, os especialistas lusitanos obedecem ao critério histórico das palavras: "súbdito" em lugar de "súdito", em respeito ao prefixo "sub", que indica submissão. E por aí vai.

Problema maior será obter consenso com os povos africanos que falam português. Alguns deles não abrem mão das origens, que nascem dos diversos dialetos espalhados pelo imenso território da África. É o caso da letra "к", muito usada em todos eles. Não vejo a possibilidade de adotarmos aqui no Brasil a grafia de "kiabo" em vez de "quiabo" ou "muleke" em vez de "moleque".

Pessoalmente, eu me abstenho dos debates lá na Academia. Não sou especialista e aproveito a erudição alheia. Considero que língua, linguagem, fonética e ortografia são como a famosa "La donna è mobile", cantada na ária de Verdi.

Não adianta regredir aos tempos anteriores à construção da Torre de Babel, quando, segundo o relato bíblico, os homens começaram a falar cada qual à sua maneira e a torre do consenso humano jamais chegaria ao céu.

4.5.2008

Maio de 1968

Comecei 1968 em Cuba e terminei-o, ao lado de Joel Silveira, numa cela do Batalhão de Guardas, onde estávamos presos desde 13 de dezembro, dia do AI-5. Em Havana, não houve maio de 1968 nem na ilha de Pinos, onde ajudei a plantar sementes para a produção de café que Fidel Castro garantia que seria maior do que a do Brasil.

Sentindo-me desconfortado com a ditadura cubana – apesar de reconhecer suas conquistas na educação e na saúde –, voltei para o Brasil sabendo que seria preso no aeroporto, como de fato fui, ainda que por apenas uns dias.

Na ida para Havana, fiz escala em Praga e vi o enorme busto de Stálin, na praça Venceslau, derrubado de seu pedestal no início do movimento que estouraria na primavera do ano seguinte e que seria sufocado pelos tanques soviéticos. Na volta, refiz o itinerário e vi o busto recolocado no mesmo pedestal, guardado por soldados do novo governo.

Os temas em discussão eram a Guerra do Vietnã, a recente morte de Guevara e a possibilidade de nova invasão na baía dos Porcos por mercenários treinados pela CIA. No mais, cantava-se "Guantanamera" nas ruas e via-se *A batalha de Argel* (1966), de Gillo Pontecorvo, nos cinemas.

Os movimentos estudantis daquele ano foram a confluência de vários problemas. Na Alemanha, revolta contra a truculência no ensino, da qual Heinrich Mann fez o retrato que foi filmado com o título de *O anjo azul* (1930) – no original, *Professor Unrat*.

Na França, a juventude sentiu que acabara la *grandeur*, a França *éternelle*, enfim, *les jours de gloire* do hino local. Os jovens perceberam que a cultura tradicional não seria mais deles. Num filme de Jacques Tati, o dono de uma mercearia retira o cartaz de uma pilha de *fromages* e coloca outro com a indicação *cheese*.

20.5.2008

As barcas de Niterói

Assunto recorrente na mídia internacional, a Amazônia continua na agenda dos países mais desenvolvidos desde os tempos de Hitler. Em seu livro (*Mein Kampf*), há referências explícitas à posse da maior floresta do planeta como reserva de matérias-primas e equilíbrio ecológico.

O ponto comum da cobiça mundial é a certeza de que o Brasil e os demais países que formam a região amazônica não possuem técnica, infraestrutura e capacidade para preservar o grande potencial econômico representado, entre outros valores, pela maior bacia hidrográfica da Terra.

Tornou-se clara a ambiguidade relativa ao problema, que não saiu formalmente da agenda do atual governo, mas sofreu uma meia trava com a demissão da ministra do Meio Ambiente. Nada contra o novo ministro,* pelo contrário, tudo a favor. A questão está um furo acima, no campo conceitual, mas sem o consenso político e operacional que garanta a soberania nacional naquela vasta porção de nosso território. Um abismo entre a intenção e a ação.

Lembro um episódio do passado recente: o Rio se candidatava para sediar uma Olimpíada, e aqui chegou um escalão do comitê olímpico para avaliar nossa capacidade de assumir a responsabilidade. Tudo estava dando certo, até que um grupo de técnicos examinou a situação da baía de Guanabara – tal como hoje, altamente poluída.

O parecer da comissão foi taxativo: se o Rio não tinha condições de preservar uma baía como a nossa, não merecia sediar um evento da importância de uma Olimpíada. Foi uma lambada no orgulho carioca.

Felizmente, a cobiça mundial ainda não chegou a ponto de pretender internacionalizar a Guanabara. Ainda bem. Mas a Amazônia tem recursos econômicos bem mais tentadores que as barcas de Niterói.

27.5.2008

* Cony refere-se a Marina Silva, ministra do Meio Ambiente entre janeiro de 2003 e maio de 2008, e a Carlos Minc, que a sucedeu no Ministério. [N.E.]

A grande noite

Apesar de meu pessimismo, do qual até hoje não tive motivos para abrir mão, reconheço que tudo poderia ser pior não apenas em minha vida pessoal, mas na vida geral das nações e dos povos.

Lendo folhas antigas – nas quais muito se aprende –, encontrei a relação de comes e bebes do baile da ilha Fiscal, última festa promovida pelo Império e que seria a gota d'água para a proclamação da República.

Vamos lá: 8 mil garrafas de vinho e outras tantas de licor, conhaque e cerveja; 12 mil sorvetes e outros tantos ponches; 10 mil sanduíches variados, línguas, fiambres, milhares de canapés, 18 mil salgadinhos; 18 faisões, 80 perus, 300 galinhas, 350 frangos, 25 cabeças de porco recheadas, peixes de água doce e salgada, cabritos, leitões, patos, gansos, coelhos, capões, codornas e borrachos.

Trabalharam no preparo de tudo quarenta cozinheiros e cinquenta ajudantes.

A pajelança imperial tinha por finalidade homenagear a tripulação de um navio de guerra chileno que estava no porto.

Não havia jornalismo investigativo na época, mas se rosnou, tanto nos meios conservadores como nos liberais (os dois partidos do Império), que faisões, perus, codornas, peixes de água doce e salgada, sorvetes, vinhos e licores foram pagos com uma verba destinada à seca do Ceará, que, naquela ocasião, era terrível.

Numa visita às terras flageladas, o imperador prometera vender a última joia de sua coroa para acabar com aquela miséria. Não precisou desfalcar o símbolo maior de seu poder para bancar a comilança da ilha Fiscal, cujo baile, em si, foi tão inocente quanto feérico.

Poucas noites depois da Grande Noite, nas proximidades da mesma ilha, o imperador partia para exílio.

5.6.2008

Machado e a bossa nova

A tradição de comemorar aniversários redondos tem lá suas motivações e até mesmo sua utilidade. Em termos midiáticos, contudo, descamba para a redundância que torna insuportável a repetição dos mesmos comentários e a busca alucinada por novas interpretações. Somando tudo, o excesso termina chateando os consumidores.

Nada contra o centenário da morte de Machado de Assis, mas tudo a favor. Tampouco contra o cinquentenário da bossa nova, que, ao contrário de Machado, é um acontecimento datado na história de nossa música popular.

Contudo, chega-se a um ponto de saturação indesejável – não apenas pela insistência, mas pela repetição dos conceitos. Devoto de Machado, não aguento mais ouvir falar no presumível adultério de Capitu nem em seus olhos oblíquos e dissimulados de ressaca. Prefiro a loucura de Rubião, o herdeiro de Quincas Borba que descobriu o direito do vencedor às batatas.

Quanto à bossa nova, sem contestar sua importância e seu sucesso, continuo achando que "Garota de Ipanema", carro-chefe do movimento, é de uma chatice avassaladora, sobretudo em sua segunda parte. De Tom, prefiro "Samba de uma nota só", parceria com Newton Mendonça, e "Lígia". O melhor produto da bossa nova, para meu gosto pessoal, é "Maria Ninguém", de Carlos Lyra, na versão cantada por Brigitte Bardot.

Gosto também dos clássicos gravados por João Gilberto, como "Bolinha de papel", de Geraldo Pereira, e "Pra machucar meu coração", de Ary Barroso. Músicas anteriores ao movimento, mas que se tornaram novas na interpretação do cantor baiano.

Detesto com todas as veras d'alma os diminutivos nas letras de Vinicius de Moraes: "Pois há menos peixinhos a nadar no mar do que os beijinhos que darei na sua boca". Aqui, ô!

8.7.2008

O Rio e seus rios

"O Brasil não dá certo porque não tem um golfo." O diagnóstico é de Graciliano Ramos, em curiosa entrevista a Joel Silveira. Para corrigir a topografia nacional, propunha que se afundassem dois estados litorâneos, Sergipe, terra de Joel, e Alagoas, terra do próprio Graça. O nome do novo acidente geográfico seria "golfo das Alagoas".

Se falta um golfo ao Brasil, ao Rio de Janeiro falta exatamente um rio. Não sou eu que o digo, é M. J. Gonzaga de Sá, personagem de Lima Barreto, o mais carioca de nossos escritores. Invocando sua condição de descendente de Estácio de Sá, fundador da cidade, Gonzaga repete em termos regionais o diagnóstico nacional de Graciliano Ramos.

Todas as grandes cidades são cortadas por rios importantes: Nilo, Tâmisa, Sena, Tibre, Vístula, Neva, Danúbio. Apesar do nome, o Rio tem alguns rios, mas nada que preste. O rio Carioca, que deu nome ao morador da cidade, foi encanado. O Comprido não chega a ser comprido nem chega a ser rio. O Maracanã é um filete de água que só existe quando há temporal e ameaça inundar o estádio homônimo.

Gonzaga sugeriu que se aproveitasse o Paraíba, que passa mais ou menos perto e tem bastante volume. Seria aberto um canal de alguns quilômetros, irrigaria uma porção considerável da Baixada Fluminense e desaguaria na avenida Rio Branco, cortando majestosamente o centro da cidade, despejando suas águas na praça Mauá, perto de nosso porto.

Aí fica a sugestão de M. J. Gonzaga de Sá. Ele se espantava com os funcionários do Ministério dos Cultos que procuravam determinar quantas flechas deviam ser cravadas na imagem de São Sebastião, padroeiro da cidade. E, segundo Lima Barreto, tinha uma imaginação muito plástica, "uma exatidão relativa, mas criadora".

17.7.2008

Dercy

Entre as coisas estranhas que me aconteceram, a mais complicada e inútil foi a de superintender a teledramaturgia da antiga Rede Manchete, que então atravessava boa fase, com produções de sucesso, como *Marquesa de Santos* e *Dona Beja*. Em conversa com Adolpho Bloch, ele sugeriu que se fizesse uma novela tendo como cenário principal uma gafieira dos tempos em que ele chegara da Rússia e cujo nome era *Kananga do Japão*.

Havia o filme *Cabaret*, um palco da Berlim dos anos 20 do século passado. A partir desse palco, foi contada a história da ascensão do Terceiro Reich. Contratei pesquisadores para fuçar a história nacional dos anos 1929 a 1939, fizemos um bom levantamento de fatos políticos, sociais, esportivos e artísticos, mas nenhum deles sabia o que era Kananga do Japão. Muito menos o próprio Adolpho, que fora freguês da gafieira.

Convidamos Dercy Gonçalves para dar um depoimento sobre aquele período. E dela veio a luz: Kananga do Japão era o nome de um perfume vagabundo, muito usado pelas prostitutas que vinham da Europa e se instalavam no Mangue ou nas imediações da velha Praça Onze.

Numa reunião qualquer, quando alguém dizia que sentia o cheiro daquele perfume, era um código decente para avisar que havia uma profissional no pedaço. A partir dessa informação, foi mais fácil desenvolver o roteiro da novela, na qual a própria Dercy fez uma ponta, como a grande comediante do teatro de revista, que só acabou com o advento da televisão, na qual ela também teve papel de destaque.

Fez um gênero difícil para a época. Ela lembrava que, quando dizia um palavrão, era criticada como desbocada. E reclamava:

— Hoje o palavrão é expressão cultural.

22.7.2008

Verdades verdadeiras

Tristezas não pagam dívidas. Não adianta chorar sobre o leite derramado. Mais vale um pássaro na mão que dois voando. Diga-me com quem andas, e te direi quem és. O homem é aquilo que come. De cavalo dado não se olha os dentes. Um é pouco, dois é bom, três é demais. Quem pariu Mateus que o embale.

Não se faz omelete sem quebrar os ovos. Quem parte e reparte fica com a maior parte. Tudo como dantes no quartel de Abrantes. Vai-se o anel, ficam os dedos. De grão em grão, a galinha enche o papo. Cão que ladra não morde. Devagar se vai ao longe. Apressado come cru. Deus ajuda a quem cedo madruga. Ri melhor quem ri por último.

Quem dá esmola empresta a Deus. Águas passadas não movem moinho. Paris vale uma missa. Quem tem boca vai a Roma. Todos os caminhos levam a Roma. Roma não foi feita num dia. Os rios correm para o mar. Cavalo não sobe escada. Em terra de cegos quem tem um olho é rei. Mais vale um marido vivo do que um herói morto.

Partir é morrer um pouco. Escreveu não leu, o pau comeu. Dinheiro não traz felicidade. Nada melhor do que um dia depois de outro, com uma noite no meio. Perdão foi feito para a gente pedir. Macaco, olha teu rabo. Matou a cobra e mostrou o pau. Depois de velho, o diabo se fez monge. O peixe morre pela boca. Quem tudo quer tudo perde. Esperança é a última que morre.

O inferno são os outros. Em boca fechada não entra mosquito. O bom cabrito não berra. Quem vai para a chuva é para se molhar. O bom filho a casa torna. De poeta e louco, todos temos um pouco. Fiado só amanhã. Galinha velha dá bom caldo. Depois da tempestade, vem a bonança. Depois da bonança, vem a tempestade. Boa romaria faz quem em casa fica em paz. A mentira tem pernas curtas. Antes dos grampos, só as paredes tinham ouvidos.

31.7.2008

Perguntas não inocentes

Autoridades aqui do Rio, preocupadas com a devassidão provocada por travestis e prostitutas, sobretudo na orla, e decididas a transformar a cidade num mosteiro de absoluta castidade, pretendem fotografar a placa dos carros daqueles que se abastecem de sexo com a mais antiga das profissões.

Tecnicamente, não é impossível. As ruas já estão vigiadas por milhares de "pardais", alguns ostensivos, outros disfarçados, que fotografam infrações de trânsito, criando uma prova que não pode ser negada na hora de cobrar a multa respectiva. Até aí, tudo bem. É o ovo (e o olho) do Big Brother que nos espreita e, gradativamente, vai enterrando a privacidade de todos nós.

No caso do uso das prostitutas, a pergunta que deve ser feita é a seguinte: o que farão as autoridades com as fotos obtidas? Não será caso de multa, uma vez que não se trata de infração de trânsito nem de infração penal. Haverá um arquivo que poderá ser usado para chantagear os usuários? Ou a medida se destina apenas a constranger o freguês, na base do "você está sendo fotografado!"?

Se o cara é solteiro ou descompromissado, se estiver na cidade a turismo ou a negócio, nem mesmo a chantagem será temida. A nova lei não terá condições sequer de constrangê-lo. Sobram os casados e os comprometidos, esses, sim, terão motivos para não ser fotografados na tradicional e indispensável tarefa de *cherchez la femme* ou equivalente masculino, no caso do travesti.

Muito complicado. As fotos obtidas serão remetidas a quem? Ao próprio? À mulher ou à namorada? Ao patrão? Aos jornais e às TVs? Ou farão parte de um dossiê, como as conversas obtidas pelos grampos telefônicos, para o caso de uma necessidade?

7.8.2008

Alegorias de Mao

Foi monumental a abertura da Olimpíada de Pequim, na qual não faltaram nossas conhecidas alegorias de mão, que tanto brilham no Carnaval brasileiro. No entanto, faltaram as alegorias de Mao. Os milenares fastos da China passaram por cima do longo período em que Mao Tsé-tung ameaçava ser maior do que o país que ele governou com mão de ferro, coadjuvado por sua mulher, que também fez das suas na decantada Revolução Cultural, que pretendia mudar não apenas a China, mas o mundo todo.

É bem verdade que a situação daquele país, em termos políticos e de direitos humanos, continua naquela base, criando uma discussão paralela: o atual e portentoso desenvolvimento da economia chinesa compensa ou atenua o regime de força?

A obrigação de um Estado é, antes de mais nada, criar condições de liberdade para o povo. O progresso é necessário e bem-vindo, mas o importante é garantir que o cidadão seja livre para, inclusive, se beneficiar do progresso. Certa vez, Mussolini propôs aos italianos: pão ou canhão. Preferiram o canhão. Deu no que deu.

Os entendidos estão prevendo que o século XXI será o século da China. Ela será a única superpotência mundial nas próximas décadas. Um neto de doze anos, que nasceu e mora em Washington, frequenta uma escola em que, entre outras matérias, aprende mandarim – a língua oficial dos chineses. É um sintoma ao mesmo tempo cultural e pragmático. É bom que as novas gerações se preparem para o futuro. Não o futuro alegórico de mão ou de Mao, mas o futuro real, que aponta para a economia e a ditadura do mercado.

De minha parte, já passei da idade de aprender mandarim ou qualquer outra coisa de utilidade imediata. Estou mais preocupado em não esquecer o pouco que aprendi.

12.8.2008

Conhecer e punir

Mais importante do que a simples punição dos torturadores que à sombra da ditadura cometeram um dos crimes mais repugnantes da condição humana, acredito que a abertura dos arquivos do regime militar seja indispensável para que a nação tome conhecimento do que se passou nos subterrâneos da repressão político-militar.

Afinal, a maioria dos torturadores já deixou este mundo pelo natural processo da morte. Os que sobraram estão marcados pela repulsa nacional – que independe de prescrições e da legislação específica sobre a anistia.

Discutir a punição dos criminosos é colocar o carro na frente dos bois. É preciso que os arquivos da ditadura sejam abertos, analisados e discutidos para, então, estabelecer um critério seguro para a segunda etapa da questão, que, aí sim, seria a punição dos culpados.

Não acredito que o atual governo tenha interesse em levar adiante um possível ajuste de contas com acusados ou suspeitos de praticar atos de tortura. É manifesta a divisão de opiniões entre os membros do ministério e os diversos escalões da sociedade, que argumentam pela prescrição ou pela aplicação geral e irrestrita da anistia. No outro lado do problema, a turma favorável à punição dos culpados.

Será uma discussão infindável, com argumentos poderosos contrários ou favoráveis à interpretação jurídica da questão. Já os fatos são fatos, independem de opiniões técnicas ou políticas. Bem ou mal, tudo o que se passou nos chamados "porões" da ditadura recebeu a chancela oficial do regime de então.

Compreende-se o constrangimento do governo em adotar uma linha dura para os casos de tortura. O mesmo não deveria acontecer com a necessidade de abrir os arquivos ao conhecimento da nação.

14.8.2008

Lagostas e frangos

Se o Supremo Tribunal Federal, ocupando o vácuo legislativo, se preocupa com o uso das algemas, nada demais que a mídia se interesse pela palpitante questão do cardápio servido a um banqueiro que está na prisão esperando julgamento.

Destino estranho o das lagostas e o do Brasil. Ia havendo uma guerra por causa delas, os franceses não chegaram a brigar, mas um deles, o general De Gaulle, teria dito que não somos um país sério. Tudo por culpa das mesmas.

Não vejo nada demais no fato de um prisioneiro receber, nos dias de visita, um reforço de calorias e proteínas de fora, levado por parentes, amigos ou adquirido com pecúnia própria dentro das normas que regulam a questão.

Numa das prisões que cumpri (1965), em companhia de amigos (a maioria já se foi da enxovia deste mundo), passei muito bem de boca. Dona Lúcia, mãe de Glauber Rocha, preocupada com o filho que estava na mesma cela, mandava uns frangos que ela preparava com amor, frangos dourados, suntuosos e em quantidade bastante para a fome de todos.

Posso me esquecer de tudo na vida, menos do sabor daqueles frangos macios, perfumados com a arte da Bahia de todos os temperos e cheiros. Na primeira visita que tivemos, Márcio Moreira Alves recebeu generosa provisão de queijos franceses que uma comissária da Air France, sua parenta, havia levado naquele dia. Foi um banquete de frangos e queijos, embora sem vinho, apenas com a água da bica do quartel da Polícia Militar.

Tal como agora, no caso das lagostas do Cacciola, a mídia reclamou daquilo que um coronel chamou de "farra gustativa". No entanto, os regulamentos estavam sendo cumpridos, ao menos nos primeiros anos de repressão militar. Pouco depois, as coisas mudaram.

31.8.2008

Um filho sem mãe

Tinha de acontecer comigo. Em ida banal a uma repartição para revalidar um documento, preenchi um cadastro que me exigia a filiação. Nunca tive problemas nesse quesito. Escrevi o nome de meus pais como sempre os escrevi. O funcionário que me atendeu tirou de uma pasta outro documento e engrossou:

— Nesta certidão aqui, o nome da senhora sua mãe é Morais, com "I". O senhor declara agora que a senhora sua mãe é Moraes, com "E". Afinal, de quem o senhor é filho?

Respondi, um pouco insultado:

— De Julieta de Moraes Cony. Ou de Julieta de Morais Cony. Para mim, sempre deu na mesma.

— Para o senhor, sim, mas para o Estado, não. Há que decidirmos de quem o senhor é realmente filho para que o documento possa seguir o trâmite legal.

Já tive crises ontológicas a meu respeito e a respeito da humanidade. Quem somos, de onde viemos, para onde vamos, o que estamos fazendo neste mundo etc. Essa me pegou desprevenido, no contrapé. Passei a vida inteira julgando-me filho de minha mãe, de um velho tronco familiar de Três Rios, no norte fluminense.

De repente, o mundo desaba sobre mim. Não posso provar que sou filho de uma Moraes ou de uma Morais. É como se não fosse filho de mãe alguma, nasci de uma proveta que nem existia no tempo em que vim ao mundo.

Outro dia, relendo Machado de Assis, em homenagem ao badalado centenário de sua morte, dei com aquele político que fez um discurso na Câmara, e os anais daquela sessão registraram sua fala trocando a palavra "dúvida" por "dívida".

O sujeito queria destruir o mundo por causa de um "I" no lugar de um "U". Ameaçou derrubar o governo, acabar com as instituições. Eu não cheguei a tanto, mas confio no novo acordo ortográfico, que me dará a mãe que não tive.

9.10.2008

O presidente

Perguntaram a um amigo meu:
— É verdade que você se casou com uma negra?
Ele respondeu:
— Não. Eu me casei com uma mulher.

Penso nele sempre que ouço ou leio quando se referem a Barack Obama como "presidente negro".

A mídia tinha motivos quando, no início da campanha, informava que o candidato democrata era filho de uma norte-americana e de um queniano, ou seja, era um afro-americano. Insistiu muito no detalhe, uma vez que era geral a quase certeza de que os Estados Unidos jamais elegeriam um negro para presidente da República.

Bem verdade que, apesar da segregação racial que dominou aquele país até os anos 1970, muitos negros se elegeram prefeitos ou governadores e foram nomeados para cargos importantes no cenário mundial, como o general Colin Powell e Condoleezza Rice. Sem falar no enorme e brilhante escalão de artistas e atletas que ocupam o pódio do interesse popular.

Acho que todos estão suficientemente convencidos da origem de Barack Obama, não vejo necessidade da informação suplementar e constante de que se trata de um negro. Como não há necessidade de acentuar o fato de Bento XVI ser alemão. Um é o papa, o outro será o presidente dos Estados Unidos. Basta.

Na virada do ano 2000, respondi a uma enquete sobre a personalidade mais importante do século XX. Votei em Martin Luther King, apesar de sua conturbada vida sexual.

É natural que Obama, durante seu mandato, seja criticado por isso ou por aquilo. Mas não pelo fato de ser descendente de um africano. Não há razão para lembrarmos todos os dias a raça a que ele pertence. Devemos esquecer sua origem e atentarmos apenas para o que ele fará ou deixará de fazer. Os norte-americanos não votaram num negro. Votaram num homem.

9.11.2008

Data venia

Reclamação geral: não se suporta certo tipo de linguagem, como o economês ("valor agregado", por exemplo). O internetês é também intolerável ("bj", "tb" etc.). Sem falar na mais antiga de todas, a do juridiquês, consagrada, *data venia*, nos pareceres e nas sentenças de todos os graus da Justiça.

Implico também com linguagem acadêmica, não exatamente a da ABL ou a de outras academias de letras, mas a da universidade, onde se localizam os mais profundos conhecedores de todos os assuntos, inclusive os literários.

Já recebi críticas e louvores da turma e nem sempre consigo compreender o que estão dizendo. Dependendo da leitura que se faz, o mesmo texto pode ter sentidos contraditórios, como certas fábulas das antigas ilhas Papuas. Dou o exemplo de uma resenha que li numa revista especializada: "Nos livros de Joana Quintella, a linguagem trabalha a si mesma, numa pulsão metamorfoseadora de pluralidades de sentidos, compensando a ausência de referencialidade com um excesso luxuriante e retórico".

Outro dia, por dever profissional, encarei um conferencista dos mais notáveis do meio diplomático, um desses caras que aparecem na televisão como "cientista social". Ele explicou com sapiência e à exaustão a vitória de Obama nas eleições norte-americanas.

Não entendi nada. Antigamente, poderia dizer que não entendi patavina, mas já nem sei mais o que é patavina. Não havia tradução simultânea, como nos simpósios internacionais que se realizam em todo o mundo. Nem legendas, como no cinema.

Apesar de minha ignorância, um repórter desejou saber minha opinião sobre o mesmo assunto. Pensei em tudo o que não entendera e respondi:

— Acho que Obama teve mais votos do que o adversário.

4.12.2008

A plebe rude

De certa forma, e uns pelos outros, quase todos os cronistas e os colunistas em atividade na mídia nacional comentaram a recente fala do presidente da República, que usou uma palavra classificada de "chula".* Resisti até agora, mas quem há de?

De minha modesta parte, não fiquei escandalizado com a expressão em si, mas confesso que até hoje fico ruborizado quando leio ou ouço a palavra "chula". Quando a ouvi pela primeira vez, mais ou menos aos doze anos, pensei que se tratava de um sinônimo técnico ou erudito para "vagina", órgão feminino que eu conhecia por outros nomes em voga no distante Lins de Vasconcelos, onde nasci e me criei.

Vai daí, achei o uso da palavra "chula" mil vezes pior do que a expressão popular usada por Lula. Além disso, a exposição do cargo que ocupa o obriga a falar todos os dias em diversas ocasiões, nem sempre formais. E a linguagem coloquial nem sempre pode ser evitada. Nunca tivemos um presidente que falasse tanto em público, muitas vezes desnecessariamente.

Nos vinte anos em que exerceu o poder, Getúlio Vargas pouquíssimo falou de improviso. Seu sucessor, o marechal Dutra, era ruim de prosódia e só falava o estritamente necessário, às vezes nem isso.

JK falou muito, FHC também. Somando os dois, não chegam à metade do que Lula já falou – e ainda lhe restam quase dois anos de mandato. Jânio era econômico e castiço demais quando falava qualquer coisa – e até mesmo quando não falava. Tinha obsessões pela colocação dos pronomes.

Em outro cenário político e linguístico, a expressão usada chocaria a classe média, como chocou alguns comentaristas da mídia. Por sua vez, a plebe rude, que engrossa os 70% de aprovação ao presidente, teve mais um motivo para considerar Lula como um dos seus.

9.12.2008

* A palavra usada pelo presidente Lula foi "sifu". [N.E.]

"Olha a crise!"

Um desocupado contou e colocou na internet um dado inquietante: nos últimos tempos, a palavra "crise" é a mais repetida em jornais e revistas de todas as partes do mundo. Não sei como ele chegou a essa inútil descoberta, mas lhe dou razão: todos falam da crise e a evocam para justificar isso ou aquilo.

Não chega a ser novidade. Nos anos 1960, eu morava no Posto 6, em Copacabana. Todos os dias acordava com um cara que andava pelas ruas gritando "Olha a crise! Olha a crise!". Escrevi um texto para o *Correio da Manhã* e para a *Folha*, que então publicavam minhas crônicas. Transcrevo o trecho que incluí num livro dedicado exatamente àquela parte final da praia:

"O morador mais importante do Posto 6 é o bardo Carlos Drummond de Andrade. E o menos importante é um sujeito que sai pelas ruas gritando 'Olha a crise! Olha a crise!'. Nunca e ninguém olhou para a crise que o cara anuncia apavorado e inutilmente."

No dia em que a crônica foi publicada, o poeta, que era meu vizinho de bairro e colega de redação, escreveu-me um bilhete pedindo correção: o morador mais importante do Posto 6 não era ele, Drummond, mas o sujeito que andava pelas ruas do bairro pedindo que tomássemos conhecimento da crise.

Os tempos até que eram calmos naquele distante ano. Bem verdade que, pouco depois, a coisa engrossou, tivemos (e fomos forçados a olhar) uma crise político-militar que desaguou num golpe de Estado. Por coincidência, o cara desapareceu das ruas.

Ainda assim, não era essa, exatamente, a crise que o sujeito anunciava pelas ruas. Devia ser uma crise pessoal e antiga que ele proclamava aos berros. Que ficássemos atentos para evitar que cada um de nós fôssemos para as ruas fazer o mesmo.

23.12.2008

O rosto e a luta

Cena de um desenho animado visto na TV: milionário desmiolado se candidata a prefeito de sua cidade. Em casa, diante do filho, diz que se apresentará ao eleitorado de forma transparente, sem enfeites nem disfarces, mostrando-se tal como é. Num gesto teatral, arranca a peruca para jogá-la no lixo. Apatetado, o filho comenta:

— Mas, pai, o senhor nunca usou peruca!

Com os cabelos na mão, o pai insiste:

— De hoje em diante, serei como sou!

Muito se escreveu sobre a necessidade da boa apresentação. Não só para atores, artistas e derivados, mas para políticos e administradores. O próprio Lula mudou de visual quando começou a alçar voos mais altos, aparou a barba espessa e rude que lhe dava um ar de anarquista desativado.

As primeiras fotos de Machado de Assis são cruas, vulgares, mostram um mulato feio que deseja subir na vida. Aos poucos vai se transformando, ganhando nobreza, até terminar, na fase adulta, num retrato em que o artista o pintou como um varão de Plutarco.

Ontem me perguntaram o que estava achando do novo visual de dona Dilma Rousseff, que passou por ligeira lanternagem, preparando-se para enfrentar o tsunami eleitoral que se adivinha pela frente, sendo ela, até agora, a candidata preferencial do presidente para substituí-lo.

Sem entrar em detalhes técnicos, acho que ela ficou bem, remoçou, perdeu o ar de catequista, de cientista social. Não digo que tenha ficado mais bonita – ela nunca foi feia, para meu gosto até que era atraente, com óculos e tudo.

O mal dessas lanternagens plásticas é que todas elas acabam se parecendo. Acredito que dona Dilma não precisasse arrancar a peruca que nunca usou para melhor impressionar os caciques partidários e o eleitorado em geral.

15.1.2009

Nota dez

Não sou admirador fanático daquilo que se pode chamar de cultura ou civilização norte-americana, também conhecidas como *american way of life*. Os admiradores têm seus motivos, os que não admiram também. Tampouco espero maravilhas curativas da gestão de Barack Obama. O mais importante já foi feito – e com brilho histórico: enterrou formalmente o preconceito racista que ainda prevalecia em algumas camadas da sociedade. Neste particular, os Estados Unidos merecem nota dez.

Acompanhei alguns momentos da posse do novo presidente e admirei a sobriedade do protocolo, sem aquelas filigranas de pompa e circunstância que marcam a subida ao trono dos poucos monarcas que ainda resistem e dos presidentes de países chegados ao oba-oba.

Não houve transferência da faixa presidencial, como nos concursos das *misses* e nas posses dos mandatários da América Latina e de outras regiões. Tampouco a presença maciça de chefes de Estado, que certamente foram representados por seus embaixadores.

Se a liturgia foi sóbria, o entusiasmo da multidão que acompanhou a cerimônia sob um frio de três graus abaixo de zero foi realmente comovente. Creio que nunca um presidente da República de qualquer país arrastou tanto povo para presenciar de corpo presente um acontecimento histórico.

Não estou dizendo que Obama é, em si, um fato histórico. Sua eleição e sua posse, sim, são um momento dos mais importantes na trajetória dos Estados Unidos e, até certo ponto, do mundo. Embora tenhamos como nunca espaço para esperança e força contra o medo (os dois referenciais mais citados durante sua campanha eleitoral e em seu discurso de posse), tudo dependerá agora da capacidade de um homem resistir às pressões da máquina do complexo industrial-militar.

22.1.2009

Vara de marmelo

Naquele tempo, como os Evangelhos lidos nas missas, todas as quitandas tinham, bem exposto na entrada, um feixe de varas de marmelo. Fininhas, um pouco recurvas na parte de cima, eram tidas como inquebráveis. Um pai que se prezava tinha sempre uma delas, também em lugar de destaque dentro de casa. Era o instrumento preferencial para surrar os filhos que fizessem qualquer avaria na ordem doméstica.

O irmão mais velho era seu freguês preferencial. Rara a semana em que a vara não funcionava em cima das pernas dele. Ressabiado, posso não ter feito grandes façanhas na vida, mas nunca experimentei seu rigor e sua serventia. No máximo, levava alguns cascudos mais ou menos simbólicos – menos no dia em que deixei o galinheiro aberto e as galinhas fugiram.

Ele ia inaugurar a vara em cima de mim, mas a mãe, prevendo a catástrofe, escondeu-a do pai, que foi à quitanda comprar outra e esquecer a vontade de me punir. Mesmo assim, tive o que merecia: o pai me botou de castigo num barracão que havia no fundo do quintal, onde guardava ferramentas, penicos e escarradeiras que não mais eram usados, além de um pedaço do remo que fazia parte do barco em que morrera seu avô, num acidente perto de Paquetá.

Quando entrei na Academia Brasileira de Letras, fiquei pasmo ao ver, no Salão dos Poetas Românticos, exposto como relíquia, um pedaço, acho que da proa, do Ville de Boulogne, o navio em cujo naufrágio morrera Gonçalves Dias na costa do Maranhão. Penso logo naquele remo e naquele barracão que foi a primeira de outras celas que frequentaria mais tarde.

Passei uma tarde inteira ali, entre enxadas, picaretas, ancinhos, escarradeiras e penicos desativados, mas achando que estava no lucro.

10.2.2009

Eutanásia

"Tema polêmico, que envolve ciência e religião, até agora a eutanásia é condenada em sociedades que se consideram civilizadas. Não deixa de ser um assassinato, de contrariar o mandamento inscrito na fronte de todos nós: não matarás! Sabemos que a morte é a única certeza da vida. A ciência pode prolongar ou melhorar a vida, mas todos os recursos tecnológicos e científicos têm um limite. Resta a questão: é justo deixar o ser humano sofrer além do tributo natural que devemos à carne, em muitos casos perdendo a dignidade a que todos temos direito, sobretudo no momento final e decisivo de cada um de nós?"

Há tempos, escrevi na "Ilustrada" um artigo sobre a eutanásia, tema que voltou às manchetes de todos os jornais por causa de um caso ocorrido na Itália, mulher ainda jovem, entrevada havia dezessete anos em estado vegetativo e irreversível desde que sofrera um acidente. Plugada em diversos aparelhos, ela recebia a alimentação dos doentes terminais. Tive um parente próximo que passou por esse transe. A comida é uma pasta amarelada, parecida com a dos gatos, dessas que vêm em latinhas. Não tem gosto nem cheiro – e, mesmo se tivesse, o paciente não teria condições de apreciá-los.

Jogada num tubo, ela vai diretamente ao estômago, levando os nutrientes essenciais, cuja finalidade não é manter a vida, mas prolongar a morte. Evidente que pode haver abusos por parte de médicos, enfermeiros e familiares interessados numa solução final que se aproxima realmente de um assassinato.

Mas, em teoria, a eutanásia pouco a pouco vem sendo aceita. Pessoas em bom estado de saúde deixam instruções para um fim de vida mais digno e menos doloroso. Uma manifestação de vontade que já é válida para a cremação e que deve ser respeitada.

12.2.2009

Pecunia non olet

Publiquei há tempos crônica com este título: "Dinheiro não tem cheiro". Explico a citação: para impedir sujeira nas ruas de Roma, Vespasiano mandou construir mictórios públicos que receberam o nome do imperador. Para compensar o investimento, taxou os vespasianos – até hoje existem alguns no centro histórico da cidade. Seu filho reclamou: achou que era demais cobrar impostos por uma necessidade pública. Vespasiano pronunciou, então, a frase que se tornou famosa: *"Pecunia non olet"*.

No Carnaval que passou, com a simpática volta dos blocos de rua, alguns deles com quase 1 milhão de foliões (caso do Bola Preta, que desfilou na Rio Branco), surgiu um problema que pegou autoridades desprevenidas: ruas, muros, árvores e postes foram transformados em banheiros ao ar livre. O combustível de um bloco carnavalesco é a cerveja, agradável bebida que tem efeito diurético.

Nas grandes cervejarias de Munique, havia, pelo menos até certo tempo, dispositivos nas mesas de chope que aliviavam a necessidade sem que o freguês procurasse o banheiro: desapertava-se sem sair do lugar. Não chegamos a esse ponto de civilização.

Na verdade, pelo menos aqui no Rio, é cada vez maior o número de pessoas que cumprem a função em qualquer lugar público. Os historiadores contam que dom João VI, que nos trouxe a Biblioteca Nacional, as palmeiras do Jardim Botânico e outros benefícios urbanos, quando ia para Santa Cruz, mandava parar a carruagem e fazia suas necessidades. Consta que seu filho, ao dar o grito de independência ou morte, deixou a montaria e foi poluir as margens plácidas do Ipiranga.

Vespasiano e Pedro I foram imperadores. Em tempos republicanos, o problema ainda não foi resolvido.

3.3.2009

Comunhão e excomunhão

Não vejo motivo de tanta e tamanha repercussão para o caso do arcebispo de Olinda e de Recife ter usado um artigo do Código Canônico, que rege a Igreja Católica, aplicando a excomunhão para os envolvidos no aborto de uma menina de nove anos estuprada pelo padrasto.

Excomunhão, como o nome está dizendo, é uma exclusão das graças espirituais da redenção cristã e do acesso aos sacramentos, como o batismo, a confissão, a eucaristia, o matrimônio etc.

Trata-se de uma pena que só atinge os fiéis daquele culto. Não estou seguro das estatísticas, mas acho que quatro quintos da humanidade não professam o catolicismo romano, daí que nada têm a temer do castigo. Para um budista, um judeu, um protestante ou um evangélico das muitas seitas existentes, os muçulmanos, os espíritas e os ateus convictos nada têm a temer da excomunhão de uma comunhão da qual não fazem parte.

Há, contudo, uma imensa legião de católicos censitários, que se declaram como tal quando indagados formalmente, mas que nem sabem o que isso representa. É um catolicismo social, reduzido a missas de sétimo dia, a casamentos na igreja, a batizados festivos e até a festivas primeiras comunhões, dessas que dão direito a vestidos de noiva para as comungantes.

Para esses, a liberdade individual de pensar é um direito do qual não abrem mão. Fazem uma triagem da doutrina católica, aceitando isso, mas negando aquilo. Editam a própria religião. O crente oferece sua liberdade de pensar à fé que professa e se obriga a respeitá-la, a viver de acordo com suas regras. Caso contrário, ele se coloca fora da comunhão de seus fiéis. Lutero era frade, não aceitou a venda de indulgências e deu o fora, criando a Reforma. Foi excomungado. E daí?

10.3.2009

Um caso pessoal

Passou discretamente pela mídia o 45º aniversário do golpe de 1964. Houve reunião em alguns centros militares, muita troca de mensagens eletrônicas. Aos poucos, herdeiros ou sucessores daquele movimento começam a expor "o outro lado" da questão, que, em geral, continua contada apenas pelo lado dos vencidos, mais tarde vencedores no plano da história, bem verdade que à custa de milhares de vítimas.

Um dado importante vem sendo destacado nas manifestações que procuram justificar o regime de arbítrio instaurado na movediça data de março/abril daquele ano. A sociedade dita civil apoiou com entusiasmo o golpe, houve euforia nas ruas, nas igrejas e na totalidade da mídia. No dia seguinte à tomada do poder pelos militares, publiquei no finado *Correio da Manhã* uma crônica em que gozava o aparato bélico que ocupou o último reduto da legalidade, o forte de Copacabana, onde se esperava uma reação contra os golpistas.

O jornal havia combatido com violência os últimos dias do governo de João Goulart. Quando cheguei à redação naquele dia, todos esperavam minha demissão. Carlos Drummond de Andrade, que estivera comigo na véspera, assistindo à rendição do forte, ligou-me preocupado, pensando que eu já estava no olho da rua – abrigo tradicional dos desagradáveis.

Como não houve demissão, no dia seguinte escrevi outra crônica, bem mais violenta, sem tom de gozação. Pouco depois, fui processado pelo ministro da Guerra, expulso como mau elemento do sindicato dos jornalistas, tive de pedir demissão. Estava contra a opinião pública, da qual a imprensa era porta-voz.

O caso pessoal dá razão ao reparo que os militares estão fazendo sobre 1964. Em seu início, o movimento teve o apoio entusiasta da mídia e da sociedade.

2.4.2009

Favelas e guetos

Os cariocas se dividem entre os favoráveis à remoção das favelas e aqueles que são contrários à medida, que periodicamente é lembrada como solução radical para o problema – socialmente, o maior do Rio de Janeiro e, em escala menor, de outras grandes cidades brasileiras.

Na passagem do século XIX ao XX, o Rio tinha cortiços, um deles imortalizado por Aluísio Azevedo. E praticamente só uma favela, no morro homônimo, que deu nome às demais. Era um agrupamento de barracos rodeado por uma cidade. Hoje, a cidade é que está rodeada por favelas, que aparecem em todas as partes e se expandem em progressão geométrica.

Já foram feitas tentativas de remoção operadas pelo Estado, criaram-se bairros que abrigariam a população deslocada – caso da Cidade de Deus e da Vila Kennedy. No entanto, para comportar os moradores da Rocinha, por exemplo, com 500 mil favelados, seria necessário construir uma cidade do tamanho de Brasília em seu início, que, segundo Lúcio Costa, teria exatamente este limite de ocupação: 500 mil habitantes.

Outras tentativas de minimizar o problema não resolveram a questão. Pintar os barracos com cores berrantes ou criar elementos que lembrassem a obra de Mondrian também não deram certo – acentuaram a pobreza, ampliada pelo ridículo.

Para impedir a expansão das favelas, alguns técnicos falam da construção de muros, que, colocados em linha reta, formariam uma nova muralha tão grande ou maior do que a da China. Seriam guetos medievais, protegidos por uma estrutura policial que até hoje não deu para garantir a segurança da cidade.

Os entendidos lembram que os condomínios fechados são guetos às avessas para proteção dos ricos. E aí?

16.4.2009

O suicida da Lagoa

Acordei com um barulho danado em cima de mim. Custei a entender o que era. Aos poucos, identifiquei o ruído típico das pás de um helicóptero, que antigamente se chamava "autogiro", nome mais fácil de entender e menos complicado. Não seria a primeira vez. Voava baixo, na certa estava procurando traficantes na ladeira dos Tabajaras ou no morro dos Cabritos, onde estão nascendo duas favelas.

Fui à varanda para ver a operação. Leio nos jornais que não há traficantes, o que existe são supostos traficantes, que, supostamente perseguidos, atiram contra os helicópteros com supostas armas de suposto uso exclusivo das Forças Armadas.

Nada disso. O aparelho descia quase no nível das águas da Lagoa e delas retirava um corpo, à distância parecia corpo de homem, mas não tenho certeza. A operação não foi fácil. Pensei que fosse acidente, muito carro cai nas mesmas águas, sobretudo ali, na curva do Calombo, que já foi bem pior. Era raro o dia em que não havia desastre naquele pedaço.

A empregada veio lá de trás e me avisou que o rádio já estava dando a notícia: tratava-se de um suicida. Anônimo ainda, não deixara bilhete explicando aquilo que os jornais antigamente chamavam de "tresloucado gesto".

Estava agora pendurado no espaço, pingando água. Um embaraço qualquer no cabo que o suspendia impedia que ele fosse recolhido a bordo do helicóptero. Após algumas tentativas, a turma do regaste desanimou e decidiu levá-lo assim mesmo, suspenso no ar, pingando a água que o sufocara.

Lembrei a cena inicial de um filme, aparelho igual levando pelos céus de Roma uma estátua de Jesus abençoando a cidade que Fellini escolheu para retratar a doce vida. O suicida não teria motivos para abençoar a cidade que o matou.

21.4.2009

Desculpa esfarrapada

O presidente do Irã, cujo nome é tão complicado que me recuso a escrevê-lo, cancelou em cima da hora a visita ao Brasil e a alguns países aqui do segundo andar da geografia mundial. O argumento foi tão esfarrapado quanto a própria cara presidencial, que tem a seu favor um único detalhe simpático: aboliu a gravata, mesmo em cerimônias oficiais.

A desculpa protocolar foi a da situação interna do Irã. O país atravessa um período eleitoral, e não fica bem a um candidato viajar ao exterior em plena campanha presidencial. Acontece que tanto a eleição naquele país como a viagem à América Latina estavam agendadas havia muito.

O motivo do cancelamento foi a pisada de bola do presidente iraniano em recente foro internacional, quando expressou um sentimento racista em relação a Israel, motivando a saída de diversos representantes europeus daquela reunião.

É evidente que ele tem o direito de defender a causa dos palestinos que se sentem prejudicados historicamente, desde a criação do Estado judeu. Mas não se trata de um problema racial ou religioso. Ninguém no Oriente Médio está brigando por causa de Moisés ou de Maomé, por causa da santificação de um sábado para os judeus ou de uma sexta-feira para os maometanos.

A briga é mais antiga. Na realidade, é a mais tradicional na história dos povos: ocupação de território. Nem raça nem culto estão em jogo. Judeus e árabes são primos de sangue, descendentes de um tronco comum, podem viver e vivem pacificamente em diversas regiões do mundo.

Com sua desastrada fala em hora e em ambiente impróprios, numa reunião internacional em que o clima deveria ser o mais cordial possível, o presidente do Irã aumentou desnecessariamente um fosso que já é trágico demais.

7.5.2009

Elogio do carro de boi

Só para dar um exemplo. Quando Napoleão viu que um motor a vapor podia ser melhor, mais rápido e mais seguro do que o vento, que até então impulsionava os navios, esnobou solenemente a tecnologia nascente, chamou o inventor de charlatão e ficou na dele. A Inglaterra logo se tornaria o império a dominar os mares e destruir o império napoleônico. Moral da história: não se deve pichar e muito menos recusar os avanços da técnica.

No jogo contra a seleção do Egito, o juiz ia deixando passar um pênalti, que só foi marcado com o auxílio de um quarto árbitro, que usou um recurso tecnológico – daí resultando a vitória do Brasil por 4 a 3. O advento do videoteipe já colocou os juízes de futebol em crise, sobretudo na marcação de impedimentos, que podem ser esclarecidos em cima do lance.

Pergunta: até que ponto a tecnologia mudará não as regras do jogo, mas a garantia de que elas estão sendo cumpridas em campo? Será um mal ou um bem? Questão em aberto. A tecnolatria, com a assombrosa colaboração da era digital, fará mesmo o mundo melhor?

Pulando de Napoleão e do jogo com o Egito: o recente desastre com o avião da Air France mostrou que o aparelho, na hora do acidente, estava totalmente entregue aos computadores, que recebiam e interpretavam informações erradas e, ao que parece, levaram os pilotos a um procedimento que matou mais de duzentas pessoas.

No filme de Kubrick *2001: uma odisseia no espaço*, um supercomputador adquire sentimentos humanos (ciúme, medo de ser desligado) e interfere na ação programada. Hipótese: um sistema tecnologicamente avançado pode criar um computador humanizado a ponto de torcer pelo Corinthians ou pelo Flamengo e interferir no resultado de uma partida ou de um campeonato mundial.

18.6.2009

O máximo das máximas

Fumar faz bem à saúde. Um país não se faz com homens e livros. Deixe para amanhã o que pode fazer hoje. A pressa é amiga da perfeição. Ultrapasse outro veículo quando a faixa for contínua, sobretudo se estiver bêbado. Foi possível completar a chamada. Só o amor não constrói para a eternidade, o ódio, sim. No momento, posso atendê-lo; por favor, não ligue mais tarde nem nunca.

Quem dá a Deus não empresta aos pobres, empresta a si mesmo. O todo é menor do que a parte. Peru de fora deve se manifestar. A soma do quadrado dos catetos não é igual ao quadrado da hipotenusa (é preciso saber previamente o que é uma hipotenusa. E é bom saber quem foi Pitágoras, lateral-esquerdo de um time de São José das Três Ilhas).

Sua alma não é sua palma nem sua calma. Quem te viu continua te vendo. Cavalo na chuva não é para se molhar, mas para se refrescar. O apressado não come cru, come mais e melhor do que os outros. Por fora, bela viola; por dentro, nada mesmo. Dize-me com quem andas e te direi o que queres deles. A hora não é de consenso, a hora é boa para virar pangaio (até hoje não sei o que é o "pangaio" daquela marchinha gravada pelo Bando da Lua nos anos 1930).

Quem vê cara vê cabeça, tronco e membros. *Dura lex sed lex*, meu cachorro se chama Rex. Água dura e pedra mole, tanto dá que tudo fura. Os cães passam e as donas deles também. Mais valem dois pássaros na mão do que um voando. O corcunda não sabe como se deita. Vão-se os dedos, ficam os anéis. Para baixo todo santo ajuda. Pão, pão, queijo, queijo, goiabada, goiabada. Depois da bonança, sai de baixo que vem a tempestade. E atenção, senhores passageiros, favor fumar nos lavatórios. E não esqueça: voltando à consulta, queira trazer a receita.

25.6.2009

Uma entrevista

Sem o desdenhar, confesso que nunca dei muita bola para Michael Jackson enquanto vivo nem estou dando depois que morreu. Mesmo assim, esta é a segunda crônica que escrevo sobre ele, sinal de que de alguma forma ele – como pessoa, não como artista – me impressionou.

Pela primeira vez, vi no último domingo uma entrevista do cantor com um jornalista, do qual não guardei nome nem figura, que foi uma aula de como se deve abordar polemicamente um personagem polêmico. Perguntou tudo o que devia perguntar, mas de forma serena, entrou feio e forte em assuntos delicados, como a propalada pedofilia do artista. Não o irritou nem o provocou.

Apenas uma vez intrometeu-se pessoalmente na conversa. Michael confirmou que levava amiguinhos de seus filhos para dormir com ele, na mesma cama. O entrevistador entrou na história com um comentário espontâneo, mas letal: "Eu não gostaria que meu filho fosse para sua cama".

Os manuais de jornalismo condenam os comentários pessoais durante as entrevistas e reportagens de caráter geral, privilegiando a objetividade e a isenção. Mesmo assim, Michael saiu-se bem, dizendo que o entrevistador dava à palavra "cama" uma conotação de sexo – o que na realidade é comum, ir para cama com alguém equivale potencialmente a um ato sexual.

Nada disso, disse o artista. "Deito com as crianças, ouvimos música, leio histórias para elas, comemos biscoitos." O jornalista passou para outro assunto, não mais se introduziu na entrevista, deixando o entrevistado falar o que quis, respeitando o que ele dizia.

Conheci um repórter que entrevistava um cara perguntando se ele era corno, o cara dizia "eu, não", mas ele insistia: "Não adianta negar, eu sei que o senhor é corno!".

7.7.2009

Coisas

Acredito que muitos se escandalizaram com a foto publicada ontem, na qual dois políticos, um presidente da República e um ex, Lula e Collor exatamente, estão abraçados, sorrindo, dividindo o palanque. Não se precisa ir tão longe no passado para lembrar a campanha em que os dois se engalfinharam, inclusive com o baixo recurso usado por um deles, que desencavou uma filha bastarda do outro. Coisas.

Política é assim mesmo, dizem os políticos. Citam a famosa foto de Luiz Carlos Prestes, recém-saído da prisão do Estado Novo, ao lado de Getúlio Vargas, que para todos os efeitos históricos ficou sendo seu carcereiro. Queiramos ou não, os dois estavam certos, como Lula e Collor politicamente estavam certos quando brigavam e estão certos quando voltam à cordialidade que se espera dos homens públicos.

Mas nem todo mundo é político – graças a Deus. Em outros setores da faina humana, as coisas são diferentes. Dou um exemplo: Monteiro Lobato queria entrar na Academia Brasileira de Letras, tentou três vezes, retirando a candidatura que já lançara.

Numa das vezes, tinha tudo para ser eleito, inclusive com o voto de Getúlio Vargas, que tomara posse após uma reforma no regimento da ABL. Com o prestígio, a popularidade e o valor literário consagrados, Lobato já podia encomendar o fardão. O jornalista Júlio Mesquita, seu amigo e admirador, porém, ponderou:

— Você vai se sentar ao lado do homem que o prendeu e o manteve preso durante tantos anos!

No mesmo dia, Lobato retirou sua candidatura. Coisas.

No enterro de Magalhães Jr., no complicadíssimo cemitério São João Batista, cheio de degraus e buracos, vi o comunista Dias Gomes levando praticamente no colo o general da Junta Militar Lyra Tavares. Mais uma vez: coisas.

16.7.2009

Alhures, a desoras

Outro dia, usei em crônica meio atrapalhada a palavra "alhures". Juro perante Deus que nos há de julgar que foi a primeira vez em muitos anos de crônica e só não foi a última porque a estou usando outra vez neste texto em que dou uma explicação que não me foi pedida.

Tive um amigo que quis processar Jacqueline Kennedy quando ela se casou com o milionário grego Onassis. Escreveu um livro sobre o assunto e me pediu que o encaminhasse ao editor Ênio Silveira, da antiga Civilização Brasileira. E ameaçou:

— Se ele não quiser publicar meu livro, eu o publicarei alhures!

No momento, eu fiz um exame de consciência (coisa rara para mim) a fim de saber se havia alguma editora com esse nome: "Alhures". Telefonei para o Sindicato dos Editores e Livreiros, e lá o Alfredo Machado, que era o presidente, disse que não, era um nome muito complicado para qualquer editora.

Só então desconfiei do verdadeiro significado da palavra. Esse emocionante lance de minha biografia teve *replay* mais tarde, quando colaborava com JK na redação de suas memórias. Ele narrava para mim um episódio de sua vida, chegara em casa cansado e a desoras. Eu entendi dez horas e foi assim que coloquei no texto final.

Fiel a sua autobiografia, JK me corrigiu, dizendo que naquela noite chegara em casa às quatro da madrugada, daí que perderia um compromisso para aquela manhã. Eu reclamei, alegando que ouvira ele dizer "dez horas", mas só então percebi que ele queria dizer "desoras" – acho que qualquer hora depois da meia-noite. Não disse nada, apenas corrigi o texto, como me competia.

De maneira que "alhures" e "desoras" (e algumas outras palavras que evitarei citar) entraram em meu modesto vocabulário por caminhos que não dignificam minha escolaridade.

23.7.2009

Dois gigantes

Mestre Villa-Lobos estava em seu apartamento na Esplanada do Castelo, e eu fui levar-lhe Léonide Massine, coreógrafo de *Quinta sinfonia*, *Gaîté parisienne*, *O chapéu de três bicos* e outros clássicos da era de ouro do balé mundial. Ele fora contratado por Murilo Miranda para temporada no Theatro Municipal do Rio, em 1955, e desejava uma partitura brasileira para montar um espetáculo que seria mais tarde incorporado ao repertório internacional. Entendidos do ramo haviam-lhe sugerido algumas produções de Francisco Mignone e Claudio Santoro, mas Villa-Lobos era o preferido.

Feitas as apresentações, mestre Villa disse que tinha exatamente o que Massine procurava. Foi ao piano e tocou um trecho, acho que de uma sinfonia em que ele estava trabalhando. Massine ouvia calado, cabeça baixa.

— Gostou?

Massine hesitou e acabou admitindo: não era aquilo que queria. Mestre Villa tocou uma sucessão de trechos de sua autoria, fugas, sonatas, choros, batuque, adágios e codas. Massine abanava a cabeça. Mestre Villa improvisou. Massine não gostou e improvisou retirada. Mestre Villa perdeu a paciência:

— Afinal, o que quer o senhor?

Massine, então, abriu a boca. Certa vez em Paris, ouvira mestre Villa tocar uma música muito bonita, gostaria dela, mas não lhe sabia o nome, só guardara uma frase musical.

— Então, cante!

Massine alegou voz desafinada, não tinha jeito, mestre Villa encorajou:

— Eu não reparo.

Massine tomou coragem, arranhou um pigarro para limpar a garganta e cantarolou: "Lalá lalá lalalalalá". Mestre Villa deu um pulo e fechou o piano.

Massine, estupefato, olhou para mim, que olhei para a porta. Na rua, pude explicar: Massine solfejara o "nesta rua, nesta rua tem um bosque".

30.7.2009

Poluição visual

Já foi tarde: a Prefeitura do Rio derrubou uma inacreditável passarela, ali colocada por outra administração, na confluência de Ipanema e Leblon, um monstrengo amarelado, como um doente terminal de icterícia.

Restou um troço que chamam de obelisco, mas que, na verdade, é um pirulito esquálido que prejudica a perspectiva urbana e não tem nenhum sentido a não ser atrapalhar o tráfego e poluir a paisagem. Parece feito de papelão e está com os dias contados. Também já vai tarde.

O Rio já tem seu obelisco de pedra nobre, no fim da avenida Rio Branco, onde os gaúchos amarraram seus cavalos na Revolução de 1930. Teve uma razão: comemorou o encerramento das obras da própria avenida, marco da modernização da cidade que antes de Pereira Passos era uma aldeia que alguns chamavam de infecta.

Há obeliscos históricos em Roma (na praça de São Pedro), em Paris (na praça da Concórdia), marcos que vieram de longe e de origem fidalga. Não é o caso do pirulito de Ipanema/Leblon.

Não faz muito, Darcy Ribeiro mandou colocar na Lagoa uma estrela de ferro feita por conceituada artista plástica. Em vez de enfeitar, enfeou a Lagoa. Não se enfeita uma flor – e a Lagoa é uma imensa pétala de água que reflete as matas do Corcovado e das Paineiras.

A estrela parece que apodreceu, desgrudou-se de sua base e foi encalhar numa das margens. Um caminhão de lixo da prefeitura a retirou das águas e as levou para algum depósito – não creio que esteja em algum museu.

O Rio tem suas mazelas como cidade e como população, muitas e terríveis. No entanto, se há uma coisa de que ele não precisa, é de penduricalhos que o agridem na tentativa de embelezá-lo. Falta de planejamento urbano já o prejudica bastante. Dispensa o supérfluo e o horrendo.

3.9.2009

Biografia de um bigode

Há pragas que acompanham as desventuras de um cronista – e ser cronista já é uma espécie de praga em si. As mais constantes são a falta de assunto e a falta de tempo. Hoje, com algum exagero, surpreendi-me com as duas pragas juntas: sem assunto e sem tempo. E, à falta do que falar mal, resolvi colocar-me em dia com um velho desafeto meu: o bigode.

Não o bigode de vós outros que usam bigode, mas meu próprio bigode. Herdei de dois tios-avós duas máximas importantíssimas a respeito do assunto. Um deles dizia: "Homem com vergonha na cara não usa bigode". O outro dizia com o mesmo entusiasmo e a mesma indignação: "Homem sem bigode na cara é mulher".

Meu coração nunca balançou entre as duas sentenças. Não iria colocar meu caráter nem minha virilidade no bigode. Acontece que, quando saí do seminário, andei escandalizando meio mundo com minha cara de seminarista foragido. Eu mesmo me escandalizava. Só quem esteve num seminário pode avaliar o drama de fingir que nunca foi seminarista. Lembro-me de dois, Roberto Campos e Austregésilo de Athayde. Podia lembrar até mesmo o próprio Josef Stálin.

Até que, um dia, olhei-me no espelho e vi que com aquela cara teria pelo resto da vida jeito de coroinha. Deixei, então, crescer o bigode e a concupiscência, sinceramente convencido de que jamais seria confundido com um ex-seminarista.

Adquiri essa cara sinistra que hoje ostento, misto de traficante de cocaína e vilão de cinema mexicano, ou, como queiram, de cantor de tangos, ou, no polo oposto, de chanceler turco. Não sou nada disso. Não faço tráfico de cocaína nem Coca-Cola tomo. Tampouco gosto de chanceleres turcos. Agora, sou amarrado em tangos que, entre outras coisas abomináveis, às vezes justificam meu bigode.

6.9.2009

Do hino nacional

Nas escolas do ensino fundamental, pelo menos uma vez por semana, o hino nacional deverá ser cantado pelos alunos. Nada contra essa medida cívica, mas, toda vez em que se fala de nosso hino, há uma enxurrada de críticas, sobretudo quanto à letra, que é pomposa e complicada.

A música, em termos técnicos, se salva e é bonita. Já mereceu transcrições sinfônicas e, com o tempo, tornou-se realmente uma referência concreta da nação. A letra é que, sendo complicada, é de difícil memorização e compreensão, sobretudo por parte dos jovens. Não conheço ninguém, mesmo entre adultos e cultas gentes, que não confunda as duas partes, e daí a pergunta: por que duas partes? Uma só seria o bastante e evitaria constrangimentos durante as cerimônias, além de alongar desnecessariamente a solenidade.

Ary Barroso, que fez o segundo hino oficial do Brasil com sua "Aquarela", tinha um programa de calouros famoso no rádio de outros tempos. Ele perguntava sempre o que o candidato ia cantar e fazia um comentário qualquer. Um cidadão se apresentou.

— O que vai cantar? — perguntou Ary.

O sujeito respondeu:

— Vou cantar o Virandum!

Ary estranhou:

— O que é isso? Mostre como é para o pianista poder acompanhar.

O calouro cantou baixinho para o pianista, e o Ary:

— Virandum do Ipiranga salve, salve...

Não faz muito, uma cantora popular se embananou cantando nosso hino.* E os diplomatas aqui credenciados, nos primeiros tempos de função, invariavelmente se sentam após a primeira parte, acreditando que seja a última.

---

* Cony refere-se à apresentação da cantora Vanusa em evento promovido pela Assembleia Legislativa de São Paulo, em agosto de 2009. [N.E.]

Por isso e aquilo, bem que o hino podia ser mais curto, respeitando-se sua solenidade e os proparoxítonos que Duque-Estrada espalhou pela letra, obrigado que foi a seguir a bela melodia de Francisco Manuel.

24.9.2009

Voltando a um tema

O tema talvez esteja superado. Durante semanas, na seção das cartas dos leitores, discutiu-se a retirada dos crucifixos das salas de aulas dos colégios públicos, bem como dos tribunais e de outras repartições do Estado. O argumento principal, lembrado por todos os que defendiam a retirada, foi o constrangimento daqueles que, professando outras religiões ou não professando religião nenhuma, são obrigados a conviver com o símbolo maior de outra religião, não importa que seja a religião da maioria.

O argumento procede, uma vez que respeita o mesmo crucifixo nas salas e nas dependências de escolas e instituições cristãs, tal como nas sinagogas e nas instituições judaicas é natural o uso de símbolos como a estrela de davi e a menorá – que, por sinal, é usada também em templos cristãos. O Estado é leigo, mas é essencialmente democrático.

Até aqui, estou falando do assunto que ocupou o noticiário há pouco. Tudo bem, acho que a discussão valeu a pena. Temo, porém, que ela seja estendida ao Cristo Redentor de nosso Corcovado. Não se trata exatamente de um símbolo religioso, mas de um monumento que se instalou numa paisagem que não permitiria, por exemplo, um crucifixo nem mesmo uma simples cruz.

É apenas um gigantesco homem de braços abertos sobre a Guanabara, num gesto de quem acolhe, protege e abraça. Não constrange o praticante de outros cultos. Quando o cardeal Leme pensou na estátua, recusou propostas de um Cristo Rei, um rei no trono do mundo. Preferiu o gesto largo de um homem colossal, abrigando outros.

A estátua, em si, é feia, mas no lugar em que a botaram ficou perfeita – ela e o assombroso pedestal de pedra. Não se trata de um símbolo religioso, mas de um marco na paisagem que nos faz sentir em casa.

17.11.2009

Vil pecúnia

Para o presidente Lula, as fotos e as gravações do novo mensalão de Brasília não chegam a provar nada. É uma opinião, embora digam por aí que uma imagem vale por 10 mil palavras. Além do fato em si, que seria estarrecedor não fosse razoavelmente rotineiro em nossa vida pública, há a facilidade com que são registradas as cenas de suborno.

Com a tecnologia dos novos celulares, que fotografam e gravam pequenas porções de uma realidade, é mole para qualquer um registrar cenas do cotidiano, as boas e as más. De qualquer forma, elas não são forjadas, e é fácil interpretá-las. Ao contrário do que Lula disse, elas provam alguma coisa. Ou tudo.

O que me espanta é a maneira como o mensalão é pago, com maço de notas – a vil pecúnia de que fala Santo Agostinho. No dia a dia de nossa vida contábil, o dinheiro em espécie é cada vez mais raro. Usam-se os cheques, os depósitos bancários, as transferências eletrônicas.

Em meu caso pessoal, há mais de trinta anos que não boto mão em maços de dinheiro. Minhas fontes pagadoras – jornal, rádio, TV, direitos autorais – depositam meus vencimentos e meus salários normalmente. É a regra. Dinheiro ao vivo e em cores tornou-se suspeito. Nem assim a corrupção ativa e passiva confia no sistema bancário, provavelmente porque deixa rastros. Prefere a tradicional "mala preta", que hoje foi rebaixada à cueca e às meias.

Daí que é mais chocante a cena em que a mulher chega a uma mesa, recebe a bolada e mete tudo na bolsa. E o cidadão, que por questão de "segurança", dobra sua largura física com tanto dinheiro que botou nos bolsos.

Se essas cenas não falam ao presidente Lula, alguma coisa deve estar errada com ele. É natural que não faça prejulgamentos, mas negar a realidade é ir além do tolerável.

3.12.2009

O vermelho e o negro

A última rodada do Brasileirão empolgou os torcedores, que viveram um clima parecido com o de uma final de Copa do Mundo. Mesmo os mais desinteressados em futebol torceram de alguma forma. Foi realmente uma festa, com o Maracanã lotado com uma das maiores torcidas dos últimos tempos.

Infelizmente, apesar do bonito jogo entre Flamengo e Grêmio, que decidiria o campeonato, houve violência brava em Curitiba, com a polícia entrando em campo e baixa de policiais e torcedores. No Rio, onde se decidia o título, não houve violência em campo, mas fora dele, nos arredores do estádio e em vários pontos da cidade.

Curiosamente, eram os próprios flamenguistas que brigavam com flamenguistas, num desafio aos psicólogos de massa. Como explicar que torcedores do mesmo time, inebriados pela vitória de seu time, entrassem em um conflito do qual saíram alguns feridos. O fenômeno é antigo, prende-se à tradição medieval das justas em que os camponeses lutavam até a morte por seus senhores, portando o escudo heráldico que de certa forma é o mesmo dos clubes de futebol de hoje.

A alegria – mais que alegria, o júbilo, a exaltação – não se limita ao jogo em si, é preciso mais. Afinal, o torcedor na arquibancada apenas vê e torce, não leva para casa as marcas da luta, as medalhas da vitória. Prolonga nas ruas a emoção da partida, lamentando que ela tenha acabado e durado tão pouco. Na arquibancada, o torcedor sente-se um pouco impotente, sua participação se resume a incentivar o time. A paixão lhe exige mais.

Stendhal escreveu O vermelho e o negro, cores metafóricas de um conflito existencial. Não por acaso, o vermelho e o negro são as cores do clube mais popular do país.

E o vitorioso.

8.12.2009

Homens & mulheres

Talvez seja um machismo light que tenho encruado dentro de minha formação ou desinformação: não aprecio a mudança que a Igreja introduziu no cântico do *"Gloria"*, alterando a expressão "glória a Deus nas alturas e paz na Terra aos homens de boa vontade". Afinal, o canto litúrgico em latim repete a saudação dos anjos que anunciaram a Boa-Nova aos pastores de Belém e que está até hoje no Evangelho de Lucas: "Homens de boa vontade".

A mudança de certas tradições alterou a bela expressão por uma que tenta incluir as mulheres na saudação dos anjos. É um tipo de modernismo bobo, pois a expressão "Jesus salvador dos homens" não exclui as mulheres. Nem a cantata de J. S. Bach "Jesus, alegria dos homens" pode ser acusada de machista porque não cita as mulheres.

Na onda, os presidentes da República agora não se referem aos brasileiros, mas aos brasileiros e às brasileiras. Os parlamentares falam em senador e senadora, deputado e deputada, vereador e vereadora, quando a função é uma só e independe de sexo. A nobre exceção ficou por conta das poetas, que deixaram de ser poetisas e ficaram poetas mesmo, pois a função de poetar é uma só e independe do sexo para se expressar.

Tenho pavor na Academia quando algum colega se refere às mulheres como confreiras ou acadêmicas. A função é masculina por uso e abuso dos povos e não significa necessariamente uma qualidade superior dos homens.

A própria Igreja ainda não mudou a expressão *"Memento homo, quia pulvis es"* ("Lembra-te, homem, que és pó"). Por que somente os homens são pó e ao pó reverterão?

E o *Homo sapiens* é também uma forma de machismo? Ora, para ser coerente, as mulheres também tornarão ao pó, e há mulheres tão sábias quanto os homens. Ou mais sábias ainda.

27.12.2009

Nostalgia da verdade

Pequena (ainda) crise no setor militar neste fim de ano. O governo deseja implantar um necessário Plano Nacional dos Direitos Humanos, que cria uma Comissão da Verdade para apurar torturas, mortes e desaparecimentos durante a ditadura militar, que durou 21 anos, de 1964 a 1985.

Dois comandantes, o do Exército e o da Aeronáutica, ameaçam se demitir caso o presidente da República não revogue alguns trechos do referido plano considerados revanchistas pelos chefes militares.

A Comissão da Verdade pretende apurar o que até agora não foi suficientemente apurado: o gênero e o grau da repressão militar durante os anos de chumbo. Muito já se apurou, mas não na íntegra. Neste particular, o plano pode colocar mesmo um ponto final na pesquisa macabra que vem sendo feita espasmodicamente, sempre de forma incompleta.

O nó da questão, ao que parece, é a retirada do nome de algumas autoridades do regime que batizam pontes, prédios, estradas e obras públicas, como a ponte Rio-Niterói, outra ponte em Brasília e, espalhadas pelo país, centenas de homenagens com o nome de civis e militares que se destacaram na repressão.

Bem, pelo menos aqui no Rio, ninguém se refere à ponte Rio-Niterói como a ponte marechal ou general isso ou aquilo. É simplesmente a ponte Rio-Niterói – e basta.

Evidente que é necessário apurar a verdade, apesar dos 24 anos passados. É uma lição para o futuro. O golpe de 1964 não foi apenas de militares, que seriam os executivos da força. Muitos civis foram os inspiradores que cobravam das casernas um golpe de Estado contra o governo de João Goulart.

Pelo que parece, há certa nostalgia do desastre, grupos interessados em manter acesa a eterna luta do bem contra o mal.

31.12.2009

Do próspero

E assim é que estamos, como afirmam os manifestos comerciais, no limiar de um ano novo.

Não sei qual foi o cretino que por primeiro uniu o adjetivo "próspero" ao conceito de ano novo. De qualquer forma, outros cretinos adotaram a expressão e, quando um cidadão chega à idade respeitável dos cinquenta anos, se ainda não é realmente próspero, não é por culpa dos outros: desejos e votos foram formulados ao longo desses trinta e tantos anos. E, se a prosperidade ainda não veio, não é o caso de se desesperar. O ano novo está aí, dando sopa. E desta vez vamos.

Enquanto a prosperidade não vem, porém, daremos duro em nosso triste cotidiano. As perspectivas para este 2010, aqui no plano pessoal, são bastante sombrias. O vizinho deu ao filho uma bateria, um assassino precoce que não dorme, não come, não estuda, não diz palavrão, só toca bateria o dia inteiro. E o pior é que gosta de imitar grupos de rock. O guri não entende nada de música, mas o efeito é o mesmo.

Bom, não vou estourar os miolos por causa disso. Há que ladrilhar o espírito de paciência, torcer os lábios em feitio de sorriso e enfrentar a luta espartanamente. Mesmo que seja inútil para mudar o curso de tantos e tão graves acontecimentos.

Abstraindo o caso pessoal, as perspectivas são ainda pressagas. O planeta parece que entrou em coma – não será para meus dias, mas a coisa está preta.

Dizem que a culpa disso tudo é do imperialismo, que tanto nos subjuga e nos maltrata, mas não compreendo muito dessas coisas. Apesar disso, o ano tem tudo para ser próspero. Faço votos para que seja.

Que os ricos fiquem mais ricos: não entrarão no reino dos céus, o que é um consolo besta, mas é um consolo. Que os pobres fiquem ricos. Verão como é chato ajudar os pobres.

3.1.2010

Conflitos e repressão

Parece piada, mas não é. Na crise aberta no governo por causa da Lei da Anistia, os bombeiros de plantão descobriram um modo de aliviar as tensões. Apelaram para a semântica: onde se lê "repressão política", leia-se "conflitos políticos".

Vamos com calma. No período da ditadura (1964-85), houve as duas coisas. Houve conflitos, mas relativamente poucos, pontuais, quando as forças do regime atuavam militarmente contra os bolsões de resistência que contestavam a ordem em vigor, uma ordem totalitária e acima das leis e dos direitos humanos.

Agora, repressão houve – e foi bem pior, porque durou muito e atingiu a sociedade como um todo. Enquanto os conflitos se limitavam à eterna luta dos azuis e vermelhos, os prós e os contra a ditadura, a repressão foi uma cortina de chumbo que isolou a nação de seus direitos básicos, como o de ter opinião e poder expressá-la.

Dou exemplos: no Araguaia e em outros lugares, houve conflito, bandidos contra mocinhos, conforme a posição de cada um. No entanto, o desaparecimento do deputado Rubens Paiva, o assassinato de Vladimir Herzog e de toda a cúpula do Partido Comunista não foram episódios militares, e sim ações coordenadas da repressão mais feroz de nossa história.

Para efeito histórico, no período do regime totalitário houve as duas coisas: os conflitos e a repressão. Do ponto de vista militar, a guerrilha do Araguaia poderia ser considerada um conflito entre forças antagônicas, embora não proporcionais. Contudo, o arsenal de regulamentos, portarias, avisos e prisões que o regime despejou contra a sociedade foi uma repressão generalizada que afetou toda uma geração, inclusive a dos neutros.

Repito: os conflitos foram pontuais e isolados. A repressão castrou por 21 anos as esperanças de todos.

14.1.2010

A lágrima

Eu a encontrei numa reunião social. Era fácil saber quem era, todos a conheciam, uma profissional bem-sucedida, por todos admirada. De repente, reparei nos olhos dela e vi que eram feitos de água, uma água misteriosa, que parecia lágrima. Tive a impressão de que a moça não era feita de carne, e sim de pranto, que ela reprimia dentro de si.

A impressão passou. Outras pessoas se aproximaram, a moça voltou a ser o que todos pensavam que ela era, uma deusa, todos a devoravam, e ela parecia estar à vontade, fazia o jogo, ria e se divertia como todos. Ainda assim, guardei aquela impressão: a da lágrima que ela levava, seca, nos olhos imensamente verdes.

Mais tarde, a conheci numa viagem. Tomei coragem e disse-lhe de minha primeira impressão, que ela parecia estar sempre na véspera do pranto, que as lágrimas ficavam imóveis, congeladas em seus olhos, não faziam o roteiro habitual das lágrimas, não desciam pelo rosto, ficavam estanques, dando brilho nos olhos que já brilhavam de tanto verde.

Ela me olhou surpreendida.

— Como? Você me acha infeliz? Tenho tudo na vida!

Então, eu disse:

— Sei que você é feliz, uma deusa, mas talvez seja uma deusa com vontade de chorar um choro escondido.

A moça abriu a bolsa e me mostrou pela metade a foto de um menino. Era seu filho. Filho de uma deusa. Era um menino bonito, tinha mais ou menos o mesmo olhar da mãe, só que não eram líquidos, como uma lágrima. Quis ver a foto inteira. Ela hesitou, pensou em me mostrar a foto, mas a guardou na bolsa, num gesto quase involuntário. Com um sorriso triste sem tristeza, mas conformado, me explicou:

— Ele nasceu sem as mãos. Tem oito anos, é lindo, é o primeiro na escola. Mas não tem as mãos. E eu nunca mais tive vontade de chorar.

28.1.2010

Viver custa caro

Nos planos de Deus, a vida seria de graça. Mas, depois daquela história da maçã, o homem foi condenado a comer o pão regado com o suor do rosto. E a mulher, a parir seus filhos com dor. Tanto o parto como o pão custam caro. Poderiam ser mais baratos, mas a engrenagem social também custa caro, o ginecologista cobra e o padeiro também cobra. E todos acabam pagando.

Piores são os governos federal, estadual e municipal, que também custam os olhos de nossa cara e de nosso bolso. A saúde pública e a Previdência Social, apesar de custarem caríssimo, mal conseguem verbas para custear sua estrutura burocrática, que, além de cara, é problemática.

Daí que o povo paga e não bufa. Morre-se facilmente quando se é pobre. Rico também morre, quando chega sua hora. Mas o pobre em geral morre mal e muitas vezes fora de hora.

As doenças crônicas, por serem crônicas, devem ser cronicamente tratadas. A falta de dinheiro, que também é crônica para a maioria, não apenas atrapalha, como agrava o problema.

Há males que pedem medicação permanente: as doenças do coração, o câncer, a Aids, o diabetes. Em todas elas, a preocupação com o custo do tratamento funciona como um complicador, que retarda ou torna impossível a cura.

Os laboratórios produzem os medicamentos com uma taxa de risco que aumenta o preço dos produtos. As farmácias, que recebem esses produtos para vender, costumam aumentar os preços por conta própria. O consumidor final não pode estrilar. É pagar ou morrer. Termina a vida pagando e morrendo.

Em todo o caso, há uma lei compensatória nisso tudo. O presidente da República já estava no avião para ir a Davos e foi tirado de bordo por causa da pressão alta. Acredito que não tenha pagado nada, tudo fica por conta da mordomia do Estado.

4.2.2010

Esses temíveis vilões

Já vivi o bastante para temer os vilões de cada temporada, desde o ar encanado, que em criança me obrigavam a evitar, até a manteiga, produto animal que dava câncer, infartos, embolias, o diabo. Houve época em que lá em casa só se usava margarina, produto natural e sem gosto.

Havia estatísticas provando a malignidade da manteiga e a excelência da margarina. Os tempos mudaram, e a situação se inverteu. Manteiga hoje é saudável, e a margarina é suspeita de fazer mal.

Com o açúcar – outro vilão –, houve campanhas ferozes a favor dos ciclamatos, que, por sua vez, tempos depois foram suspeitos de provocar doenças mortais. Lembro o conselho de uma revista que publicava uma seção dedicada à saúde: condenava o ovo, atribuindo-lhe malefícios vários. Hoje o ovo está reabilitado, para gáudio dos cariocas, que têm no ovo frito uma de suas predileções culinárias.

O vilão de nosso tempo, pelo que vejo por aí, não é alimentar, mas elementar. O saco de plástico abandonado nas ruas e nas praias é responsável pelo potencial aquecimento do planeta, o que acabará com nossa civilização. É suspeito até mesmo de exercer alguma influência maléfica nos terremotos e nos tsunamis que agridem a Terra.

Não chego a ponto de considerar que sacos de plástico sejam uma ameaça ao equilíbrio cósmico do Universo em que somos obrigados a viver. Milhões de mundos acabaram sem que o plástico e seu devido saco fossem inventados.

O cigarro é um dos vilões mais temidos de nosso tempo. Há razão e motivo para isso. A medicina acusa o tabagismo de quase todos os males que levam o homem a morrer. Mesmo assim, há gente que duvida dessa certeza científica e continua fumando na base daquele velho tango, "fumando espero aquela que mais quero".

4.3.2010

Teclas e botões

Num recorte de jornal, não sei se escorado num fato verdadeiro ou num lance de ficção, no que era pródigo, Sartre narra a história do cidadão que se suicidou e deixou um bilhete explicando a razão do gesto extremo: estava cansado de abotoar e desabotoar os botões da calça.

Não havia os fechos modernos. O jeito era o cara abotoar e desabotoar botões para tirar as calças e para outras necessidades. A repetição do gesto encheu o cidadão de náusea, e ele resolveu acabar com a obrigação. Não pensou em andar nu nem em andar com a calça aberta: apelou para a solução extrema, matando-se e libertando-se da náusea, uma náusea tipicamente sartriana.

Ainda existem muitas coisas que precisam de botões, mas o zíper aliviou pelo menos os botões das calças. Foram substituídos pelas teclas. Teclas do computador e derivados, teclas dos telefones celulares, teclas de toda espécie e finalidade.

Ignoro se alguém já pensou em se livrar delas por meio tão radical. Mas estamos na Idade da Pedra em matéria de eletrônica, e um dia haverá alguém que não suportará a obrigação de teclar – e desde já me candidato a não ser o primeiro, mas um dos muitos que estão cheios da obrigação de teclar, desde escrever um texto esquisito como este até a necessária ligação telefônica para receber ou mandar mensagens.

A culpa não será da tecla, como não foi culpa dos botões. Culpa da monotonia, isso sim. Teclando, pode-se pôr um Airbus no ar, escrever uma epopeia, chatear a vida alheia com uma informação pérfida. Entre perdas e lucros, haverá um dia que não mais suportará a obrigação de procurar a tecla certa.

Não sei, não. Ainda tenho paciência para me aborrecer e aborrecer os outros, mas tudo cansa, e já me considero um pouco exausto de usar teclas, principalmente aquela necessária para deletar tudo o que me vem à cabeça.

28.3.2010

Respeitável público

Mania recente obriga oradores e comunicadores em geral a citar, no início de suas falas ou seus discursos, o indefectível "brasileiros e brasileiras". Nas reuniões especializadas, a expressão muda para doutoras e doutores, acadêmicos e acadêmicas, professores e professoras, eleitores e eleitoras – e por aí vai.

Fez parte das conquistas atribuídas à campanha do feminismo mais desvairado. As mulheres querem ser citadas, não englobadas genericamente no masculino tradicional. No cristianismo, durante séculos, elas não se sentiam rejeitadas. Nem quando Bach, por exemplo, deu a uma de suas peças mais famosas o nome de "Jesus, alegria dos homens". Nem sobre a expressão aceita universalmente entre os católicos, "Jesus salvador dos homens", JHS para os íntimos.

Nos circos, com a sabedoria da tradição, prevalece a forma ambígua do "respeitável público", que junta homens e mulheres no mesmo saco, sem distinção nem prioridade. Ninguém fica ofendido, ainda mais porque todos se consideram respeitáveis.

Não sei qual foi o político que por primeiro usou a expressão "brasileiros e brasileiras". Cheira a Brizola, mas talvez tenha sido Sarney, Collor ou Ulysses Guimarães. Hoje, todos usam a distinção de gênero, como se a humanidade fosse constituída de dois seres especiais e estanques, quando na realidade a própria palavra ("humanidade") lembra a raiz comum de todos nós: a condição humana, não a condição humana e feminina. Exceção notável: acabaram-se as poetisas, todos agora são poetas.

Nos shows, com plateia mais descomprometida, é tradicional o "senhoras e senhores". Prefiro o elegante "respeitável público" dos circos, é o único lugar em que todos ficamos realmente iguais como quer a Constituição.

13.4.2010

Melancolia de um carioca

Os cinquenta anos de Brasília abafaram outro acontecimento histórico, que não foi lembrado nem comentado: a criação do estado da Guanabara. Sua vida curta ainda não foi devidamente estudada, e quem viveu aquele tempo tem não apenas saudade, mas certa irritação pelo fato de os militares terem acabado com ele, promovendo a fusão com o antigo estado do Rio.

O único defeito do natimorto estado da Guanabara foi que nos tornou, nós, os cariocas, guanabarinos. Fora isso, foram poucos anos em que as coisas funcionaram muito bem para nossos lados. Tivemos dois governadores-prefeitos de dar inveja aos demais: apesar de inimigos ferozes um do outro, Carlos Lacerda e Negrão de Lima foram de longe os melhores e maiores administradores da cidade-Estado.

Havia razão para isso. A Guanabara ficava com os impostos municipais e estaduais – fazendo caixa único, houve recursos e mentalidade para grandes obras. A ajuda federal foi fracionada e formal. Não contou realmente para as grandes transformações que se seguiram: túneis, viadutos, abastecimento de água, aterros, investimentos na infraestrutura.

Politicamente, o novo estado marcava-se pela independência em relação ao poder central, daí a necessidade do regime militar de acabar com aquele foco de resistência. A fusão até hoje é chorada pelos cariocas – não por menosprezo a seus vizinhos fluminenses. O carioca Machado de Assis, que viveu antes de tudo isso, dizia, com orgulho: "Afinal, somos todos fluminenses". Em termos de futebol, até hoje sou Fluminense.

Aqueles que viveram o breve tempo da Guanabara têm saudade. Meu irmão guardou até a morte a placa de seu carro, um valente Fusca verde-amazonas, com as iniciais GB: fomos felizes e sabíamos que éramos felizes.

22.4.2010

Maiúsculas e minúsculas

Nos anos 1970, um jornal carioca contratou sofisticada equipe de revisores para dar correção, transparência e uniformidade aos textos de redatores, repórteres e colunistas. Entre as regras levantadas pela equipe, figurava a cristalina evidência de que o alfabeto então em vigor havia cassado o "Y", o "K" e o "W".

Cassar, por sinal, era mania da época. Nas poucas vezes em que era citado, meu nome passou a ser Coni. Quando saiu um dos volumes das memórias de JK, o nome do ex-presidente passou a ser JC – sigla que habitualmente indica Jesus Cristo.

Kubitschek era pouco citado, por motivos políticos, mas, quando era, transformava-se em Cubitscheque. A regra da revisão era: "Qualquer um escreve o próprio nome como quiser. A redação, por sua vez, só tem compromisso com as regras oficiais da ortografia". OK. Quer dizer, óquei.

Escrevi uma crônica em que falava na "Soberana Graça do Santo Sepulcro", título de ridícula ordem nobiliárquica que não sei se ainda existe. As maiúsculas foram para a cucuia, incluindo as do Santo Sepulcro, que até os judeus, que estão em outra, chamam de Santo Sepulcro, com maiúsculas. Mais ou menos como Pão de Açúcar, que em inglês é *Sugar Loaf*, sempre com maiúsculas.

A correção de textos devia ter sido estendida à reprodução de quadros. Com um computador de última geração, pode-se corrigir aquele caos de *Guernica*, com cavalo e mulher aos pedaços, bem como toda a obra de Braque, Picasso e Dalí.

Virtualmente – e virtuosamente –, poder-se-iam corrigir imagens e fotos para maior unidade, transparência e compreensão por parte dos leitores. Chegaram a ameaçar as maiúsculas do Pão de Açúcar. Ficaríamos reduzidos ao pão de açúcar, que, como todos sabem, é um pão feito com açúcar, muito apreciado no Rio de Janeiro.

23.5.2010

Por outro lado

Outro dia, conversando com ilustre filólogo, referência obrigatória na matéria, comentamos as dissidências entre gramáticas antigas e modernas, sobretudo entre gramáticas e os manuais de redação usados por jornais, revistas, TVs, agências de publicidade e de comunicação.

Sem entrar no mérito de uns e de outros, constatamos que cada órgão estabelece regras próprias, ditadas por idiossincrasias naturais que todos temos.

Graciliano Ramos odiava "entrementes". E "via de regra" ruborizava Guimarães Rosa. A expressão "por outro lado" pareceu a pedra filosofal a unir o lide ao sublide. Até que um chefe de copidesque deu o grito:

— É por esse lado mesmo!

Cada redação tem o direito de adotar seus critérios. Os manuais são necessários para estabelecer uma unidade de linguagem e de comportamento ético, a famosa deontologia que o Muniz Sodré citou há tempos.

Também são indispensáveis para a grafia homogênea de nomes e regiões. Houve época em que alguns jornais escreviam "Kruchev"; outros, "Kroutchouv"; e os mais comprometidos com a causa escreviam "Kruchov".

Também nas elisões, a mania atual é evitá-las, apesar de os clássicos da língua abusarem delas no verso e na prosa.

Quem tem razão? Todos e ninguém. A linguagem é livre e dinâmica. O "você" que aceitamos sem contestação é redução simplória do vossa mercê, com estágio no vosmecê.

O "tá" no lugar do "está" e o "pra" em vez de "para" são aceitos pelo povo e pelos escritores menos ortodoxos. Os pronomes oblíquos começando frases já deram bomba em muitos estudantes.

Por essas e por outras, nem as gramáticas nem os manuais devem ser desprezados. Ainda assim, quanto mais distante deles, melhor se pensa, se fala e se escreve.

8.6.2010

Pensamentos imundos

Não sei como nem quando inventaram ou descobriram a existência dos anjos da guarda. Apesar de ter sido seminarista, não me lembro de ter aprendido qualquer coisa sobre o assunto. Somente a certeza de que, cada ser humano, eu inclusive, temos um ser angelical que toma conta da gente.

Conheço a iconografia a respeito dessas simpáticas entidades. Um menino está à beira do precipício, colhendo uma flor. Uma cobra se aproxima. O perigo é duplo: ou o menino cai no abismo, ou a cobra o ataca. Atrás do menino, porém, está o anjo protetor, que impedirá qualquer desgraça.

Apesar de ateu, sou devoto do anjo da guarda. Atribuo a ele a salvação de enrascadas em que me meti ou me meteram. Tenho secreta vergonha dele, na medida em que ele deve ter vergonhas causadas por meu comportamento, que nunca chega a ser angelical.

Lembro também uma imagem piedosa, muito comum em minha infância. O menino não está à beira do precipício nem ameaçado por uma cobra.

Pelo contrário: está pensando numa mulher, nua e provocante, e vai se entregar àquele pensamento que os catecismos chamam de "imundo".

O anjo da guarda, ao lado, nada pode fazer. Recolhe as asas protetoras e, enquanto o menino leva as mãos para baixo, o anjo leva as mãos para cima e cobre o rosto. Chora de vergonha pelo feio ato que o menino está praticando.

Havia uma variante para essa cena. O menino no confessionário, dando conta de seu pecado solitário, e o padre o recriminando: "Você não tem vergonha de seu anjo da guarda? Fazendo coisas feias diante dele?".

Meu anjo da guarda, por essas e por outras, muito deve ter chorado de vergonha por minha causa. Tem sido fiel a mim muito mais do que eu a ele.

20.6.2010

Verdades históricas

No fim dos anos 1960, Zé Kéti fez a marchinha que ficou sendo, senão a última, uma das últimas expressões desse gênero carnavalesco. Inspirando-se à própria maneira nos personagens clássicos da *commedia dell'arte*, ele inverteu o triângulo amoroso formado pelo Pierrô, pelo Arlequim e pela Colombina.

Como se sabe, o Pierrô é o traído, a face branca de alvaiade banhada de luar, chorando pelo amor da Colombina. O Arlequim, servidor de todos os senhores, é o alegre aproveitador da desdita do Pierrô.

Como disse Noel Rosa, "um grande amor tem sempre um triste fim, com o Pierrô aconteceu assim, levando este grande chute, foi tomar vermute com amendoim".

Zé Kéti inverteu o triângulo. Mais de mil palhaços no salão, o Arlequim é quem está chorando pelo amor da Colombina, no meio da multidão.

A crítica desceu o malho no compositor. Então ele não sabia que o Arlequim é quem ri e o Pierrô é quem chora? Zé Kéti deu uma resposta genial: "A letra é minha e nela quem manda sou eu". E assim o Arlequim chora até hoje pelo amor da Colombina.

Volta e meia, um cronista de qualquer quilate pode cometer um atentado contra aquilo que Ruy Castro chama de "rigor histórico". Competente biógrafo de pessoas como Nelson Rodrigues, Garrincha e Carmen Miranda e de movimentos coletivos como a bossa nova e a cultura de Ipanema, ele se esmera em apurar tudo direitinho. Nunca me perdoou por ter alterado a verdade histórica de um célebre Flá-Flu, a famosa partida das "bolas na Lagoa".

Num livrinho sobre o assunto, dei um resultado que não agradou ao Ruy. Ele me pediu que corrigisse o erro na segunda edição. Não o fiz. Mantive minha versão. Tal como aconteceu com o Zé Kéti, invoco a meu favor o direito de mandar naquilo que escrevo.

27.6.2010

Vidros e vidraças

Em um de seus filmes mais populares, Carlitos é vidraceiro e adota um menino de rua. Saem os dois para trabalhar, o garoto quebra o vidro de uma janela e foge, Carlitos aparece como por acaso, o dono da casa o chama, combinam o serviço, e o dia está ganho. Na hora do almoço, tanto o vidraceiro como seu ajudante têm o que comer.

Lembro a cena porque estou começando a desconfiar da frequência com que os vírus eletrônicos estão fazendo estragos entre os usuários da internet.

Por acaso ou não, justamente em épocas festivas, quando todos se comunicam com mais intensidade, os vírus invadem nossas telinhas, bloqueando-as e obrigando-nos a chamar técnicos e curiosos para reinstalar programas cada vez mais complicados.

Um simples consumidor de e-mails não saberia produzir um vírus e infectar o equipamento de seus correspondentes virtuais. Os vírus têm uma hierarquia. Uns são mais devastadores, outros, mais difíceis de ser neutralizados.

Se quisesse sacanear alguém eletronicamente, eu não saberia criar um vírus. É possível, contudo, que tenha transmitido sem saber esses micróbios de tratamento especializado.

Acredito que eles sejam produzidos por gente que domina a linguagem e o tipo de correio sofisticado que é a internet. E que muitos desses maníacos virtuais se ofereçam para excluir o câncer eletrônico, a metástase que pode destruir definitivamente nossos computadores.

Um entendido fabrica um vírus e o espalha entre conhecidos. Espera o telefonema pedindo ajuda. Cobra a visita e a instalação dos novos programas.

Como nos livrar dessa indústria artesanal? É evidente que não será colocando a polícia no meio, mas apelando para o desenvolvimento tecnológico, que criará vacinas e tratamentos contra a peste que nos ameaça.

29.6.2010

A grande briga

Garantem que o futuro a Deus pertence. É o caso de se perguntar a quem pertence o presente. Passado, bem, o passado passou e não pertenceu nem a Deus nem ao diabo, mas a todos: Deus, diabo e aqueles que nos antecederam na faina do viver.

Fiquemos, porém, no presente, que nos interessa mais de perto. Que tudo podia estar pior, podia. Além de terremotos, guerras, enchentes, atentados e desgraças individuais, sempre sobra alguma coisa no planeta e na vida de muitos que tocam o barco para frente.

Para os crentes das diversas religiões, Deus é todo-poderoso, justo e misericordioso. Seus desígnios governam o mundo e a vida de cada um. Não cai um fio de nosso cabelo sem sua anuência, mas os carecas sempre existiram e deverão existir.

Já o diabo é o Pai das Trevas, o Maligno, o Coisa-Ruim, segundo Guimarães Rosa, entendido na matéria.

Qual dos dois pode ser responsabilizado por nossos abrolhos pessoais e coletivos? A Deus se pode invocar, apelando para sua misericórdia e sua justiça. Ao diabo muita gente também invoca, mas ao demônio ninguém precisa invocar, embora muita gente o faça em proveito próprio, para atrapalhar o caminho dos desafetos.

No longo prazo, acredita-se na vitória de Deus, talvez no jogo em si, talvez na prorrogação, talvez na decisão por pênaltis. O fato é que, na altura do campeonato em que estamos, a coisa está mais para o empate.

É bem verdade que vem eleição por aí. Todos os candidatos garantem que estão a favor de Deus, mas há muito perna de pau em campo, e só no apito final saberemos quem venceu.

Independentemente do resultado, nem adianta torcer por um ou por outro. Se o futuro pertence realmente a Deus, é certo que o diabo domina o presente, para maior emoção da partida.

19.8.2010

Sinfonia macabra

Manhã do último sábado. Um grupo de traficantes da favela da Rocinha voltava de uma festa na favela do Vidigal. Os dois morros não chegam a ser rivais, mas espremem um dos bairros nobres da zona sul da cidade. Tampouco são dos mais ferozes. O Complexo do Alemão, na zona norte, é mais letal.

Os bandidos estão armados, sempre, mas naquela manhã não pretendiam assaltar nem sequestrar os moradores do local. Simplesmente voltavam para casa depois de uma noite de festa.

Um acaso: passou por eles um carro da polícia em ronda de rotina, os bandidos se abrigaram num hotel cinco estrelas de rede mundial, obviamente chamado de Intercontinental. Renderam hóspedes e funcionários, que foram mantidos como reféns para servir de negociação com a polícia. Mesmo assim, o tiroteio se espraiou numa cena de guerra civil.

Com o natural direito ao *jus esperneandi*, a cidade estupefata correu para as TVs e os rádios que cobriam o tiroteio. A trilha sonora era na base do som direto, metralhadoras e armas de diferentes calibres executavam uma sinfonia macabra, como a dança homônima de Saint-Säens.

Não se tratava de um assalto nem de uma briga entre quadrilhas rivais. Era a natural decorrência de um Estado dentro do outro, com suas leis e seus propósitos antagônicos.

De certa forma, os cariocas estão se habituando a conviver com a violência. Encaram a luta entre bandidos e policiais como uma enchente que paralisa a cidade, num surto de horror.

Tanto as autoridades antigas como as atuais contabilizam mortos e feridos e continuam executando planos que até agora não deram certo. O resto da população se exalta contra a polícia e o traficante. Quem paga a polícia é o Estado. Quem paga o traficante?

24.8.2010

As Guerras Púnicas

Há quem admire ou inveje os cronistas que dispõem de espaços na mídia, podendo escrever ou abordar assuntos fora da pauta dos editores e até mesmo das características essenciais do veículo, seja jornal, revista, rádio, seja TV.

Ledo e ivo engano! Trabalho nesta praia há muitos anos e até hoje não consegui emplacar um assunto de minha preferência: as Guerras Púnicas.

Que tentei, tentei, mas nenhum editor aceitou a ideia. Guerras Púnicas? Que negócio é esse? Os leitores exigem outros assuntos, a realidade pede informações e comentários sobre a violência urbana, o desmatamento da Amazônia, as pesquisas eleitorais, os mineiros soterrados no Chile.

Reconheço, são temas absorventes, mas fico frustrado, porque, até hoje, ao longo de mais de sessenta anos de ofício, não consegui emplacar uma crônica sobre as Guerras Púnicas.

Não significa que tenha revelações ou comentários importantes a fazer sobre Aníbal e seus elefantes, que atravessaram os Alpes, ocuparam Cápua e sitiaram Roma no auge do prestígio imperial.

Reconheço também que os consumidores da mídia atual pouco ou nada estão ligando para o assunto. Preferem saber o que houve com a Receita Federal e a filha do Zé Serra. Gosto é gosto, e cada um deve ficar com o seu.

Ao longo de minha carreira, fui convidado a falar sobre a sucessão dos papas, os rumos da tropicália, os desafios do desenvolvimento nacional, o déficit primário, o diabo. Mesmo quando não há assunto que mobilize as atenções do rei, do clero e do povo, nunca aceitaram minha sugestão de escrever sobre as Guerras Púnicas, a família Barca, as ruínas de Cartago. Essa decepção eu levarei para o túmulo.

É evidente que ninguém perdeu nada com isso. Quem perdeu e quem está chorando sou eu.

2.9.2010

Política e vida pública

Na semana passada, aos setenta e tantos anos, Brigitte Bardot fez declarações que trouxeram seu nome à mídia internacional. Entre outras coisas interessantes, ela disse que ao longo da vida pensou diversas vezes no suicídio e que a política a enojava.

Ela dividiu com Marilyn Monroe a condição de incontestável símbolo sexual. Enquanto a americana morreu cedo, em condições até hoje misteriosas (falaram em suicídio por causa do relacionamento com os dois Kennedy, John e Bob), a francesa retirou-se na Côte, cuidou de cachorros e defendeu as baleias.

Deve ter tido seus motivos para enojar-se da política. Muita gente também sente asco não só pela política, mas pela vida pública em geral. Todos têm suas razões.

Em meu caso, não posso falar em nojo, mas em desencanto. Aos vinte anos, saído do seminário, enfrentei os abrolhos do mundo. Sabia latim, mas não sabia tomar um bonde. Toda vez que o condutor passava por meu banco, eu pagava a passagem novamente – e o filho da mãe sempre aceitava.

Deu-se que o pai me apresentou a um engenheiro que testou minha redação: pediu que fizesse o discurso de posse de um imaginário prefeito do Rio. Três laudas, não mais. Sozinho numa sala de seu escritório, desovei o texto, falando nos problemas da época: enchentes no Catumbi e desmonte do morro de Santo Antônio. Prometi resolver os dois problemas.

O engenheiro leu, guardou o discurso na gaveta, considerou-o mais ou menos. Um mês depois, ele foi realmente nomeado prefeito do Rio, então Distrito Federal. Ouvi pelo rádio seu discurso de posse. Prometia acabar com as enchentes do Catumbi (que nunca acabaram) e desmontar o morro, que só foi desmontado vinte anos depois.

Radicalizei. Política e vida pública, nunca mais.

21.9.2010

Direita e esquerda

Não ser da direita nem da esquerda, tampouco do centro, tem suas vantagens, apesar da solidão e dos ataques recebidos de todos os lados. Assumindo atitudes e pensamentos ora da direita, ora da esquerda, ora do centro, por isso ou por aquilo, conhece-se cada lado ideológico, político e comportamental – suas contradições, seus oportunismos e, frequentes vezes, sua idiotice.

A regra fundamental de cada grupo é a hegemonia da verdade, que por si só é problemática e móvel, como aquela dona cantada pelo duque na ópera de Verdi: "La donna è mobile".

Outra regra paralela em seu fundamentalismo, decorrente da primeira, é a demonização do contrário. Em casos extremados, a demonização obriga o partidário da esquerda ou da direita a mudar de calçada quando vê o "outro", a fim de evitar a lepra, o contágio letal e definitivo: "Foi visto com fulano, logo é suspeito".

A vantagem, contudo, é o conhecimento dos podres ideológicos e pessoais de cada grupo. Como são feitas as imagens e as biografias de aliados e inimigos, valendo tudo e nada acrescentando na avaliação isenta de cada fato ou de cada pessoa.

Curioso é que muitas vezes os lados se invertem. Causas da esquerda transformam-se em causas de direita, e vice-versa. As autocríticas são mais lamentáveis do que as justificativas. Neste particular, a esquerda ganha de longe. Suas autocríticas, apesar de espalhafatosas, nada ensinam. Com o mesmo entusiasmo, embarca em canoas furadas, sabendo que, depois do naufrágio, fará nova autocrítica.

A direita não faz autocrítica porque é conservadora, nem sempre se atribui o monopólio da verdade, mas do hábito, no deixa-ficar.

Para que mudar se, desde as cavernas, tudo está certo?

19.10.2010

Sabedoria política

Gosto de citar um personagem de Dickens que condensa grande parte da sabedoria política de todos os tempos, os modos e os lugares. Trata-se de Pickwick, espécie de moralista quixotesco que, sem saber, muitas vezes parecia um cínico em disponibilidade.

Tinha discípulos que eram quase apóstolos, nada faziam sem consultar o mestre. Um dia, perguntaram-lhe o que deveriam fazer quando encontrassem uma multidão gritando uma causa – qualquer causa. Pickwick respondeu:

— Gritem com a multidão.

Um de seus seguidores levantou o problema:

— E se houver duas multidões, uma gritando a favor, outra gritando contra?

— Gritem com aquela que estiver gritando mais forte — ensinou o mestre.

O conselho é seguido religiosamente por todos os cidadãos que de alguma forma participam da vida política, quer na condição de aspirantes ao poder, quer na sofrida carne dos eleitores. Daí a violência das campanhas para os cargos do Executivo ou do Legislativo.

Praticamente todas as regras do convívio social são abolidas, pessoas civilizadas fazem acusações sórdidas, nada se respeita e, quando não há fatos concretos, recorrem a insinuações sobre o presente, o passado e o futuro dos adversários.

É necessário gritar e gritar mais forte para impressionar a plebe, que muitas vezes não tem opinião nenhuma – como os discípulos de Pickwick –, mas que acaba optando pelo que grita mais alto.

A atual campanha, principalmente a do segundo turno, está sendo marcada pela agressividade. Dilma e Serra são pessoas educadas, habituadas ao respeito mútuo. Os seguidores de um e de outra, em tese, são também pessoas de comportamento normal. Contudo, a paixão e o interesse pessoal estão dando à campanha um gosto próximo ao do sangue.

21.10.2010

Pau de sebo

Já vi muita coisa neste mundo, mas nunca assisti pessoalmente a um pau de sebo de verdade, uma brincadeira que me parece caipira e que alegra as festas do povo em geral. Ainda assim, sei do que se trata. Aparecem os candidatos a um prêmio colocado no topo de um mastro de madeira ensebada com graxa ou outro deslizante qualquer. Todos tentam subir para ficar de posse do prêmio colocado no topo – uma galinha, uma cesta de ovos, uma garrafa de cachaça, um chapéu de couro.

Como já disse, nunca vi um pau de sebo ortodoxo. Sei que é um dos números de sucesso em qualquer evento rural, os pretendentes se esbofam, agarrados com pernas, mãos e dentes ao poste, mas sempre escorregam e quase nunca chegam lá.

Em todo caso, não tenho motivos para me queixar. Conheço outro tipo de pau de sebo – por sinal, bem mais divertido, tendo no topo, em vez de uma galinha ou um chapéu de couro, um ministério, uma estatal, uma comissão mista, uma embaixada, uma diretoria de verba farta.

São muitos os candidatos que se agarram ao poste ensebado, uns sobem, outros descem, não desanimam, tentam outra vez alcançar a prenda lá em cima. Enquanto houver galinha, cesta de ovos ou cargo de qualquer escalão no próximo governo, não faltarão pretendentes dispostos a dar o vexame, a pagar o mico do sebo.

E, como nas festas caipiras, há torcedores que incentivam os candidatos (que, aliás, não precisam de incentivo), dão conselhos sobre como vencer a viscosidade da graxa, como agarrar sem deslizar, subindo sempre, livrando-se dos rivais, até chegar à prenda cobiçada.

Que é divertido, é. Mais do que a corrida de saco, o ovo na colher e outras brincadeiras ingênuas que animam as festas de prefeituras do interior ou de quermesses paroquiais.

11.11.2010

Amor virtual

Recém-chegado ao universo virtual, tenho sentimentos contraditórios a respeito da nova linguagem que, aparentemente, e até aqui, está unindo homens e mulheres, velhos e crianças, doentes e sadios numa humanidade específica, que, por não ter existido antes, agora está sendo testada.

Ouve-se falar em abusos de sexo e pornografia, de pedofilia e outras taras que encontraram espaço surpreendente na telinha. Telinha que, por bem ou por mal, está substituindo o livro, o jornal e a própria TV, uma vez que pode condensar tudo isso num pequeno e cada vez menor retângulo iluminado.

Assim como não me atrai a pizza que a gente encomenda, paga com cartão, mas recebe fria, o sexo virtual não me deslumbra suficientemente para eu me dedicar a ele. Prefiro o sexo em sua tradicional versão *off-line*.

Contudo, sou obrigado a reconhecer a eficiência da comunicação eletrônica, notadamente o e-mail, naquilo que antigamente os caretas chamavam de paquera e que hoje tem outros nomes.

Pois o que acontece comigo – e deve acontecer com todo mundo – é a assombrosa capacidade do relacionamento virtual, que, entre mortos e feridos, sempre dá para pescar uma alma solitária, ou mesmo – levando ao limite – aquelas que se intitulam "coração em chamas", colocando-se adrede para receber o jato salvador que as inunda de salvação.

Um homem terminal não por gosto, mas por contingência histórica, já não teria esperança nem muito menos direito de manter certo tipo de diálogo com a geração que anda pelos vinte e tantos anos. No início, estranhei esse tipo de diálogo/envolvimento, recusei alguns, pedindo que tomassem juízo.

Que eu mesmo tivesse juízo. Começo, no entanto, a me habituar. E, um pouco envergonhado, admito que estou gostando.

18.11.2010

A memória que falha

Estou ficando cismado comigo mesmo. Diariamente, leio nas folhas ou na internet que os suspeitos de corrupção têm um ponto em comum: todos, sem exceção, invocam o passado de lutas contra o arbítrio, a ditadura, a repressão.

Numa carta em que explicou os motivos do pedido de licença do cargo, um senador invocou seu passado de combate ao regime militar. Nos tempos de FHC, que, como Lula, foi acusado de tolerar a corrupção, seus defensores argumentavam que eles eram perseguidos enquanto seus detratores de então estavam no poder.

Impressionante o número de resistentes ao golpe de 1964. Puxo pela memória e constato que ela me trai. Pelo que lembro, naquele ano foram poucos, pouquíssimos, os que reagiram contra o movimento militar.

Mais tarde, em 1968, com o AI-5, o número aumentou consideravelmente, mas coube todo nas celas das PMs e dos DOI-Codis e nos aviões que transportavam os banidos. Mortos e feridos foram bastantes. Humilhados e ofendidos foram muitos. Mas a maioria, pelo que recordo e vejo em livros e jornais da época, cruzava os braços e tratava de aproveitar o "milagre brasileiro".

Em 1965, houve um ato público contra a ditadura durante uma conferência da OEA no hotel Glória (Rio). Apenas oito gatos-pingados vaiaram o presidente da República – e foram em cana.

Esse equívoco está se tornando histórico. Hoje temos, enfim, a maioria absoluta da opinião pública exigindo que o governo abra os arquivos da ditadura. Dona Dilma teve seu dossiê revelado, acredito que em parte – o que apenas a engrandece. E mostra o grau de violência e boçalidade de um regime que, afinal, e em seus começos, foi elogiado por muitos e tolerado até certo ponto por todos.

25.11.2010

Fígado de bacalhau

Bacalhau tem fígado? Numa época de muitas perguntas e poucas respostas, não colaboro para a paz geral trazendo mais um enigma à consciência de cada um. Jamais me preocupei com o bacalhau, muito menos com seu fígado, caso ele – o bacalhau – tenha um.

Era comum esse tipo de remédio para anemias, fraquezas, subnutrição, o diabo. O tempo passou, e eu deixei para trás a lembrança dos três substantivos enfileirados, fazendo um sentido surrealista: óleo, fígado, bacalhau.

Fígado tem óleo? Tendo ou não tendo, curava todos os males, de anemias a tuberculoses, unha encravada, depressão psíquica e esgotamento físico. Depois de meditar sobre os três substantivos que nunca deveriam estar juntos (seria o mesmo que fabricar uma "essência de carburador de castiçal"), tentei inverter a sequência, obtendo o bacalhau de fígado de óleo.

Pior é a extravagante operação: pega-se o bacalhau de boa procedência (mar do Norte ou Báltico) e dele se extraem as vísceras. Separa-se o fígado (se é que realmente ele existe). Parece receita de magia negra, mas é apenas a primeira etapa do remédio. Separado o fígado, espreme-se o próprio até obter o óleo.

Só mesmo um animal sem escrúpulos, egoísta e predatório como o homem poderia chegar a este ponto: pescar o bacalhau, matá-lo, estripá-lo, separar o fígado e espremê-lo! Depois de espremido, o bacalhau reduzido a fígado e em forma de óleo deveria servir para alguma coisa.

Experimenta aqui, experimenta ali e, depois de testado em lubrificação de motores, iluminação pública e pavimentação de estradas, alguém decidiu beber a preciosidade. Se não matasse, deveria ajudar a viver, dando ao homem a capacidade de cometer aberrações iguais, como esta crônica.

7.12.2010

Urubus assassinos

Deus é testemunha de que nada tenho contra os urubus. Gostar mesmo, não gosto. Desde Augusto dos Anjos que eles gozam a fama de azarar a vida dos outros. "Um urubu pousou na minha sorte" é um dos versos mais conhecidos da poética nacional e deve ser citado todos os dias, em contextos diversos.

Em todo caso, voando contra o céu azul, até que são graciosos, fazem curvas suaves no espaço. O diabo é que, justamente nesses espaços, eles ameaçam a segurança dos aviões e a vida de todos nós, que andamos nesse mesmo espaço, que também é nosso, até prova em contrário.

As estatísticas são apavorantes. Cerca de dois ou três quase acidentes ocorrem por mês em nossos aeroportos. Justamente na decolagem e no pouso, momentos críticos das viagens aéreas, os urubus se aproximam das turbinas e são sugados. Ou se lançam contra os vidros como suicidas.

Não se pode cercar o ar, erguer muralhas no espaço – que afinal é de todos, inclusive dos urubus. Existem recursos técnicos que eliminariam ou diminuiriam o perigo. O uso de fumaças é caríssimo e nem sempre funciona.

O certo seria deslocar os depósitos de lixo das proximidades dos aeroportos. Aliás, não se entende como o Brasil continua atrasado na questão do lixo – no ano passado, chegamos a receber 1.477 toneladas em contêineres cheios de lixo do Reino Unido –, cuja reciclagem pode transformá-lo em rica matéria-prima.

Há tempos, na hora de pousar no aeroporto do Rio, um piloto teve o para-brisa do avião quebrado por um urubu. Os estilhaços quase o cegaram.

Se o urubu tivesse entrado numa das turbinas, naquele momento crítico do pouso, quando a força dos reatores é diminuída, o piloto teria morrido. E todos os passageiros também.

9.12.2010

A favorita do sultão

Neste início de século e milênio, a mulher pode fazer um balanço de suas conquistas. Escrava submissa do lar, objeto indefeso diante dos apetites machistas, cidadã de segunda classe e serviçal de primeira necessidade, tudo isso ainda não acabou, mas está acabando cada vez mais depressa. A mulher lutou e conseguiu o direito ao voto, ao mercado de trabalho, ao divórcio, à pílula. Ganhou todas. Não funciona mais como a favorita do sultão, o homem.

Mas continuou tendo problemas. Por exemplo: não superou seu histórico, seu ancestral medo de baratas. Tenho amigas que se declaram fartas do marido, mas na hora de mandá-lo embora (ou irem elas embora) pensam no problema: sozinha nesta casa, quem vai matar as baratas quando elas surgirem?

A mulher moderna enfrenta tudo, não receia nada. Mas não se sabe por que, diante de uma barata, ela só tem duas reações: primeiro, subir na cadeira ou na mesa; depois, pedir socorro.

Bem, a indústria já lançou o spray de matar baratas. A mulher não mais precisa da vassoura nem do chinelo para matá-las. Pode fazer isso a distância. Com isso, ela subiu mais um degrau na comprida escada de sua emancipação total. Sem barata, ela pode ser mais livre e feliz. E mandar o marido embora, se for o caso.

Pois entre o marido e a barata, há que estabelecer a equação custo-benefício. Houve tempo em que as feministas pregavam a abstinência sexual, proibiam o orgasmo das mulheres enquanto durasse a ditadura de Pinochet no Chile. Pinochet passou, mas as baratas ficaram. E, com elas, os maridos.

As mulheres estão em alta. Não sei se dona Dilma usa vassoura ou chinelo, mas se livrou de um marido. Falta saber se será capaz de livrar-se das baratas que a ameaçam na Granja do Torto.

14.12.2010

O barro e o macaco

Toda vez que me olho no espelho, tenho vontade de perguntar a não sei quem: "Afinal, de onde vim, do barro ou do macaco?". Uma alternativa pouco agradável, mas veraz. Vim do barro, tal como o *Gênesis* me informa? Ou vim do macaco, que Darwin descobriu entre meus principais ascendentes?

Gostaria de ter uma terceira via para me explicar, mas, em vez de uma explicação, encontraria mais uma complicação. Fico com as duas e, se não fico bem, fico em parte com a ciência e em parte com a religião.

Acredito que outras pessoas tenham pensamentos iguais ou parecidos: pesquisar nossa origem é salutar, embora não nos leve a lugar nenhum. É até uma forma de monotonia. E, ao falar em monotonia, lembro Machado de Assis: "Cá fico eu, que prefiro a monotonia à cova – mania de velho".

Os entendidos atribuem a essa mania, comum a velhos e moços, toda a base da filosofia e da ciência em geral. Quem sou, onde estou, de onde vim, para onde vou? Não sei se foi o poeta Luís Edmundo que fez as mesmas indagações num soneto que eu sabia de cor e do qual só recordo o fim.

"Quem sou? Funcionário honesto da nação. De onde vim? De casa. Onde estou? No bonde. Para onde vou? Para a repartição."

Diremos que são soluções poéticas, mas nem tanto. Se perguntasse menos, o homem seria, senão mais feliz, mais tranquilo. A resposta é sempre um compromisso, às vezes um dever.

A lenda diz que o apóstolo conseguiu fugir de Roma, mas encontrou Jesus na estrada. Perguntou-lhe: "Onde vais, senhor?" (o famoso "*Quo vadis*"). Jesus respondeu que ia a Roma para ser crucificado outra vez. O apóstolo compreendeu e voltou atrás, aceitando o martírio. Se nada perguntasse, teria vivido um pouco mais.

6.1.2011

Sua Excelência, o leitor

Deus é testemunha de que nada tenho contra os leitores. Pelo contrário, se não existissem esses seres abnegados, não haveria livros nem jornais, e eu teria morrido de fome há anos.

Vamos e venhamos, porém, não podemos nos escravizar a eles, bajulando-os, procurando adivinhar o que pensam ou desejam.

Ao contrário dos restaurantes e dos balcões comerciais, nem sempre os fregueses de nosso produto têm razão. Leio com atenção as cartas que as redações recebem.

Evidente que os critérios mudam de jornal para jornal; além disso, o mercado consumidor é heterogêneo por natureza.

Raro é o dia em que não aparece um leitor furibundo comunicando que não mais assinará nem lerá o jornal por causa de um editorial, uma notícia ou um comentário que ele não aprovou.

Trabalhei durante anos num jornal que até o dia 1º de abril de 1964 criticava o governo de então. Veio o golpe militar, e já no dia 2 o jornal passou a criticar o novo regime que se instalava no país.

Naquele tempo, o jornal tinha uns 150 mil assinantes, era troço pra burro, estava no topo da imprensa carioca como o órgão mais influente e de maior vendagem avulsa.

Com a mudança na opinião, a cólera dos leitores foi tal e tamanha que a tiragem chegou à metade. Dois meses depois, o estoque de papel, que deveria durar um ano, foi consumido pelas rotativas, as vendas triplicaram. O jornal era vendido até no câmbio negro.

Não mudara a linha editorial, que era liberal e continuou liberal, defendendo a democracia e o respeito aos direitos humanos violentados pela nova classe que chegara ao poder. Não tinha nenhum compromisso partidário. Alguns leitores custaram a perceber isso.

15.3.2011

Ponte aérea

Os jornais não deram destaque, nenhum deles contou a história do servo-croata que passou horas detido no aeroporto do Galeão. Ele visitou o Corcovado, se esborrachou nas escadas que dão acesso ao Cristo, teve de colocar grampos metálicos na cabeça do fêmur e, meses depois, tentou voltar para casa.

Ao passar pelo detector de metais, o servo-croata apitou por todos os poros. Sem falar português, foi levado para uma sala, despido e pesquisado. Convocaram uns cães que farejaram o cara de alto a baixo. Mais sofreria se um policial, que fizera um curso não sei onde, não entendesse o que ele tentava explicar.

Viajo com alguma frequência e tenho motivos para não gostar desses detectores de metal nem confiar neles. Alguns apitam contra mim, denunciando-me o isqueiro, as chaves, moedas no bolso, coisas assim.

Pior mesmo é que tenho um pente que comprei há anos em Toledo, na Espanha. Tem uma parte metálica em que fica embutido o pente propriamente dito. Às vezes apita, às vezes não. Outro dia, no aeroporto de Roma, ele apitou com estridência – o que me valeu severa inspeção. Temi que chamassem os cães para me farejar.

Nos aeroportos nacionais, o pente já criou problemas, mas pelo menos viajo tranquilo, sabendo que o detector cumpriu sua missão. O diabo é quando ele não apita.

Se não me denunciou, o detector de metais deve ter dado bobeira com outros passageiros. Durante as viagens, costumo vigiar os motores do avião, as asas, os ruídos, as nuvens, a cara dos tripulantes. E acrescento um item a minhas preocupações, fiscalizando os companheiros de bordo.

Numa viagem da ponte aérea, o cidadão ao lado abriu sua pasta e dela caiu uma peixeira, daquelas fininhas e compridas, que Lampião usava na cintura.

5.4.2011

O tempo do tempo

O herói da batalha de Maratona precisou correr 42 quilômetros para transmitir a notícia da vitória numa guerra. Morreu logo após ter cumprido a tarefa. A descoberta (ou o achamento) do Brasil levou mais de dois meses para chegar ao conhecimento do rei Manuel, dito o Venturoso. Hoje, com a internet em funcionamento, Manuel seria venturoso antes do tempo, ficaria sabendo da façanha de Cabral na hora.

A instantaneidade da notícia é uma das conquistas mais fantásticas da humanidade. Cem anos após a proclamação de nossa República, em 1889, havia brasileiro lá pelo setentrião acreditando que o país ainda era governado por um dom Pedro qualquer, provavelmente dom Pedro III ou IV.

Consta que no Japão, trinta anos depois de Hiroshima, apesar de seu avançado estágio tecnológico, havia soldado do Mikado escondido nas matas pensando que a Segunda Guerra Mundial ainda não acabara. Há poetas que ainda fazem sonetos na ilusão de que serão recitados na confeitaria Colombo.

Outro dia, a bordo de um avião doméstico, o piloto informou, com voz aveludada e calma, que o tempo estava ótimo em toda a rota. Nem havia comunicado integralmente a boa notícia, o aparelho começou a sacudir como tivesse mal de Parkinson.

Quando passou a turbulência, uma das maiores que já atravessei, o piloto explicou que os computadores estavam certos nas duas ocasiões, a do tempo bom e a do tempo ruim. Apenas – disse ele – o tempo fora mais rápido, não dando tempo para que a rede eletrônica de bordo e das estações meteorológicas no caminho fizessem a correção do tempo.

Repeti a palavra "tempo" várias vezes porque acredito que seja o único fato e fator inamovíveis da vida. Não precisa de notícia para existir. O tempo não precisa de tempo para ser tempo.

12.4.2011

O terrorista emérito

Os norte-americanos são como o Botafogo: há coisas que só acontecem com eles. E, como a bandeira deles tem muitas estrelas (a do Botafogo só tem uma), o resultado é que são exagerados, no bem e no mal.

A caçada a Bin Laden, que seria decorrência natural e justificável na luta contra o terror organizado, teve um fim polêmico, que dará assunto para muitos filmes de ação – alguns deles já devem estar sendo produzidos.

Não se sabe por que o governo dos Estados Unidos gosta de mentir, e grande parte de sua história tem leituras conflitantes, como as mortes de Lincoln, Kennedy e até de Marilyn Monroe.

Bush mentiu e obrigou o general Colin Powell a mentir e a confessar que mentiu no caso da invasão do Iraque, país acusado de fabricar armas de extermínio massivo. Bem verdade que no caso do Paquistão ainda é cedo para surgir a verdade verdadeira (se o pleonasmo é possível). O episódio tem todos os germens para diversas teorias conspiratórias, a começar pela própria morte de Bin Laden, cujo cadáver foi jogado apressadamente no mar.

Fotos e filmes posteriores poderão ser contestados. O exame de DNA não prova nada. Para citar Eça de Queirós: os norte-americanos "fizeram-na boa".

Quanto ao terrorismo em si, um terrorista só, como uma só andorinha, não faz verão. Os atentados continuarão, Bin Laden podia ser considerado terrorista emérito, como FHC é professor emérito. Estava desativado, morava numa casa com crianças e mulheres, sem telefone, TV, internet.

Como podia dirigir uma rede internacional de capangas? Nem assistia ao programa do Faustão nem jogava na Mega-Sena e pagava tributo ao Grande Satã consumindo Coca-Cola e Pepsi. O que podia se esperar de um velho bandido assim?

5.5.2011

Tempos suculentos

A falta de assunto é regra geral para os cronistas. Eles são avaliados na medida em que tiram leite de pedra. Rubem Braga descrevendo o fim de mundo seria um chato, mas olhando uma borboleta amarela é um gênio.

Por bem ou por mal, costumo me queixar da falta de assunto, recurso que uso para nada dizer a respeito de tudo. Mas os tempos estão contra mim: assunto é o que não falta.

Vejamos: a morte de Osama bin Laden, o escândalo de Dominique Strauss-Kahn, duas beatificações quase simultâneas – um papa polonês e uma freira baiana (o céu deve estar mais divertido) –, a pneumonia de dona Dilma, a exumação de Salvador Allende, os bens do dr. Palocci, as futricas do novo Código Florestal, a prisão do jornalista que matou a namorada, a ideia de Barack Obama de colocar Israel dentro das fronteiras de 1967, um tornado que devastou o Missouri, o livro que ensina a falar errado, vulcões em erupção, casamento gay e, ainda por cima, assunto pessoal de última hora, a morte, aos 97 anos, de Abdias do Nascimento, que encarnou o dr. Jubileu de Almeida – personagem de uma das melhores peças de Nelson Rodrigues (*Perdoa-me por me traíres*) que era, ao mesmo tempo, deputado (ou senador), tarado sexual e reserva moral da nação.

Um só desses assuntos daria uma boa série de artigos ou crônicas para qualquer iniciante no duro ofício de jornalista.

Já se foi o tempo em que um profissional de imprensa era avaliado pela insistência com que descobria grandes e relevantes temas.

Eu devia escrever sobre Abdias, que fazia aniversário junto comigo e com Glauber Rocha, mas citei Nelson Rodrigues aí em cima e, apesar de tantos e suculentos assuntos, termino a crônica com uma genial tirada de sua *Valsa nº 6*: "Quando chove em cima das igrejas, os anjos escorregam pelas paredes".

26.5.2011

Piadas

Recebo vigorosa espinafração de um leitor a propósito de crônica em que, incidentalmente, contei uma piada sobre Portugal, reconhecendo desde o início que se tratava de um texto politicamente incorreto, até mesmo não recomendado pelos manuais de redação dos jornais de todo o mundo.

O leitor chega a pedir que eu leia Zé Simão, que declara o Brasil como um país de "piadas prontas". Admiro Simão e concordo com ele, mas, se tirarmos os portugueses e os papagaios de nosso anedotário oficial, sobrariam apenas as piadas velhíssimas do grande sonetista que foi Bocage.

Não sou nem nunca fui adepto do politicamente correto. Quanto às piadas, acho que elas valem pelo que são, boas ou infames, não fazem mal a ninguém e a nada.

Lembro o bom humor com que Getúlio Vargas ouvia piadas sobre sua pessoa (não sobre seu governo; havia o DIP para censurá-las). Vargas frequentava os teatros de revista e se deliciava com as referências feitas a ele, geralmente amáveis. Era querido e popular no meio do rebolado da praça Tiradentes.

Uma noite, a vedete Virginia Lane elogiava as qualidades do amendoim como afrodisíaco e leu algumas mensagens a respeito, inclusive uma do próprio Vargas, que estava na plateia. "Minha cara Virginia, graças ao amendoim eu mantive a dita dura por quinze anos."

E já que lembrei um ditador, vou lembrar outro. Quando Hitler invadiu a antiga Tchecoslováquia, o mundo ficou estarrecido com a ambição territorial do líder nazista e exigiu dele uma declaração oficial de que não mais invadiria país algum. Num comício em Berlim, diante dos embaixadores de toda a Europa, Hitler declarou: "Prometo que jamais invadirei Portugal". Foi, certamente, a única promessa que ele cumpriu.

6.9.2011

Médicos e monstros

Parece que dessa vez sai a tal Comissão da Verdade. Sua constituição deverá provocar alguma polêmica, mas sua necessidade é evidente. Afinal, durante muitos anos, sobretudo entre 1964 e 1985, passamos por um túnel sinistro no qual muitos foram massacrados ou perseguidos. Deve haver em algum lugar dos ministérios militares e das polícias estaduais e municipais um vasto acervo de crimes do Estado contra os cidadãos.

Não falo de mortos e desaparecidos, que dificilmente serão assumidos pelas autoridades da época. Para citar dois casos insuficientemente explicados até agora: a morte de Vladimir Herzog, produzida nos porões de um quartel como um suicídio improvável; e o desaparecimento do deputado Rubens Paiva.

São milhares as vítimas, centenas os algozes, é necessário e urgente que saibamos o que se passou e foi criminosamente escondido pelos responsáveis. Além de mortos e desaparecidos, durante os anos de chumbo milhares de brasileiros foram presos e sequestrados, submetidos a interrogatórios e torturas.

Pouco antes de morrer, JK, um homem sem mágoas, preso num quartel em 1968 (AI-5) e tendo respondido a diversos e humilhantes IPMs [Inquéritos Policiais Militares] ao longo do período, confessava que sua maior frustração era não ter divulgado os numerosos depoimentos que prestou aos inquéritos, as pressões e os constrangimentos que ele e sua família passaram, a tomografia computadorizada de um tempo em que ele foi, ao mesmo tempo, um dos principais personagens e uma das vítimas principais.

Os jovens de hoje que, patrioticamente, se encaminham para as escolas de formação militar precisam conhecer as causas e as consequências que podem fazer de bem-intencionados médicos verdadeiros monstros contra a sociedade.

25.9.2011

O partido que falta

Fiquei sabendo pelos jornais que o Brasil terá mais um partido político: o PPL (Partido Pátria Livre). Somando-se aos já existentes, serão 29 segmentos políticos da sociedade que terão programas para melhorar as coisas e as causas nacionais, embora eu não compreenda, por exemplo, que existam 29 maneiras de ser contra ou a favor do aborto, do casamento gay e dos *royalties* do pré-sal que ainda está no fundo do mar.

Evidente que os 29 partidos poderão fazer coligações em torno de ideias comuns, mas, na realidade, as coligações nada têm de ideológicas, e sim de eleitorais, de acordo com cada estado ou município.

Fala-se em reforma política há bastante tempo. No fundo, o que a classe profissional dedicada ao setor pretende é uma arrumação partidária, aumentando o número de vagas nos legislativos e de possibilidades na hora das nomeações para os diversos cargos públicos de primeiro e segundo escalões.

Para efeito prático, desde os tempos do Império, a divisão política ficava no conservadorismo e no liberalismo. Em outros países, continua essa divisão básica e suficiente. Nos tempos da ditadura, os militares criaram dois partidos e, pensando bem, houve até algumas surpresas, com a vitória da oposição (MDB) em diversas regiões eleitorais.

Agora, uma constatação: se, nos tempos de chumbo, em vez de dois partidos, tivéssemos 29, certamente ainda estaríamos mergulhados na ditadura. O lugar-comum garante que é bom dividir para reinar.

Como não sou filiado nem admirador de nenhum dos 28 partidos existentes, não sinto o menor entusiasmo pelo 29º, que está sendo criado; gostaria que a reforma política criasse mais um, o 30º, o partido do eu sozinho, do qual eu seria fundador, presidente e beneficiário. Apoiaria as grandes causas nacionais, sobretudo as minhas.

9.10.2011

Pelas barbas de Lula

No tempo de Cícero, os romanos, quando imprecavam a seus deuses, não faziam por menos: invocavam Júpiter. Na famosa defesa *Pro Milone*, o grande orador, volta e meia, clamava: "Por Júpiter!".

Os árabes, sem a tradição helênica do Parnaso, invocavam as barbas do profeta – mais explicitamente, as barbas de Maomé.

Os cubanos não chegaram a tanto, tiveram seus problemas e nunca juraram pelas barbas de Fidel. Quanto a nós, brasileiros, temos alguns barbudos, mas nenhum deles é espetacular – o mais notório seria Leonardo Boff, cujas barbas impõem certo respeito.

Durante anos e anos, nós nos habituamos às barbas de Lula, que no início eram agressivas, quase ameaçadoras, assustavam a burguesia e a classe média, provocavam a polícia. Com o tempo, e a cancha adquirida por aí, ele amenizou suas barbas e com elas encantou o mundo, apesar de alguns foras que, volta e meia, costuma dar.

Eis que num acidente de percurso (simplesmente isso, acidente de percurso, que logo será superado), ele aparece sem barba e sem cabelo.* Como não é ingrato, manteve o bigode. Ficou bem mais jovem, bonito e, sobretudo, com uma cara mais do que saudável. É lugar pacífico na medicina que certas doenças, as mais graves por sinal, são produtos da cabeça, da chamada "cuca". Os olhos afundam, as bochechas caem, o riso desaparece ou fica amarelo.

Pois a cara de Lula é a maior prova de que ele vai tirar de letra seu problema atual. Nos tempos da barba, ele parecia cansado, esbaforido, chegava às vezes a parecer sinistro. Agora, não. É um rosto de quase adolescente, doce, uma garantia de que, apesar de tudo, está de bem com a vida.

Que continue assim. Quando as barbas voltarem, voltarei a falar mal dele.

20.11.2011

* O ex-presidente Lula passava então por sessões de quimioterapia, parte do tratamento contra um câncer na laringe. [N.E.]

A véspera do tudo e do nada

A pergunta é: o que se deve pensar na véspera de nossa morte? Ela foi feita a *monsieur* Verdoux, um dos personagens da fase madura e final de Charles Chaplin (1889-1977). No filme homônimo, de 1947, o personagem é preso e condenado à guilhotina. Bancário durante trinta anos, ao perder o emprego decidiu se casar ou namorar mulheres ricas; matava-as, com frieza e sabedoria, e só por acaso foi descoberto pela polícia. Praticamente, ele já estava cansado do ofício.

Chaplin se inspirara num caso real, vivenciado por Landru, assassino em série que aterrorizou Paris entre 1914 e 1919. Orson Welles ameaçou processar Chaplin, alegando que tivera a mesma ideia antes.

Houve um acordo: para não brigar com o amigo, Chaplin deu-lhe crédito no filme e pagou 5 mil dólares ao autor de *Cidadão Kane* (1941), graciosamente, pois a ideia central da produção pertencia aos arquivos da polícia e da Justiça da França. Na realidade, não precisava pagar nada.

É difícil (e ocioso) imaginar como seria o *monsieur* Verdoux de Orson Welles. Certamente, seria mais solene e cinematográfico, tenderia a um personagem mais cínico e menos filosófico. Um exemplo: a pergunta que inicia esta crônica não seria feita ao criminoso que caminha para a guilhotina.

Aliás, quem faz a pergunta é uma prostituta que abandonou o ofício e casou-se com um milionário, um fabricante de armas para o Exército francês. Nos tempos de rua e fome, ela fora ajudada por Verdoux. A pergunta recebe a resposta "não" de Verdoux, o personagem, mas a de Charles Spencer Chaplin é uma das muitas tiradas que ele usou até excessivamente após se render ao cinema falado: "O que deve pensar uma criança na véspera de seu nascimento?".

O que seria mais assustador: o nada da eternidade ou o tudo da condição humana?

29.11.2011

Torre de Babel

Dias desses, desci do escritório, no largo do Machado, ia direto para a garagem pegar o carro, mas me deu vontade de tomar um sorvete na carrocinha bem em frente ao prédio onde antigamente funcionava o cinema São Luís.

Estava pagando o sorveteiro quando um ônibus superlotado parou quase a minha frente e vi que havia confusão. Um velhinho, de bengala, queria descer, mas havia muita gente na porta, o velhinho estava sendo espremido por outros passageiros.

Ouvi uma voz, em tom de protesto:

— Respeitem o idoso!

O idoso em questão, brandindo a bengala, reclamou:

— Não sou idoso. Sou velho!

Taí. De uns tempos para cá, na onda cretina do politicamente correto, até o vocabulário do dia a dia atrapalha a comunicação social. Já não se diz negro, mas afrodescendente. E os velhos deixaram de ser velhos, tornaram-se idosos.

Dou razão ao velhinho do ônibus. Afinal, a palavra "velho" não é palavrão nem ofensa. Por acaso, naquele mesmo dia, fui confirmar isso num verso de Drummond num livro que tem uma dedicatória do poeta. Ele aproveitou a remessa para me chamar de "velho amigo do *Correio da Manhã*", o que muito me honrou.

Aliás, tenho alguns livros que recebi de seus autores sempre aludindo a uma "velha amizade" e até mesmo a uma "velha admiração" de algum escriba generoso. Lembro que, após um discurso apocalíptico de Hitler, nos anos 1930, o papa de então, que era Pio XI, comentou: "Estamos perdendo o sentido das palavras".

Pensando bem, a confusão da humanidade começou na Torre de Babel. Para castigar a audácia dos homens que queriam chegar ao céu, o Senhor fez com que cada um falasse um idioma.

O que era pedra para um para outro era corda. A torre ficou inacabada, e até hoje os homens não se entendem.

13.12.2011

Galeria Alaska

Encontro um amigo por acaso, em Copacabana; havia muito que não nos víamos, começamos a contar o que estávamos fazendo ou o que pretendíamos fazer. Nisso passou por nós um conhecido comum, cumprimentou-nos a distância e se perdeu no turbilhão da Galeria Alaska.

Meu amigo baixou a voz e comentou:

— Imagine! O Silvério morreu e não sabe que morreu, continua vivo por aí, mas é um fósforo queimado, não serve para mais nada!

Despedimo-nos e nos prometemos aparecer qualquer dia – por cautela, tomei o caminho oposto ao Silvério, o que morreu e não sabia. Na verdade, queria ficar sozinho para pensar que o mundo está cheio de mortos que ainda não sabem que morreram.

Fiz um breve e honesto exame de consciência e descobri que, ao contrário do Silvério, eu morri e os outros ainda pensam que estou vivo, me cobram coisas que não gosto de fazer, mandam-me cartões de Natal me desejando saúde, felicidade e prosperidade no ano que vai entrar.

Os mais desinformados chegam a me pedir um prefácio para os livros que estão escrevendo. Viver é um saco mais cheio do que o saco do Papai Noel.

Descubro com indecente alegria que há vantagem em morrer e deixar que os outros continuem pensando que estamos vivos. Evidente que haverá muita gente que nos considerará um clone do Silvério, o que não soube que morreu.

Fazendo o contrário do Silvério, ganha-se o badalado distanciamento de Brecht, muito elogiado no palco, mas condenado na vida diária, que nos obriga à interação e nos oferece, além dos encontros fortuitos na rua, o Facebook, o Twitter, os blogs e todas as maravilhas cacetes do mundo virtual.

Assim pensando, confirmo a certeza de que já morri, mas, por precaução, evito a Galeria Alaska para não topar outra vez com o Silvério.

27.12.2011

É preciso navegar?

Impossível não comentar o naufrágio do Costa Concórdia. Desde que perdi o medo dos navios, sou freguês anual desses cruzeiros cafonas. Num deles, encontrei o deputado Francisco Dornelles, que fazia sua primeira viagem e, como sobrinho de Tancredo Neves, contou-me o que o tio lhe dissera: "Se você souber que eu estou dentro de um navio, chame a polícia, porque fui sequestrado ou fiquei louco".

Perdido o medo, habituei-me. Não faço vida social em navios nem em terra firme, de maneira que passo meu tempo ao computador. Em geral, pago a viagem com o adiantamento das editoras, pois sempre saio com um original novo. Não enriqueço a literatura nem as editoras, mas praticamente viajo de graça.

Já andei num irmão gêmeo do navio naufragado, construído pela Fincantieri, em Mestre, Veneza. Tirante a decoração, que é pavorosa, são navios seguros, com toda a tecnologia existente no mercado. Mesmo sem saber detalhes, conhecendo as rotas habituais da Costa Cruzeiro, posso garantir que houve barbeiragem do comandante e da tripulação.

A rota inicial (Civitavecchia, porto próximo de Roma) é das mais antigas e notáveis do Mediterrâneo, o *"mare nostrum"* dos latinos. De lá, Virgílio partiu para a Grécia, onde escreveria *Eneida*. Essa viagem rendeu não apenas o famoso poema, mas uma das odes mais célebres de Horácio ("*Sic te diva potens Cypri*"), em que o poeta, dirigindo-se ao navio que transportaria o amigo, escreveu um dos versos mais bonitos da literatura universal: "*Et serves animae dimidium meae*" ("Salve aquele que é metade de minha alma").

No tempo de Virgílio e Horácio, os navios não tinham radar, sonar, comunicação por satélite etc. Navegar com um colosso daqueles tirando um fino do litoral é barbeiragem das grossas.

17.1.2012

Niterói era a salvação

Leio nos jornais que os moradores de Niterói estão preocupados com a violência urbana que invadiu a cidade vizinha, do outro lado da Guanabara, de onde, aliás, se tem a vista mais bonita do Rio. Atribuem a atual situação aos bandidos expulsos das favelas pelas UPPs (Unidades de Polícia Pacificadora).

Durante anos, o carioca que passasse por dificuldades, perda de emprego ou genérica quebração de cara encontrava, como única solução, mudar-se para Niterói, onde a vida era mais barata. Havia gente que ia fazer a barba na antiga capital do estado do Rio: apesar das barcas, era mais barato.

O pai era redator de O Paiz, jornal incendiado pela Revolução de 1930 porque apoiava o governo de Washington Luís. Foi parar em Icaraí, onde passei parte de minha infância. Quando sinto o cheiro de florestas menstruadas (a imagem é de Nelson Rodrigues), lembro a praia que me parecia imensa e branca, onde aconteceu o fato mais importante de minha vida.

Até os cinco anos, eu era mudo. Além de não ter qualquer motivo para falar, nascera com defeito de fabricação. Até a manhã em que vi pousar na praia um avião dirigido por um célebre piloto da época, o Melo Maluco – que mais tarde veio a ser ministro no governo de JK, com o nome de Francisco Correia de Melo.

Saí gritando, quase fui atropelado na pista. O pai salvou-me de um caminhão que distribuía a água mineral Salutaris.

Com um grito, inaugurei minha fase oral – não podia esperar muita coisa de mim mesmo.

O primo Jair descobriu que uma pedra de gelo era mais barata em Niterói. No aniversário do tio Augusto, foi lá, voltou com uma sacola cheia de água suja e gelada. Culpou o calor que fazia na velha barca da Cantareira & Viação Ltda.

11.3.2012

A noite escura

Deve ser um problema com o nome: "Comissão da Verdade". E também de número: sete pessoas. Não creio que haja sete caras no mundo que tenham o mesmo conceito de e sobre a verdade. Sempre prevaleceu a verdade de cada um, o assim é se lhe parece, de Pirandello. Daí a dificuldade de dona Dilma nomear os membros que examinarão atos e fatos criminosos do período ditatorial.

Cada um de nós tem engasgado na garganta um detalhe daquele tempo. Alguns são sabidos, há documentos, fotos, textos e depoimentos bastante divulgados. Muita coisa, porém, continua em sigilo, e é natural que a sociedade cobre do governo a verdade dessa *noche oscura* da vida nacional.

Pessoalmente, gostaria de comprovar um episódio que até hoje não sei se é verdadeiro, mas revelador da repressão naquele tempo. Certa noite, um oficial da Aeronáutica e dois soldados saíram da base aérea do Galeão numa Kombi para apanhar oito inimigos do regime. Todos na zona sul da cidade. Já quase madrugada, o oficial decidiu voltar ao Galeão com os oito subversivos que constavam na lista que recebera de seus superiores.

Na altura da praça Mauá, ele resolveu contar os presos dentro da Kombi e viu que só conseguira apanhar sete. Não podia se apresentar ao comando sem os oito detidos. Naquela hora e naquele lugar, não havia ninguém nas ruas, mas ouviu o barulho de uma banca de jornais abrindo na esquina da rua São Bento para receber os primeiros exemplares. Encostou a Kombi e mandou que o dono da banca, um italiano de 45 anos, recém-chegado ao Brasil, entrasse no carro.

Pouco depois, entregava no Galeão os oito subversivos, que foram jogados no mar, perto de Itaipu. Carimbaram em cima da lista que lhe haviam dado: "Recebido".

10.4.2012

Um julgamento histórico

Voltou ao debate nacional o problema que coloca na berlinda um tema que envolve religião e Estado. Não mais se trata do aborto em si, que frequentou a última campanha eleitoral. Desta vez, foi o caso dos anencéfalos (crianças que nascem sem cérebro), que não deixa de ser uma forma de aborto que pode ser diagnosticada pelo atual estágio da investigação médica.

Como sempre, apesar de reconhecerem que o Estado é leigo, os religiosos em geral são contrários a qualquer tipo de interrupção da gravidez – método considerado agressivo da condição humana, equivalente à esterilização obrigatória adotada por regimes fascistas, em especial pelos nazistas até o fim da Segunda Guerra Mundial.

Aliás, foi um dos crimes que entrou na pauta do julgamento de Nuremberg, que condenou as principais autoridades do Terceiro Reich, em especial o marechal Hermann Göering, o segundo homem na hierarquia hitlerista. Contudo, seu advogado de defesa, Otto Stahmer, pediu que o presidente do tribunal lesse em voz alta um artigo da Constituição do Estado da Virgínia (EUA), bem anterior à lei da esterilização obrigatória de portadores de deficiência física ou mental, adotada pelos nazistas.

Com diferença de algumas palavras, era a mesma coisa. Isso não livraria os acusados da forca nem da prisão, mas foi água fria na acusação relativa àquele crime específico.

Sobravam muitas outras aberrações para condenar Göering e seus colegas no banco dos réus (ver biografia do marechal do Reich, de Roger Manvell e Heinrich Fraenkel, ou o filme *Julgamento em Nuremberg*, 1961, de Stanley Kramer, com Spencer Tracy no papel do juiz).

Estou citando esse caso histórico – e, de certa forma, recente – para lembrar que o aborto pode e tem variantes que, no todo ou em parte, o justificam.

15.4.2012

O túmulo e o sanduíche

Uma semana em Nova York, e paguei dois tributos de visitante classe média: um bom espetáculo na Broadway, com *Porgy and Bess*, montado por um extraordinário elenco negro, a música de Gershwin sendo ainda a melhor trilha musical para a cidade; e uma comprida visita às obras do Marco Zero, onde está sendo finalizado o memorial das 2.983 vítimas do atentado de 11 de Setembro, que derrubou as duas torres do World Trade Center.

Sobre o musical de Gershwin, escreverei mais tarde, no caderno "Ilustrada". Valeu a pena, em todos os sentidos, como espetáculo em si e como obra de arte.

Quanto ao memorial, minha reação foi estranha. Apreciei o esforço da cidade em erguer um espaço monumental tecnicamente perfeito, aproveitando inclusive a oportunidade de melhorar urbanisticamente aquele confuso trecho do sul de Manhattan. Já visitei, mundo afora, alguns locais históricos, as esplanadas de Hiroshima e Nagasaki, as ruínas de Massada, só não vou me meter a besta para ver os destroços que ainda restam do Titanic no fundo do mar.

O memorial do Marco Zero será sem dúvida uma façanha, cheia de boas intenções e algumas soluções estéticas apreciáveis. Mas há alguma coisa de sinistro naquele local, sobretudo quanto ao aspecto comercial do empreendimento. Em Hiroshima e Nagasaki e em Massada, sobretudo, a emoção fica por conta das tragédias que ali aconteceram.

No memorial do 11 de Setembro está sendo criado um grande e assombroso shopping. Na visita que fiz, havia uma senhora lendo para quem quisesse ouvir seu protesto de mãe e cidadã: "Aqui está enterrado meu filho único, cujo corpo nunca foi encontrado. Será doloroso para mim saber que muitos jovens virão comer sanduíches do McDonald's em cima do túmulo dele".

29.5.2012

A sustentabilidade do carioca

Não herdei de ninguém: foi a vida que me fez cultivar um espírito de porco que os anos aperfeiçoaram. Para usar uma palavra que está em moda: é um espírito de porco que adquiriu "sustentabilidade". Ao menos nesse departamento, eu estou atualizado.

Em função dessa sustentabilidade, vejo sem entusiasmo a Rio+20, que até agora só serviu para piorar o tráfego aqui na Lagoa, onde moro. Não tenho qualquer entusiasmo por esse tipo de evento, não sei em qual ano estive na Suécia para cobrir o casamento da rainha Silvia com o rei local e me botaram num enorme anfiteatro em que o tema em discussão foi a salvação das baleias. Ignoro se elas foram salvas. De qualquer maneira, fiz o que me pediram: assinei um manifesto num dos raros momentos em que dei uma folga a meu espírito de porco.

Pior do que isso: por ocasião da Eco 92, tive de editar um álbum (até que luxuoso) em três línguas, patrocinado pela ONU, pelo Ministério das Relações Exteriores e pelo governo do estado do Rio. Foi uma tarefa profissional que tentei fazer da melhor maneira possível. Um dos pontos mais simpáticos da reunião, ao qual dei o devido destaque, foi o projeto da despoluição da baía de Guanabara, cuja sujeira escandalizou todas as delegações estrangeiras.

A comissão que tratou do problema descobriu que no escudo oficial da cidade figuram dois golfinhos, que eram abundantes no tempo dos tamoios que aqui viveram. A conclusão do relatório foi a promessa formal de que os golfinhos voltariam a nossas águas abençoadas pelos braços abertos do Redentor sobre a Guanabara.

Vinte anos depois, é mais fácil encontrar em nossa baía os ossos de Dana de Teffé do que um dos golfinhos que continuam a sustentar o brasão histórico da cidade.

19.6.2012

Um mistério na redação

Até hoje não entendi. Vou contar o caso porque tenho pelo menos três testemunhas vivas e em atividade profissional para confirmar o que se passou naquele 14 de março de 1985, na redação da *Manchete*: Roberto Muggiati, José Esmeraldo Gonçalves e J. A. de Barros.

Íamos lançar uma nova revista para substituir a *Fatos & Fotos*. Uma equipe já estava em Brasília para cobrir a posse de Tancredo Neves na Presidência da República. O Mauro Salles, na véspera, me transmitira o convite para almoçar com Tancredo e mais cinco jornalistas. Respondi que não podia, precisava editar o primeiro número da nova revista.

Pouco depois do almoço, mais ou menos às três da tarde, recebi um telefonema, voz de mulher. Falando baixinho, ela me informou que haveria um imprevisto no dia seguinte. Tancredo não tomaria posse. Não podia entrar em detalhes.

Não tive outras informações, mas desconfiei que o aviso recebido era de pessoa comprometida pessoalmente com Tancredo. Chamei o Esmeraldo e o Barros, respectivamente diretor de redação e diretor de arte. Disse que ia mudar a pauta de nosso primeiro número, porque Tancredo não tomaria posse. Avisei também ao Muggiati, que estava fechando o número especial da *Manchete* com pauta parecida.

Dez minutos depois, Adolpho Bloch, que já estava em Brasília com Alexandre Garcia e uma numerosa equipe, telefonou. Exaltado, me chamou de maluco, onde já se vira? Tudo estava pronto para a posse. Passou o telefone para Alexandre, que chefiava nossa sucursal. Ele garantiu que tudo estava tranquilo, não haveria nenhum golpe contra a posse de Tancredo, que eu estava, como sempre, mal-informado.

Meia-noite, mais ou menos, Adolpho me ligou: que desse a capa com Sarney.

3.7.2012

Contra ou a favor

Como em todas as demais profissões, o jornalista enfrenta, de tempos em tempos, uma arapuca da qual nem sempre pode se livrar. Foi o caso, por exemplo, da Copa do Mundo de 1998, em Paris. Na véspera do jogo final, entre o Brasil e a França, eu precisava mandar meu texto para o fechamento do dia seguinte. O noticiário em si podia esperar o resultado do jogo, com a proclamação do campeão daquela Copa, mas os comentários tinham de ser enviados antes, devido ao cronograma daquela edição.

Já enfrentara situações parecidas, quando fechava os números de Carnaval nas revistas em que trabalhava. Tinha de escolher a capa com a escola que venceria o desfile. O recurso era fazer duas ou três capas com as favoritas, às vezes dava certo.

No caso do jogo final daquela Copa, fiz a mesma coisa. Um texto em que o Brasil vencia e se sagrava mais uma vez campeão; e outro em que a França conseguiria seu primeiro título mundial. Mandei os dois para que o editor do caderno da Copa publicasse o texto adequado.

Esse tipo de arapuca agora se repete no caso do julgamento do mensalão. No fundo, é um jogo do qual não se pode prever o resultado, se justo, se injusto, se catimbado ou não. A cobertura das sessões do STF pode ser feita porque os noticiários a respeito são também diários, cobrindo os debates da véspera. O cronista tem de submeter-se à escala de sua periodicidade.

Mesmo assim, farei o que costumava fazer diante dessas arapucas: dois textos a respeito do resultado, repetindo conscientemente o episódio atribuído a Alcindo Guanabara (ele terminaria na ABL – Academia Brasileira de Letras), que faz parte da história de nossa imprensa. Numa Sexta-Feira da Paixão, o editor pediu-lhe que fizesse um artigo sobre Jesus Cristo. Alcindo perguntou: "Contra ou a favor?".

7.8.2012

O julgamento de Frineia

Com escassas oportunidades, venho acompanhando o julgamento do mensalão no Supremo Tribunal Federal. Impossível (e inútil) ouvir todos os debates; de qualquer forma, acho que há exagero no tempo e nas palavras dos respeitáveis ministros. Reconheço que a linguagem e os detalhes são peculiares à prática da Justiça, mas acho que a tecnologia pode abreviar as sentenças e os pareceres sem perda do conteúdo processual.

Na Roma antiga e na Grécia, em alguns tribunais, o imperador ou os juízes (no caso da Grécia central) condenavam ou absolviam os réus de maneira mais simples: levantavam a mão direita e colocavam o polegar para baixo: era a condenação à morte. Se o polegar estivesse para cima, era a absolvição. Em ambos os casos, a justiça seria feita.

Ficou famoso o caso de Frineia, cuja formosura despertou paixões e ciúmes. Acusada por um pretendente desprezado de explorar o próprio corpo, foi levada a um júri de cidadãos ilibados. No momento da sentença, os juízes botaram o polegar para baixo. Era a condenação fatal. Olavo Bilac tem um poema dedicado ao julgamento de Frineia: segundo o poeta, ela despiu os véus que a cobriam e surgiu toda nua, "no triunfo imortal da Carne e da Beleza".

Diante daquela monumental escultura, um a um os polegares dos juízes foram subindo, subindo, sendo provável que também subissem outras partes dos respeitáveis membros do júri.

Não estou sugerindo um retorno à Antiguidade clássica. Mas um parecer ou um voto de setenta laudas, que exige cinco horas para ser lido, podia ser condensado num único polegar, quer dizer, em onze polegares para baixo ou para cima. Desde que Marcos Valério não se obrigasse a ficar nu em plenário para ser absolvido.

19.8.2012

Dosimetria

Confesso que, por isso ou aquilo, por preguiça mental ou por genérica ignorância, nunca havia me deparado com a palavra "dosimetria". Salvou-me não o Rhum Creosotado,* mas os debates no STF da ação penal 470, que a plebe rude prefere chamar de mensalão. Desconfiei o que era e fui ao *Aurélio* confirmar. Resumindo, trata-se do cálculo da pena prevista nos códigos específicos para um condenado pela Justiça.

Felizmente, não temos a pena de morte, que no fundo tem a simplicidade das soluções definitivas, sem gradações, sem agravantes nem atenuantes. No caso brasileiro, o criminoso fica habilitado a enfrentar prisões ou reclusões que vão de meses a anos – e, pelo acúmulo de delitos (como no caso em questão), podem chegar a séculos.

Falece-me qualquer autoridade para criticar os códigos penais ou vocabulários, mesmo assim atrevo-me a pensar que o processo poderia ser mais simples evitando-se, sobretudo, as frações.

Na sessão que iniciou a dosimetria, na última quinta-feira, os eminentes ministros, que estão enfrentando uma pedreira inédita julgando diversos crimes e numerosos réus, dedicaram a maior parte do tempo para chegar ao resultado de anos, meses e dias. A aritmética, como a matemática, é uma ciência exata, mas a jurisprudência é vaga, sujeita aos mil acidentes da carne e do juízo humano, para citar Shakespeare.

A TV mostrou alguns doutos ministros, notáveis pelo saber jurídico e geral, revisitando seus tempos de curso primário, dividindo números inteiros por frações de um, dois ou três terços. O Código Penal, que de tempos em tempos é atualizado pelas modificações internas da própria sociedade, pode eliminar esse tipo de gradação das penas que chega a dias e, no caso das multas, pode chegar a centavos.

28.10.2012

* Cony refere-se a um xarope cuja propaganda dizia: "Veja ilustre passageiro, este tipo faceiro sentado ao seu lado. Não sabe? Salvou-o o Rhum Creosotado". [N.E.]

Deus seja louvado

Querem tirar das cédulas do nosso real a breve citação carregada de ironia machadiana: "Deus seja louvado". O argumento é pífio: o Brasil é um Estado laico, qualquer alusão a divindade é uma afronta, o país tem diversas religiões e, inclusive, tem razoável porcentagem de ateus ou agnósticos de carteirinha, entre os quais o cronista se inclui, apesar de sua formação ter sido feita com valores de determinado credo.

Os Estados Unidos não cultivam uma religião oficial, mas nas cédulas de 1 dólar, com a cara de Washington, há a frase *"In God we trust"*. Há também, na mesma cédula, um símbolo maçônico: a pirâmide interrompida, tendo em cima o olho que em muitas religiões representa o olhar de Deus. Que também comparece nas caixas de fósforos, simbolizando o *"fiat lux"*.

O hino oficial inglês também invoca Deus: *"God Save the Queen"* – ou *King*. E, voltando aos Estados Unidos, o *"God Bless America"*, de Irving Berlin, funciona como hino alternativo, mais ou menos como "Aquarela do Brasil".

Poderia citar outras invocações oficiais ou oficiosas da divindade. Barack Obama, que me parece meio muçulmano, em breve prestará seu juramento para o segundo mandato com a mão em cima da Bíblia – base do judaísmo e do cristianismo.

A invocação na cédula do real não discrimina nem faz apologia de qualquer religião. Até mesmo os cultos afro-brasileiros têm seus orixás, e nossos índios invocam Tupã.

O Império brasileiro tinha uma religião oficial que foi abolida com o advento da República. A bandeira que consagrou o novo regime tem até hoje a influência do positivismo, que para muitos de seus adeptos funciona como religião. O dístico ("ordem e progresso") é redução do lema fundamental de Auguste Comte.

18.11.2012

Bocas de fumo

Durante os anos da ditadura, e depois de seis prisões em dependências militares, continuei trabalhando na imprensa, mas sem poder escrever sobre os temas que haviam me levado para as diversas celas que frequentei naqueles anos.

A alternativa, para não morrer de fome, foi adaptar clássicos da literatura universal para o público infantojuvenil (mais de quarenta deles) e cobrir o setor de polícia para uma revista de amenidades.

Meus personagens eram mais ou menos divertidos: Escadinha, Cara de Cavalo, Lúcio Flávio, o Esquartejador de São Paulo (Chico Picadinho), Mariel Mariscot, o caso Van-Lou (que chegou a virar livro e história em quadrinhos), Doca Street e a Pantera de Minas, Aída Curi, Cláudia Lessin Rodrigues e Michel Frank, Dana de Teffé – a lista é grande e deu para o leite das crianças.

Uns pelos outros, a mídia daqueles tempos se cevava nesses casos que ocupavam a maior parte do noticiário. Se um jornal publicasse a foto de um ministro do Supremo na primeira página, seria empastelado ou ficava sem leitores. Evidente que a mídia continua a cobrir crimes, mas o filé-mignon passou a ser outro.

Independentemente do mensalão e do [Carlinhos] Cachoeira, o baixo clero da política e da economia nada fica a dever aos grandes crimes aqui lembrados. Agora mesmo estourou mais um caso que deixa em péssima situação toda a cúpula do poder, vale dizer, do PT e de seus aliados. Até que ponto a tese do "domínio do fato" não compromete a própria presidente Dilma e seu guru preferencial, o ex-presidente Lula?

O eixo do noticiário deixou de ser as drogas, os traficantes, as milícias assassinas de São Paulo. O Palácio do Planalto, com seus anexos nos estados, está aos poucos substituindo as bocas de fumo onde se instalava o crime organizado.

27.11.2012

Poltrão e lírico

Não adianta consultar o dicionário, acho que ninguém sabe o que é esta palavra que o finado Jânio Quadros ressuscitou em 1961, chamando aquele distante ano de "poltrão".

Não deve ser boa coisa, tanto que o próprio Jânio deu o vexame de sua renúncia e ele mesmo tornou-se, para todos os efeitos, um poltrão.

Aprendi com meus ancestrais, um deles por sinal era também um poltrão, que não se deve cuspir no prato em que comemos o pão de cada dia.

Bolas! Se não cuspirmos no prato em que comemos, onde vamos cuspir? Na cara ou no prato dos outros? Ou no próprio prato? Isso seria unir a porcaria à ingratidão, e prefiro ser um ingrato limpo a um porco agradecido.

Daí que não chamarei o ano que se finda de poltrão; pelo contrário, acho até que ele colocou algumas coisas no devido lugar, embora não tenha resolvido nosso problema maior, que é chamar dona Dilma de presidente ou presidenta.

Em compensação, os últimos 365 dias facilitaram a pauta dos jornais, que até então dividiam a cobertura diária em duas editorias: a política e a polícia. O ano provou que as duas áreas podiam ser reunidas numa só.

Por falar daquele distante ano que foi xingado de poltrão, lembro uma crônica do aclamado cronista Rubem Braga: aproveitando a façanha do soviético Yuri Gagarin, o primeiro homem a ir ao espaço, sugeriu que, da próxima vez em que o astronauta russo repetisse o brilhante feito, "jogasse um punhado de rosas sobre a Terra".

Além de poltrão, aquele ditoso ano foi lírico, ao menos para o velho Braga.

30.12.2012

Prece para um ano novo

Depois do bife com batatas fritas, das pernas da Claudia Raia e da introdução de "No tabuleiro da baiana", de Ary Barroso, a maior criação de Deus foi o diabo, o próprio, também conhecido como Demônio ou Satanás. E, segundo Guimarães Rosa, o Arrenegado, o Cão, o Sujo, o Cramulhão, o Indivíduo, o Galhardo, o Pé de Pato, o Tisnado, o Coxo, o Coisa-Ruim, o Marrafo, o Não Sei Que Diga, o Rapaz, o Sem Gracejos (*apud Grande sertão: veredas*).

Tirando-se o citado Sem Gracejos da história, nem haveria história, o mundo seria uma chatice, todo mundo tocando cítara e sem direito de votar, como nos tempos da ditadura, e sem poder ir para o diabo que o carregue.

Pensando assim, desde que li as obras completas de Tomás de Aquino, não me arrependo de ter, aos nove anos de idade, vendido minha alma ao diabo a troco de um canivete de duas lâminas de um tal Sacadura, terror das ruas do Lins de Vasconcelos, onde nasci e vivi, até que desconfiei que a barra ficara pesada para meus lados. O que me obrigou a buscar refúgio num seminário, onde tentei desfazer o pacto diabólico – uma redundância, por sinal, porque, sem pacto ou com pacto, o diabo já tinha o domínio do fato (*data venia* a nossos ilustres ministros do Supremo Tribunal Federal).

Muita gente acredita que a maior obra de Deus foi a luz, o *fiat lux*, que terminou virando uma caixa de fósforos. Em tempo de tantos apagões, que dona Dilma não cansa de explicá-los, até que seria uma boa se tivéssemos uma nova edição, revista e aumentada, da criação do homem. Mesmo sem homem, mas com o diabo, que, entre seus feitos satânicos, me deixou literalmente na mão, sem o canivete de duas lâminas do Sacadura, com o qual eu poderia fazer justiça, livrando-me de todo o mal, amém.

8.1.2013

Deus vult!

Li não sei onde que na recente posse de Obama, em todos os discursos, do presidente aos juízes, mestres de cerimônias e convidados diversos, o nome mais citado foi o de Deus. Nada demais num país fundado pelos peregrinos do Mayflower.

Aqui no Brasil, volta e meia, sob a alegação de que o Estado é laico, surgem movimentos para tirar o nome de Deus da Constituição e de algumas cerimônias oficiais que o invocam logo no início dos trabalhos.

Como agnóstico militante, acho uma besteira tanto a invocação como a pretendida supressão do nome de Deus. Contudo, não tenho apetite nem motivo para fazer uma cruzada na base do *Deus non vult*, lema às avessas dos cruzados cristãos que iam matar infiéis na Terra Santa.

Na Idade Média, quando as donzelas se casavam, tinham na camisola da primeira noite um pequeno buraco com a inscrição: *Deus vult*. Deus o quer. Invocar Deus para matar ou nascer é coisa entranhada na carne humana.

Outro dia, um amigo anotou quantos programas na TV brasileira são dedicados exclusivamente, de uma forma ou outra, a louvar Deus e a pedir sua proteção para diversos e contraditórios fins, desde a cura da embriaguez do marido ao fechamento das chagas de um leproso, tudo isso ao vivo e em cores.

Ainda bem que o espaço e o tempo estão razoavelmente distribuídos entre os cultos – tanto se pode acompanhar uma missa pontifical rezada pelo papa, em Roma, como o exorcismo de uma endemoniada em Del Castilho.

Pensando bem, está tudo certo. Outro dia, vi a multidão de fiéis espremida num templo evangélico aqui no Rio, na avenida Suburbana. Muito mais gente do que o povo que ouviu o Sermão da Montanha, 2 mil anos atrás. Sinceramente, não sei o que concluir toda vez que Deus quer alguma coisa.

29.1.2013

Merleau-Ponty

O que o senhor acha do Merleau-Ponty?

A primeira vontade é dizer que não penso nada. Mas olhei bem o camarada, tipo de vogal do diretório de estudantes que me convidara para dar uma palestra. Na véspera, nada me perguntara, devia ser tímido, mas ansioso para beber alguma coisa de minha cultura de *Almanaque Capivarol* – meu primeiro e insubstituível mestre nas coisas da vida e do mundo.

O sujeito se deslocara da cidade ao aeroporto para saber o que eu pensava de um cara sobre o qual eu nada pensava realmente. Além do mais, perdera a passagem de volta e a moça do *check-in* fazia uma porção de perguntas mais pertinentes, a que eu também não sabia responder.

Revirei a maleta de mão, alguém tinha me dado umas frutas cristalizadas que haviam lambuzado o livro que ganhara de alguém, um poeta também local que contava, em alexandrinos, uma história complicada de um vigário cuja especialidade era deflorar as virgens também locais.

O cara não saía da minha frente, a moça do guichê me olhava com raiva, eu podia, naquele instante, pensar em física quântica, na Guerra do Peloponeso, no legado cultural do John Lennon, menos em Merleau-Ponty, em quem nunca pensara antes nem pretendia pensar depois.

Ali estava, porém, por conta do tal diretório de estudantes, falara 45 minutos sobre os rumos da sustentabilidade ambiental; tinha de dizer alguma coisa e disse o seguinte:

— Quem nunca leu Merleau-Ponty não merece viver.

O cara se deu por satisfeito e decidido a ler Merleau-Ponty para continuar a ter o direito de viver. De qualquer forma, a resposta impressionou a moça do *check-in*, que quebrou meu galho. Ao entrar no avião, me lembrei de que nunca lera Merleau-Ponty e, segundo minhas sábias palavras, eu não merecia viver.

26.3.2013

Urbi et orbi

Apesar da idade, que é provecta, mas não necessariamente sábia, ainda não decidi se sou presidencialista ou parlamentarista na questão de regime de governo. Aliás, e para ser sincero, não somente nessa questão, mas em quase todas as outras continuo sem saber se sou isso ou aquilo – e não perco o sono nem o rebolado por causa disso.

Esse preâmbulo não é para falar mal de dona Dilma, apenas para registrar que não compreendo como ela tem disposição para estar em tantos lugares e circunstâncias diversas e até contraditórias.

Devem ser os ossos do ofício que a obrigam a estar em Roma para cumprimentar o novo papa, em Petrópolis para a missa em homenagem às vítimas da enchente, não sei onde para a reunião com os Brics. Não acompanho a agenda miúda de suas ocupações oficiais e pessoais, mas é fantástica a ubiquidade com que ela se movimenta *urbi et orbi* – para lembrar sua presença no Vaticano, onde compareceu com uma comitiva que se marcou pelas despesas e pela cafonice.

Como todo mundo sabe, sua prioridade é a sucessão de si mesma; aliás, o universo político só pensa nisso, o resto é a rotina dos atos e dos fatos oficiais, distribuídos em 39 ministérios e bilhões de entrevistas e declarações óbvias de pesar ou júbilo conforme as circunstâncias.

Não se trata de uma rainha da Inglaterra, mas antes fosse. Teria tempo para cumprir a agenda protocolar, consolar os aflitos e criticar os corruptos. Presidente e presidencialista de carteirinha, ela se obriga a desempenhar as duas funções da maneira como pode – e louvo sua saúde e sua disposição.

Vejo, no entanto, que o PAC parece que acabou, a inflação continua ameaçando e uma grande obra, como a transposição do São Francisco, ficou como as Guerras Púnicas: um verbete do passado.

31.3.2013

Polêmicas

Polêmicas há, por aí afora, em busca da verdade ou da solução. Como se não bastassem as discussões que chateiam o homem desde o início dos tempos (Deus existe? De onde viemos? Para onde vamos?), volta e meia aparecem polêmicas que nunca chegam a um resultado.

Uma delas, que, sendo cíclica, ameaça tornar-se eterna, é sobre a marca de cigarros que Noel Rosa fumava. Os especialistas no assunto já se descompuseram, fizeram pesquisas, ouviram fontes – e não se chegou a nenhuma certeza. Para uns, Noel fumava Liberty ovais. Para outros, Yolanda (com "Y" mesmo), também ovais. O ponto pacífico é o "ovais". Nem Ruy Castro ousou discrepar da ovalidade ou ovacidade ou ovacuidade dos cigarros fumados pelo cantor da Vila.

Além da marca do cigarro, criaram-se teses e antíteses a respeito de Noel. Por exemplo: a hora de sua morte. Há tratados sobre o assunto, mas as discordâncias são tantas e tais que se pode duvidar da morte dele. Devastadora angústia é sobre a injeção que Noel tomou pouco antes de morrer. Já foram citadas a cânfora e a morfina, havendo corrente de opinião que optou pelo Tonofosfan, produto em voga naquele tempo. O número da casa em que Noel nasceu é tão inquietante quanto o número da casa em que ele morreu.

Há um mérito nisso tudo: vão acabar negando-lhe a existência. E, tal como Homero e Shakespeare, Noel será considerado um *mix* de diversos autores.

Mas nem só de Noel vive uma polêmica. Que as há, várias e complicadas, as há. Acontece que não me pagam para fomentar polêmicas. O único fomento que me permitem é o fomento da agricultura – e já a fomentei devidamente mandando os desafetos plantarem batatas.

Até hoje há polêmica sobre o adultério de Capitu. Evitando mais uma, Daniela Mercury saiu do armário.

23.4.2013

(Risos)

Todo mundo sabe que Graciliano Ramos, nos tempos em que fazia revisão dos textos da reportagem do *Correio da Manhã*, sendo na realidade um ancestral dos futuros copidesques, embirrava com certas palavras: "entrementes" e "outrossim" levavam o velho Graça a um delírio de epilético.

Em meu caso, bem mais modesto, mas relativamente epilético diante de certos textos, subo pelas paredes quando leio entrevistas em que o repórter coloca entre parêntesis a marcação cênica: (risos). A rubrica pretende acentuar a ironia ou a graça de determinada declaração, fazendo do leitor uma besta que não entende nada.

Em geral, o pessoal que sai dos cursos de jornalismo aprende que eles devem ser claros, objetivos e completos em suas matérias. Volta e meia, leio que Gonçalves Dias nasceu no dia tal, na rua das Palmeiras, "número 57, fundos".

A mania não é exclusiva da imprensa. Nos debates parlamentares, os discursos publicados no *Diário Oficial* estão cheios de risos, palmas e a informação final: "O orador é vivamente cumprimentado".

O dever de ser claro, objetivo e completo obrigou uma estagiária que trabalhava comigo a ser perfeita nas informações que me trazia. No acidente que matou o filho de um compositor famoso, numa das pistas do aterro do Flamengo, ela narrou o acidente desde os primórdios e completou com as providências tomadas pelas autoridades: "Ao local do desastre compareceram o delegado Rubens Fontoura, o médico Ary Pinheiro Neto e o padioleiro Rubinho".

Pessoalmente, achei simpática a referência ao padioleiro Rubinho, pedi a outro repórter que entrevistasse Rubinho, que por sinal não se chamava Rubinho, mas Julinho. Estava furioso porque lhe trocaram o nome. (Risos.)

12.5.2013

Uma lição do passado

O grande assunto da semana que passou foram os protestos, que se tornaram atos de vandalismo, em São Paulo e no Rio de Janeiro principalmente, e até tiveram repercussão internacional. Não vou comentá-los, seria uma redundância, mas vou lembrar um momento do passado.

Governo de JK (1956-61). Por duas vezes, oficiais da Aeronáutica tentaram golpes, em Jacareacanga e Aragarças, levaram armas, aviões e deitaram manifestos, exigiam a deposição do presidente e convocavam o povo para uma guerra civil. Juscelino não usou a força para combater os revoltosos. Passada a crise, anistiou todos os oficiais envolvidos no golpe. Praticamente, não perdeu uma noite de sono por causa deles.

Em meio a seu mandato, estoura um movimento no Rio: estudantes ligados à UNE, a pretexto de um aumento nas passagens dos bondes, imobilizam a cidade, deitando nos trilhos da Light e exigindo um recuo do governo que autorizara as novas tarifas.

Ao contrário de Jacareacanga e Aragarças, JK passou duas noites sem dormir. Com seu instinto político, sabia que a paralisação do principal meio de transporte numa grande cidade, mesmo sem atos de vandalismo, representava sério perigo para seu governo.

Convocou a liderança da UNE, serviu cafezinho e água gelada aos estudantes e colocou a questão de forma simples:

— Se vocês continuarem o movimento, eu serei deposto e vocês serão presos. É isso o que querem?

Não houve debate nem consulta às bases. Os estudantes liberaram os trilhos, os bondes voltaram a circular. Duas rebeliões militares foram esvaziadas, não havia apoio da população para um golpe de Estado. A paralisação pacífica dos bondes numa só cidade fez JK arrumar a mala para ir embora. O episódio consta de suas memórias.

16.6.2013

Gatos-pingados

Quando tomou posse na prefeitura carioca (mais tarde seria governador), Negrão de Lima arregalou os olhos quando os técnicos em urbanismo lhe informaram que havia 8 milhões de ratos na cidade. Perguntou:

— Como foi que vocês contaram?

No Carnaval, em certos eventos e no Réveillon, a mídia chuta números astronômicos. Agora, na visita do papa, a informação geral foi que na praia de Copacabana havia 3 milhões de "peregrinos" numa das cerimônias. Recebi do leitor Peter Bauer uma carta esclarecedora:

"Praia de Copacabana. Comprimento: 4 mil metros. Largura média: 100 metros. A mídia local contagiou a mídia estrangeira, mantendo em uníssono que 3 milhões de fiéis estavam na praia, todinhos ao mesmo tempo! No sábado, 27 de julho. Sem descontar os obstáculos que diminuem a área total (palco, restaurantes, quiosques, barracas, facilidades públicas etc.), o simples cálculo é que se a densidade média de cada metro quadrado da área fosse de três pessoas, o total poderia chegar a 1,2 milhão.

"Claro que, na prática, a densidade três só se dá perto do palco, sendo que, depois de certo raio, o grau de densidade diminui progressivamente para até menos de um.

"Um ex-pesquisador suíço com conhecimento de causa afirma que, nesse dia, teve 560 mil [pessoas], margem de 30 mil para mais ou para menos. Também disse que o recorde dos últimos vinte anos foi no Réveillon de 1999-2000, com quase 700 mil."

Em 1964, quando lancei na Cinelândia o livro de crônicas O ato e o fato, que escrevia no Correio da Manhã contra o regime militar instalado naquele ano, o mesmo jornal informou que havia 3 mil pessoas na praça, incluindo as escadarias da Biblioteca Nacional e do Theatro Municipal. Os jornais que apoiavam a ditadura garantiram que só havia dezoito gatos-pingados.

4.8.2013

Sempre foi assim

Dona Dilma sentou-se ao lado de Barack Obama numa dessas reuniões no exterior. Segundo a mídia, ela teria reclamado da espionagem da qual tem sido vítima por parte do governo dos Estados Unidos. Não sabemos o que Obama respondeu, mas não é difícil adivinhar. Praticamente desde que o mundo é mundo, os governantes de um país espionam os governantes de outro país usando os recursos tecnológicos disponíveis.

Temos o caso Dreyfus, durante a guerra entre a França e a Alemanha. Um oficial francês, de origem judia, foi desterrado porque passara informações ao Estado-maior inimigo. O culpado era outro oficial, mas o caso ficou na história universal, o *affaire* Dreyfus, que deu glória a Émile Zola.

Em 1964, tão logo o presidente do Congresso, Moura Andrade, declarou vaga a Presidência da República (Jango ainda estava no Brasil), uma comissão formada por pessoas do próprio Congresso foi ao Palácio do Planalto abandonado para dar posse a Ranieri Mazzilli.

Em seu livro O *governo Castelo Branco* (1975), Luís Viana Filho, que viria a ser o chefe da Casa Civil do primeiro presidente daquele regime militar, conta que a turma entrou no Planalto às escuras, e haviam desligado o registro geral do Palácio. Um isqueiro foi aceso, e seu dono sabia onde era o registro. Luís Viana Filho diz, em seu livro: "Era o jovem secretário da embaixada americana, Robert Bentley".

Como e por que um funcionário de embaixada estrangeira estava na comissão que daria posse ao novo presidente da República? Como e por que o diplomata americano sabia onde era o registro geral de luz do Palácio, que havia sido desligada por Darcy Ribeiro, último ato que praticou como chefe da Casa Civil do governo deposto?

8.9.2013

Expedição infringível

Em crônica antiga, num jornal que não existe mais, duvidei da existência da Bulgária. O romancista Campos de Carvalho lançara um livro famoso, *O púcaro búlgaro*, no qual tentava provar a existência daquele país. Chegou a patrocinar uma expedição para esclarecer o assunto e me desmentir. Expedição que não aconteceu por falta de voluntários.

Por conta própria, relacionou alguns itens de que precisava para a expedição. Por solidariedade, também fiz minha lista, embora não pretendesse partir para verificar a existência da Bulgária.

Mexendo em meus guardados, encontrei a lista que fiz na ocasião, que ora transcrevo, na esperança de encontrar alguém interessado. Navegar nem sempre é preciso, mas partir é necessário. Estava nos preparativos e, para angariar adeptos, publiquei-a no *Correio da Manhã*, que era um órgão sério, tão sério que deixou de existir sem provar nem desaprovar a existência da Bulgária. Vamos à lista:

"Um filatelista; um gramofone, modelo 1921; um pedaço de navio; uma âncora; dois halterofilistas; uma fechadura; um retrato do papa; um macaco de automóvel; três bolas de gude; o *Tratado da verdadeira devoção* à Santíssima Virgem, do beato G. de Montfort; um óculos; uma lâmpada queimada; uma manivela; um calendário; 200 quilos de vaselina; um castiçal; uma pomba; um pacote; um cônsul; uma porta; cinquenta gavetas fechadas; outras tantas abertas; um manuscrito do Paulo Coelho; um bidê; uma gaiola; uma flâmula com os dizeres: 'Expedição à Bulgária – MMXIII'; um assessor de assuntos afro-asiáticos; mais um cônsul; mais 200 quilos de vaselina embrulhados em papel impermeável; um cossaco; um estilingue; um par de abotoaduras; cinco dúzias de catálogos de telefone; um condestável; um almirante equipado; três campainhas; uma abelha".

24.9.2013

Emigrar é preciso

A semana passada começou com o alarme de uma agência ambiental. Até o ano 2100, a temperatura do nosso planeta será tal e tanta que todos seremos extintos. Os dinossauros também entraram em extinção, embora existam alguns por aí, em diversas funções públicas e privadas.

Temos exemplos históricos de debandada coletiva. Em outros planetas do sistema, a temperatura e os atentados ambientais obrigaram seus habitantes a emigrar. Assim, pelo menos, se explica o Super-Homem.

Um cientista local bolou um veículo espacial sem a ajuda da Nasa, nele colocou o filho recém-nascido, que veio parar na Terra, onde rapidamente obteve o *greencard* e descolou, não se sabe como, um uniforme que faria sucesso em Hollywood e nos Carnavais cariocas. Contrariando seus poderes, tornou-se jornalista mal remunerado. Usava óculos e tinha uma visão de raio X. Voava, punia bandidos e criminosos sem apelar para o Joaquim Barbosa.

Em geral, respeito avisos semelhantes, tudo o que existe, um dia, deixará de existir. O precedente do Super-Homem será a salvação da humanidade. Com a tecnologia que teremos daqui a 87 anos, poderemos emigrar em massa, escolheremos previamente o planeta a nos acolher e muito teremos de aprender ou ensinar a seus habitantes, conforme o grau de civilização que atingiram.

De nossa parte, se a tecnologia deles for superior a nossa, poderemos aprender a voar e punir bandidos e criminosos. Se for inferior, se eles ainda estão no estágio da pedra lascada, levaríamos na primeira turma da emigração o papa Francisco, todas as bandas existentes, menos a dos fuzileiros navais, algumas ONGs sortidas e o ministro [do STF] Celso de Mello, que explicará, com a sabedoria que lhe é própria, o que são e para que servem os embargos infringentes.

6.10.2013

Deus

A pergunta fundamental, a única que realmente é pergunta, pois todas as demais são respostas disfarçadas, é a da existência de Deus. Se Deus existe ou não, é problema da filosofia. Se eu creio ou não em Deus, é meu problema.

Ao terminar um romance, coloquei na boca de um personagem a frase que podia ser minha: "Deus acabou". Friso: não fiz o personagem afirmar "Deus não existe" nem "não creio em Deus". Faço-o dizer como eu mesmo me digo nas horas de angústia e tédio: "Deus acabou".

Nos idos do passado, fui participar de um programa de TV apresentado por Ary Barroso, que mantinha uma espécie de debate sobre determinado assunto. Fui lá com o Austregésilo de Athayde discutir a emocionante questão: Deus existe? Austregésilo defendeu a afirmativa, a mim coube defender a negativa.

Evidentemente, discutiu-se uma tese, não um problema pessoal. Ressuscitamos velhas questões, os argumentos de causalidade, os cinco famosos argumentos de São Tomás, a tese da realidade manifesta. O debate foi erudito e não se chegou a nenhuma conclusão. Athayde saiu de lá crendo, eu saí não crendo, e Ary Barroso saiu ora crendo, ora não crendo.

Posso hoje confessar: não fui sincero naquele programa. Não que realmente acredite em Deus, mas escamoteei meu verdadeiro pensamento. Não me interessa saber se Deus existe ou inexiste. O que importa é que Deus acabou para mim. Tive Deus e gastei Deus demais. Fui um perdulário de Deus. Errei nos cálculos. Gastei demasiadamente um capital inesgotável. Ora, cada um de nós tem determinada cota de Deus. Meu capital não era tão grande como pensava, e gastei muito e depressa.

Como o filho pródigo, fui impaciente e me atirei a gozar a fundo. Um dia, amanheci pobre e nu, disputando com os porcos os restos de comida que sobravam da mesa dos mais prudentes.

19.1.2014

A grande solução

Foi melancólico o 1º de maio deste ano. Não tivemos a tragédia do Riocentro, que até hoje não foi bem explicada e, para todos os efeitos, marcou o início do fim da ditadura militar.

Tampouco ressuscitamos o entusiasmo das festividades, os desfiles e a tradicional arenga de um ditador que, durante anos, começava seus discursos com o famoso mantra: "Trabalhadores do Brasil".

De qualquer forma, era um pretexto para os governos de plantão forçarem um clima de conciliação nacional, o salário mínimo era aumentado e, nos teatros da praça Tiradentes, havia sempre uma apoteose patriótica com os grandes nomes do rebolado agitando bandeirinhas nacionais. Nos rádios, a trilha musical era dos brados e dos hinos militares, na base do "avante, camaradas".

Neste ano, a tônica foram as vaias que os camaradas deram às autoridades federais, estaduais e municipais. Com os suculentos escândalos (mensalão, Petrobras e outros menos votados), as manifestações contra os doze anos de PT, que começaram no ano passado, só não tiveram maior destaque porque a mídia deu preferência mais que merecida aos vinte anos da morte de nosso maior ídolo esportivo.

Depois de Ayrton Senna, o prestígio de nossas cores está em baixa, a menos que Paulo Coelho ganhe antecipadamente o Nobel de Literatura e Roberto Carlos dê um show no Teatro alla Scala, em Milão, ou no Covent Garden, em Londres.

Sim, teremos uma Copa do Mundo para exorcizar o gol de Alcides Ghiggia, na Copa de 1950, mas há presságios sinistros de grandes manifestações contra o governo e a Fifa, que de repente tornou-se a besta negra de nossa soberania.

A única solução para tantos infortúnios seria convidar o papa Francisco para apitar a final do Mundial, desde que Sua Santidade não roube a favor da Argentina.

4.5.2014

Recados

O primeiro é primeiro mesmo. É um recado amistoso para dona Dilma, que está falando demais. Lembra dom Hélder Câmara, que dava palpite sobre qualquer assunto que rendesse espaço na mídia: concurso de *misses*, operação do menisco no joelho de Ademir, enchente no Catumbi, crime na rua Sacopã, morte de Aída Curi, ossos de Dana de Teffé, tricampeonato do Flamengo, crise dos mísseis em Cuba.

E o segundo recado seria para o Felipão. Depois do gol de Fred contra a Espanha na Copa das Confederações e, sobretudo, depois do gol contra a Sérvia, em ambos o atacante estava deitado, cercado por adversários. O curioso é que no restante dessas partidas ele fez muito pouco.

Chegaram a pensar em substituí-lo. Felipão confia nele, mas devia escalá-lo para ficar deitado na área dos adversários, sem entrar em impedimento. De qualquer forma, eu também confio, por causa do Fluminense.

O terceiro recado seria para o ministro [do STF] Joaquim Barbosa. Como todos sabemos, o Brasil ainda deve muito dinheiro à Inglaterra, por causa da Guerra do Paraguai. A dívida deve estar prescrita, mas a tenacidade do ministro e seu notório conhecimento dos fatos e dos atos da humanidade encontrará argumentos nos mestres do direito internacional para obrigar dona Dilma a pagar a dívida. E queiram Deus e o Banco Mundial que não haja dívidas mais antigas.

Finalmente, um recado para os locutores do rádio e da televisão. Quando derem os números da última pesquisa eleitoral, não precisam avisar que os resultados podem variar para mais ou para menos.

Um recado suplementar para mim mesmo: tentar entender as bulas dos remédios que ando tomando. Segundo meus cálculos, eu já deveria ter morrido há 28 anos, para mais ou para menos.

10.6.2014

Da pátria e dos esparadrapos

A última constatação a que cheguei, tardia como todas as descobertas que faço, deveu-se ao esparadrapo. Nada menos do que isso: o esparadrapo.

Deu-se que, tempos atrás, passeando pela praia, não vi uma linha de náilon esticada à frente. A linha entrou pelos dedos do pé e lascou alguns ossinhos, desses insignificantes, que a gente nem sabe o nome e a função, mas que colocam qualquer animal naquela nobre postura de bípede aprumado e mais ou menos inútil.

Bem, cumpri as operações de praxe, inclusive uma ida ao pronto-socorro para imobilizar o pé. E aí começou o martírio: os esparadrapos nacionais simplesmente não têm cola suficiente para ser esparadrapos.

Um cirurgião bastante conhecido há tempos me dizia que era necessária uma campanha nacional e apartidária pelo esparadrapo, pois já passara poucas e boas na hora de fazer curativos em seus pacientes. Abria a barriga do freguês, tirava lá de dentro um apêndice inflamado ou uma vesícula fatigada, dava os pontos regulamentares e botava um esparadrapo grande para proteger os pontos. No dia seguinte, o paciente voltava ao consultório com a barriga aberta e as vísceras querendo ir para fora. Culpa do esparadrapo vagabundo de um laboratório recomendado pelo Ministério da Saúde.

Quem está precisando de esparadrapo nos dedos das mãos sou eu mesmo. Vivemos dias agitados, com candidatos esbaforidos, em busca de eleitores, com a presidente da República insultada em praça pública, com a seleção da Inglaterra voltando para casa e explicando na Câmara dos Comuns a derrota na Copa do Mundo, com Joaquim Barbosa pedindo o boné para também voltar para casa.

Com tantos e tais assuntos tão relevantes para a mídia nacional, o cronista preferiu reclamar dos esparadrapos também nacionais.

22.6.2014

De profundis

Aprendi por aí que não se deve chutar cachorro atropelado. Não vou chutar a seleção, Felipão e outros, apenas lamentar que não deram certo e que alguma coisa precisa ser feita para não repetirmos o vexame. Oscar Wilde, quando foi preso por sodomia, escreveu alguns de seus melhores poemas – não apenas a célebre *Balada do cárcere de Reading*, mas o *De profundis*, apoiado no salmo 120 incluído entre as preces penitenciais de todos os pecadores, incluindo a Comissão Técnica.

No mesmo salmo, há a pergunta crucial: "Se observares nossas iniquidades, Senhor, quem se salvará?". Nem aquele facínora que quebrou a terceira vértebra do Neymar nem mesmo eu, que torci por Fred só porque ele joga no Fluminense e foi artilheiro da Copa das Confederações.

Como acontece com todos os otimistas, estávamos mal-informados. Acompanhei os jogos da Itália, da França e da Alemanha e sei que o Brasil está defasado não só na técnica, mas, também, na presença de craques. Uma semana antes da Copa, Pelé disse em entrevista que faltavam craques na seleção. Não excetuou nem mesmo Neymar.

O pessoal da mídia, interessado em fazer média com as "fontes", botou lenha no ufanismo generalizado que prevaleceu até os 7 a 1 da Alemanha. Houve um entendido que, na TV, chegou a lembrar o holocausto dos nazistas contra os judeus. Não houve 6 milhões de vítimas, apenas 7 gols.

Voltando a Felipão e Fred, foram transformados não em cachorros atropelados, mas em bodes expiatórios. No ano passado, Fred foi artilheiro porque recebia excelentes passes de Neymar. Cumprindo ordens do Felipão, ele não saía da área esperando passes que não chegaram. No primeiro tempo do holocausto, pegava apenas sobras – mesmo assim, poucas.

Volto ao salmo 120. "Se observares nossas iniquidades, Senhor, quem se salvará?"

13.7.2014

Pílulas de vida

Depois de ter criado o mundo, Deus estava mal-informado. Achou tudo "bom": o dia, a noite, as aves no céu, os peixes no mar, o homem na terra. Tentou fazer um copidesque de sua obra, mandando chuva durante quarenta dias e quarenta noites, mas o dilúvio não melhorou sua criação. Entre outras besteiras, esqueceu-se de inventar a pedra filosofal, o círculo quadrado e as pílulas de vida do dr. Ross.

Felizmente, esse tal dr. Ross, séculos depois, fabricou suas famosas pílulas de vida, melhorando substancialmente a existência do homem mal-acabado pelo Todo-Poderoso. Nas farmácias de antigamente, havia um menu bem exposto e iluminado, com as maravilhas curativas de sua produção.

Como em certos restaurantes populares, cada pílula tinha um número. A de número 31 era tiro e queda para frieiras e distúrbios hepáticos. A de número 28 curava erisipela, problemas com o piloro. Havia pílulas contra o câncer, a insônia, a impotência sexual, a incontinência urinária e outros males da espécie humana. Provavelmente feitas por Miguel Gustavo, suposto autor de outro *jingle* famoso: "Melhoral, Melhoral, é melhor e não faz mal".

No caso das pílulas do dr. Ross, o *jingle* era cantado por um barítono do coro do Theatro Municipal, de voz grossa e solene: "Pílulas de vida do dr. Ross, fazem bem ao fígado de todos nós". Seguido de um corolário indispensável: "Na prisão de ventre, que é dor atroz, pílulas de vida do dr. Ross".

Infelizmente, nunca precisei delas. Só tive problemas de fala, trocava letras e troco até hoje. Não consigo dizer "cavalo", digo "tavalo". Meu próprio nome era "Tarlos Heitor Tony". "Fogão" era "fodão".

Sobrevivi.

Espero que surja um novo dr. Ross, na USP ou na PUC, que faça uma pílula capaz de me livrar da vergonha e da fama de débil mental.

12.8.2014

Chaplin e Hitler

Havia um trabalho subterrâneo para que o Departamento de Estado expulsasse Chaplin do território norte-americano.

A luta estava nesses termos quando estoura a guerra de 1939. Ele sabe que, mais uma vez, diversos interesses estão em jogo. Interesses econômicos, luta por mercados consumidores e zonas de influência – as motivações de sempre.

Os Estados Unidos mantinham-se em prudente cautela, sem tomar partido no conflito. O governo esperou durante dois anos, esperou pelo massacre de Pearl Harbor para tomar uma decisão. A questão é muito controversa e devemos admitir que Roosevelt lutava contra as forças ocultas que sempre são eficientes em horas assim. O estadista do New Deal tinha uma política nitidamente antifascista, mas era quase uma voz isolada clamando na Casa Branca.

Precisou que a própria história criasse as condições objetivas para a decisão – e é possível, segundo alguns, que o próprio governo de Roosevelt tenha cooperado, por omissão ou tática, na catástrofe de Pearl Harbor.

O lançamento de O *grande ditador* (1940) provocou cólera em Hitler. Foram empreendidas diligências diplomáticas entre Berlim e Washington, e o embaixador Hans-Heinrich Dieckhoff, representante oficial de Hitler junto ao governo dos Estados Unidos, ameaçou precipitar certas represálias.

Àquela época, os Estados Unidos mantinham vastos mercados consumidores na zona centro-europeia. A economia e o futuro da nação exigiam prudência. Os horizontes da guerra não estavam delineados, a impressão dominante era de que Hitler se sairia vencedor – e em curto espaço de tempo. Desta forma, o filme de Chaplin foi interditado, em nome das boas relações entre Washington e Berlim. Só ano e meio depois – após Pearl Harbor –, o filme foi novamente liberado.

31.8.2014

O Concílio e o Kama Sutra

Não sou bom em números. Sei apenas que dois é maior do que um, e com essa sabedoria enfrento Euclides, Pitágoras, Descartes e as prestações de contas da Petrobras. Vamos lá. O Concílio de Trento, que deu régua e compasso para a Igreja Católica num momento confuso dos dogmas e da moral, arrolou 71 formas de pecar contra a castidade.

O Kama Sutra foi mais modesto: catalogou pouco mais de quinze maneiras de copular. Perdeu para o Concílio em quantidade, mas ganhou em qualidade. Eis que o suíço Julien Blanc, que viaja o mundo todo fazendo palestras e que acaba de ser expulso da Austrália, acrescentou uma prática não prevista no Ocidente e no Oriente. Segundo ele, pretende vir ao Brasil ensinar seus macetes.

Um desses recursos não me parece novidade. Diz ele que o macho, para conquistar uma fêmea de qualquer idade e procedência, deve puxá-la pelos cabelos até as virilhas do homem. Dentro de certo ritmo, não lentamente demais nem depressa. "*Virtutem docet, malitiam patrat.*"

Ele ilustra suas considerações com slides incrementados, desses que passam todos os dias na televisão depois de certas horas. Para o carioca motorizado, que se habituou a assistir a corridas noturnas de submarinos, Julien Blanc pregará no deserto.

Além disso, certas praias de nosso bendito litoral são desertas mesmo, sem necessidade de aprender alguma coisa do especialista suíço.

Temos a praia do Diabo, a mais confiável, e as praias do Leme, do Arpoador, os dezoito quilômetros da Barra da Tijuca.

Pensando bem, os dezoito quilômetros dão para o gasto. O ocidental Concílio de Trento e o oriental Kama Sutra necessitam de uma severa atualização.

De minha parte, não preciso da sabedoria do mestre suíço. Até hoje não me habituei a comer fondue de queijo nem acarajé com caruru.

16.11.2014

O equívoco

Em meio à correspondência recebida, geralmente impessoal e interesseira, pedindo divulgação para determinada pessoa, obra ou espetáculo, sugestões de pauta, sempre surgem cartas que procuram um diálogo pessoal com o cronista.

A maioria é de reclamação contra isso ou aquilo, e, vez por outra, a reclamação sobe de tom e baixa de nível. Já recebi cumprimentos por ter escrito *Toda nudez será castigada* – obra que figura entre as melhores que não escrevi. Na semana passada, chegou uma carta de Santa Catarina.

Disponho de uma secretária que faz a triagem da maior parte das cartas e as encaminha ao lixo ou à resposta formal e meramente educada, mas sempre aparecem algumas que trazem um problema especial – e essas costumam chegar à mísera pessoa do escriba.

Eu estava desprevenido, ou melhor, desabituado a receber cartas assim. A leitora não faz referência a nenhuma crônica específica, a nenhum dos livros que por aí publiquei. O comentário dela é genérico, começa com um tipo de agradecimento que me arrepiou: "Você é o maior!".

Nunca pensei nisso. Nem em meus momentos mais exaltados, chego a esse delírio. A leitora ainda comenta a insistência com que escrevo: "O senhor escreve como quem vive, sei que não vive para escrever, pelo contrário, escreve para viver".

Cretinice à parte, não faz exatamente meu gênero. Contudo, sinto-me obrigado a confessar o nó que tudo isso me deu aqui dentro. O primeiro impulso foi acreditar: "Custou, mas pelo menos surgiu alguém que reconhece meu valor".

Cheiro a carta com vigor. Nenhum vestígio nem de incenso nem de enxofre. Deus e o diabo não querem nada comigo. Menos José Simão, para quem a carta foi dirigida.

30.11.2014

A voz no deserto

É isso aí. Não tenho falta de assunto, pelo contrário, há assunto demais. Fred continuará no Fluminense? Obama dará um jeito na polícia americana, que está matando negros? O papa aceitará o casamento dos homossexuais? Comentar os últimos escândalos do governo de dona Dilma? É preciso reformar a Lei da Anistia, punindo os dois lados da luta, o contrário e o favorável à ditadura? Constatar que estão sendo criadas duas nações, o Brasil bom e o Brasil calhorda, o Brasil do PT e da base aliada e o Brasil do resto? Seria um pleonasmo e certamente uma redundância.

Quando morreu o cardeal Leme, em 1942, no seminário em que estudei, um professor pediu que os alunos fizessem um soneto sobre o assunto. Apareceram 52 sonetos, inclusive o meu, que começavam com a nefasta informação: "Morreu o cardeal…" – pelo menos, tive o mérito de nunca mais fazer sonetos.

Não creio na punição dos responsáveis. A investigação dependerá do PT, que demitirá o contínuo de dona Graça Foster e dois ou três seguranças que dão serviço em duas ou três refinarias.

Tenho a impressão de que o governo está sofrendo de um alzheimer coletivo. O andar de cima (para usar uma expressão do Elio Gaspari) garante que não sabia de nada a respeito da ladroeira continuada em nossa principal empresa.

Pouco antes de morrer, Paulo Francis denunciou os escândalos da Petrobras. Com a autoridade de ser um brilhante jornalista, ele dizia que os funcionários do alto escalão estavam com os bolsos cheios. E suas contas na Suíça estavam cada vez mais gordas.

A única medida da estatal foi processar o jornalista. Deprimido, Paulo Francis morreu de repente, sem encontrar ressonância na mídia. FHC e José Serra tentaram demover o presidente da Petrobras, mas não foram atendidos.

16.12.2014

Evoé

Antes que o Carnaval relaxe nossas preocupações particulares e coletivas, acredito que devemos meditar sobre as vicissitudes da pátria, que são muitas e cruéis. Deus é testemunha de que não creio na eficácia dessa meditação, pois tudo continuará como antes, não tendo este escriba qualquer poder (ou vontade) de alterar as coisas.

Evidente que, se tivesse um mágico pó ou um verbo igualmente mágico, eu sairia por aí fazendo justiça aos povos, distribuindo terra e pão a deserdados e famintos.

Promessa é o pão cotidiano dos candidatos a qualquer coisa ou ofício. Meditação é um vício de ermitão, cujo modelo é aquele anacoreta que Nietzsche encontrou na montanha. Que passava o dia rezando, chorando e murmurando.

Felizmente, não é meu caso, não proponho qualquer promessa nem palpite sobre nossos problemas nacionais.

Sabendo, de antemão, que o chamado "tríduo momesco" era o lugar comum dos jornais e das revistas de tempos mais amenos, quando os prefeitos entregavam as chaves da cidade a um bufão classificado como o "rei da folia".

Tampouco, o proponente, que é o cronista, considera-se apropriado para qualquer tipo de promessa ou meditação. Além do mais, acabaram com o tríduo, hoje são quatro dias, não raramente o ano todo.

Temos dramáticos e hereditários problemas para resolver nas áreas econômica, social e política. Nenhum deles me preocupa, ao menos no momento.

É que sofro problema maior, prioritário, que considero o mais grave de todos, pois somente com sua solução poderei combater os demais problemas.

Este meu problema é simples e não prejudica nem dona Dilma nem a base aliada: é impedir que o Fluminense venda o Fred para a China.

15.2.2015

O suicídio e a lucidez

Pelo menos até agora, quando escrevo esta crônica com antecipação, não se sabe ao certo o que houve com o avião que caiu em solo francês, numa viagem de Barcelona a Düsseldorf, na Alemanha, matando mais de cem pessoas. A versão que está sendo dada é tétrica.

O copiloto, de 28 anos, teria derrubado propositadamente o Airbus A320. Não se sabe, pelo menos até agora, os motivos que o levaram ao suicídio. Aparentemente não deixou o bilhete em que os suicidas geralmente tentam explicar aquilo que os jornais chamam de gesto de desespero. Nem qualquer vestígio para que outros o entendam: amigos, parentes, amadas, falência, vingança ou causa política.

Górki tem um conto em que dois amigos moram juntos; um deles sai para trabalhar e, quando volta, encontra o companheiro pendurado numa corda. Este pelo menos deixou um bilhete para explicar ou justificar seu suicídio: "Faltou-me um truque".

Para que alguém continue vivendo, é necessário um macete pessoal, intransferível. Viver é muito perigoso, disse Guimarães Rosa. Nem todos têm a lucidez dos suicidas. Outro escritor, Albert Camus, considerou o suicídio o único problema que cada um tem de resolver. Nem sempre é um ato de desespero, mas de consciência, que dá ao homem a lucidez final e merecida.

No caso do Airbus que caiu em território francês, o grande truque do copiloto foi ter levado consigo tanta gente que nada tinha a ver com sua lucidez, melhor falando, com o truque que lhe faltava.

Um imperador romano, que vivia num exílio voluntário em Capri, longe das crises políticas da Roma antiga, desejou que todos os homens tivessem um só pescoço para, num só golpe de espada, decapitar todos. Pessoalmente, tenho bastante truques para impedir ou adiar esse tipo de lucidez.

29.3.2015

Alta rotatividade

Na primeira metade do século XX, alguns hotéis tinham outros nomes, mas não importa. Tais como o Corcovado, o Pão de Açúcar e os oitis do Boulevard 28 de Setembro, são especialidades da casa, coisas nossas.

Rezam as crônicas que tudo começou com o hotel Leblon, cuja carcaça sofreu várias diagramações. Naquele tempo, o Leblon era tão inacessível quanto o Congo Belga. Não se ia ao Leblon: partia-se para o Leblon.

Eram espeluncas desoladoras, mas que cumpriam suas finalidades. Surgiram, então, dois eventos importantes: a pílula anticoncepcional e a indústria automobilística nacional. Deus fez – ou ajudou a fazer – as duas, mas foi o diabo que as juntou.

A hotelaria daquelas bandas virou uma instituição tão forte que apareceu uma figura famosa na crônica policial da cidade: o Lima dos Hotéis, personagem mais ou menos mítico, composto de uma porção de gente que se tornou anônima, com exceção do prefeito Negrão de Lima. Lá, o carioca pecava contra a castidade e comia a mulher do próximo – quase todas.

O dia 25 de abril de 1969 é importante na sociologia da cidade. Nessa data foi assinado o decreto nº 2.792, "que estabelece normas para o funcionamento e fiscalização dos estabelecimentos afins: 'Não cabe ao hospedeiro a obrigação de investigar o estado civil ou a intenção dos casais ou pares que procuram hospedagem, mas é de sua responsabilidade tomar providências a fim de evitar o favorecimento da prostituição, da corrupção de menores, de atentados públicos ao pudor ou da perturbação da ordem e da tranquilidade públicas'".

Nunca um parágrafo foi tão abençoado por hospedeiros e hospedados. Um moralista poderia comentar: é a esbórnia! Os sábios encararam o decreto em seu artigo 9, parágrafo 12, sob outro ângulo: é a civilização!

26.4.2015

Gementes et flentes

Meu primeiro contato com a miséria humana foi quando me ensinaram a rezar. Menino de classe média, pai e mãe católicos comuns, ao aprender a rezar "Ave-Maria", estranhei a palavra "ventre", me disseram que era a mesma coisa que "barriga". Não foi por acaso que dei a meu primeiro romance o título de O *ventre* – achava imoral rezar à Virgem Mãe de Deus com alusão à barriga, que me parecia torpe.

Pior foi quando me ensinaram a rezar "Salve Rainha". Além do "vale de lágrimas", olhava a rua Cabuçu, que nada tinha de vale, e muito menos de lágrimas, era cheia de bicicletas, patins, bolas de futebol Sparta número 5, a mesma que derrubara um beque do América num chute de Hércules, ponta-esquerda do Fluminense e da seleção nacional.

E adiante o terrível "gemendo e chorando". Aprendi a rezar em latim: "*Gementes et flentes*". Nunca fui de gemer, a não ser em cadeiras de dentista. Chorar, eu chorava, por tudo e por nada, quando me botavam de castigo nas faltas leves e apanhava de vara de marmelo nas mais graves.

Foi por aí que suspeitei (mais tarde, tive certeza) da crueldade do mundo e da miséria humana, a minha e as dos outros. A começar pelas varas de marmelo que as quitandas botavam bem à mostra, todo pai que se respeitava comprava algumas para ensinar a prole a se comportar decentemente.

No plano familiar, a miséria se resumia às surras que todos os meninos levavam para aprender a se comportar, sem dizer palavrões, sem cometer atos impudentes.

Não há mais varas de marmelo nas quitandas – nem quitandas há. Daí que continuamos a gemer e a chorar pelas misérias nacionais que incluem corrupção nas classes dirigentes, violência em quase todas as classes. E a falta de esperança em dias melhores.

17.5.2015

Neymar e a Renascença

Houve tempo em que a rivalidade entre o Rio e São Paulo era letal, sobretudo no futebol. O Brasil era o celeiro de craques, e o técnico Flávio Costa dava-se ao luxo de armar duas seleções para satisfazer as torcidas dos dois estados. Muita gente reclamava, mas o Brasil ia em frente.

Hoje, mal e porcamente, podemos armar uma única seleção que nem merece o nome de seleção. Temos apenas um craque (Neymar), que sozinho não dá nem para a saída. O 7 a 1 ficará em nossa garganta até o fim dos tempos.

Isso me lembra um episódio esclarecedor. O papa Júlio II contratou o maior artista da época, Michelangelo, encarregando-o de pintar a Capela Sistina, uma das obras definitivas da humanidade. Um dia, Júlio II descobriu no imenso palácio, residência dos papas até hoje, uma *stanza* sem nenhum adorno, lúgubre, que não servia para nada.

Em cima de um andaime, Michelangelo estava pintando a Capela Sistina. O papa mandou que ele descesse e mostrou aquela aberração em seus domínios. Ordenou que o genial artista decorasse aquelas paredes nuas que ficariam como uma das obras-primas da Renascença.

Michelangelo protestou, a capela que estava pintando dava-lhe um trabalho que nenhum pintor aceitaria. O papa perguntou quem poderia substituir o gênio que fizera a *Pietà*. Num jardim próximo, havia um grupo de auxiliares, pegasse qualquer um e passasse a tarefa para o aprendiz.

O papa aceitou o conselho, olhou a turma de aspirantes a pintor, escolheu um, fez-lhe a proposta:

— Você toparia pintar essas paredes que me envergonham?

O rapaz topou o pedido, e Júlio II perguntou-lhe o nome. "Rafael Sanzio" foi a resposta.

No futebol, era assim: havia tantos craques que se podia armar duas seleções.

9.6.2015

Uma vaca profanada

Era uma vaca palustre e bela – não, não era bem isso, era simplesmente uma vaca como todas as vacas costumam ou devem ser: admito que nunca me preocupo com vacas, meu arroubo pastoral nunca foi além da fazenda de Itaipava, mais pelo sino de sua capela do que pela fazenda em si.

Agora, diante da vaca, a primeira lembrança que me veio foi desagradável. Visitava a Índia e aluguei um carro para conhecer cidades do interior. Numa delas, esbarrei com uma vaca no caminho, enorme e escura, que lambia vagarosamente o chão da estrada. A vaca era um animal sagrado naquelas paragens.

Fiquei sem saber como superar o problema e a vaca. Se buzinasse, ela podia se assustar, e eu teria criado um caso. Não havia ninguém perto. Sair do carro e meter um pontapé na vaca seria perigoso, ela poderia revidar com uma chifrada. Mesmo assim, saí do carro e fiquei olhando o animal, até que ele decidisse ir embora.

De repente, apareceram uns mendigos de estrada, que ficaram estupefatos com a cena: uma vaca, um carro e um forasteiro. Para que não me levassem a mal, tive a péssima ideia de bajular a vaca. Aproximei-me de sua garupa, fazendo-lhe um afago. Os mendigos começaram a gritar, brandindo seus cajados.

Pouco a pouco, surgiu mais gente, uma pequena multidão, cada vez mais encolerizada. Eu tinha razões para suspeitar de que era o objeto daquela cólera. Felizmente, apareceu um guarda que me afastou da turba e me levou a uma autoridade.

Depois de alguma confusão – eu falava um péssimo francês e ali ninguém falava nenhuma língua ocidental –, consegui entender o motivo da indignação: eu profanara a vaca com minha suja mão de ímpio, comedor de comidas proibidas, fornicador de mulheres impuras, enfim, eu fizera o equivalente a um selvagem que chega a Jerusalém e urina nas pedras do Muro das Lamentações.

14.6.2015

Ghiggia

Telefonema da redação pediu-me um pequeno depoimento sobre Ghiggia, que faleceu nesta semana. Recusei-me a dar qualquer opinião sobre o algoz do Brasil na Copa do Mundo de 1950, que fez o gol decisivo dando o título mundial ao Uruguai. Duzentas mil pessoas choraram e mais da metade chamou o atacante uruguaio de filho da puta.

É comum no futebol considerar qualquer adversário, e às vezes até o juiz, com o palavrão mais usado por todo mundo. Bem colocado, vi o lance que resultou no segundo gol do adversário. Minutos antes, o Brasil seria campeão com um empate, estava ganhando de 1 a 0, gol de Friaça. Pouco depois, Schiaffino empatou, tornando o fim mais dramático de nosso futebol.

Havia tempo para o Brasil ganhar ou manter o empate que o beneficiaria. Num lance parecido com o primeiro gol uruguaio, porém, Julio Pérez deu o passe para Ghiggia na ponta-direita, que passou por Juvenal e Bigode e seguiu até quase a bandeirinha do *corner*. Mesmo sem ângulo, chutou e fez o gol da vitória uruguaia.

Nosso goleiro cometeu um erro de apreciação. Pensando que Ghiggia daria passe para Schiaffino ou Julio Pérez, que estavam perto da meia-lua da área do Brasil, Barbosa se colocou mal, imaginando que o lance do primeiro gol se repetiria.

Com isso, não cobriu o canto esquerdo, onde Ghiggia chutou, fazendo o segundo gol do Uruguai, obrigando 200 mil pessoas a chorar, inclusive eu. Não havia tempo para a reação brasileira, embora Ademir e Zizinho chutassem na trave defendida pelo goleiro Máspoli.

Grande parte da torcida gritou o mesmo palavrão que eu usei e continuo usando sempre que penso em Ghiggia. Que, aliás, foi gentil e solidário com a tristeza dos brasileiros. Peço desculpas a ele, mas não mudo de opinião.

19.7.2015

Caetano e Gil

Estão fazendo uma onda contra dois dos maiores artistas brasileiros: Caetano e Gil, ídolos incontestáveis da música popular brasileira. Motivo mais que injusto: os dois fazem nesta terça apresentação em Israel, o que foi tomado como adesão ao Estado judeu contra a causa palestina.

Lembramos que, há pouco tempo, Wagner também foi proibido de ser executado na Terra Santa, até que o maestro Zubin Mehta quebrou o injusto boicote ao autor de *Os mestres cantores de Nuremberg* por se tratar de um notório antissemita.

A razão das críticas a Caetano e Gil foi a apresentação que os dois fazem hoje, considerada a favor de Israel contra a causa palestina, no confronto do Oriente Médio em que ambos os lados têm suas razões, não fosse o absurdo terrorismo também de ambas as partes.

Lembramos que os papas Paulo VI e João Paulo II visitaram Israel. E receberam oficialmente no Vaticano diversos líderes de Israel e da Palestina.

Na guerra entre os dois Estados, a opinião pública mundial está dividida entre os que consideram justo o conflito que separa judeus e palestinos e os que o consideram injusto. Na realidade, ambos os lados têm suas razões, que devem e podem ser respeitadas.

A apresentação de Caetano e Gil não transcende do já longo prestígio dos dois cantores e compositores. Da mesma forma em que acredito que eles fariam shows em Gaza e em qualquer outro país, independentemente de causas políticas.

Se os dois artistas brasileiros fizessem shows na Palestina, os judeus condenariam o show, que foi inteiramente artístico. Admirador de Israel, casado com uma judia, considero extremamente injusto considerar Caetano e Gil, dois artistas que já se exibiram em vários países, independentemente de suas causas políticas, como adeptos da causa de Israel e contrários à causa palestina.

28.7.2015

O Brasil eterno

Antigamente, havia um tipo de jornalismo baseado em enquetes. Era a peça de sustentação da reportagem. A mania vinha de longe: Marcel Proust, enquanto escrevia sua obra e ninguém sabia que ele era gênio mesmo, fazia jornalismo circunstancial e bolou uma famosa enquete, famosa, sobretudo, porque se limitava a uma série de perguntas idiotas que provocavam respostas imbecis – não fazendo justiça nem ao autor das perguntas nem ao autor das respostas.

Quando iniciei meu cavaco de letras, fui entrevistado por uma jovem que veio com um questionário. As perguntas eram as mesmas de todos os repórteres: que livro levaria para a ilha deserta, o autor teatral preferido, gostava mais do verde ou do azul, essas coisas.

Nesse tempo, estava em moda uma pergunta que, por coincidência ou propósito, fazia parte do questionário de Proust: "Como gostaria de morrer?". No que me tange e concerne, respondi sinceramente que não gostaria de morrer, e o assunto acabou por aí.

Mas os outros entrevistados se derramavam em considerações que, feitas as contas, tinham uma constante: todos desejavam morrer em pé, como as árvores, num momento bom e positivo da vida. Nada da decrepitude, das veias esclerosadas, da cama hospitalar ou doméstica.

Jogador de futebol, radialista, artista plástico, compositor, comerciante, escritor, político, ministro, sacerdote ou torcedor do São Cristóvão, todos queriam morrer numa boa. Foi pensando nisso que, outro dia, examinando as folhas que se publicam por aí, desconfiei que o momento seria ótimo para nosso país acabar em glória e numa boa.

Não é verdade. Com Eduardo Cunha, Dilma, Lula, operação Lava Jato, a lama no rio Doce, a seleção do Dunga e minhas lamentáveis crônicas, o Brasil nunca entrará numa boa: será eterno.

22.11.2015

O grande mudo

O sentimento é geral: estamos vivendo um dos momentos mais vergonhosos de nossa vida republicana. A presidente Dilma e o PT em massa estão falando em golpe. Já tivemos vários e dramáticos golpes na história, basta lembrar a proclamação da República, a Revolução de 1930, a queda da ditadura Vargas e, o mais trágico de todos, o golpe militar de 1964.

Dessa vez, não se pode falar de golpe. Tudo de mau que está acontecendo foi previsto e punido pela Constituição, que até agora ninguém teve a audácia de rasgar.

Por mais que sejam abomináveis os atos dos principais personagens (Dilma, Eduardo Cunha e seus respectivos seguidores), o fato é que não temos nenhum líder de peso para dar um rumo ilegal à situação que estamos atravessando. Somos, como disse Osvaldo Aranha, "um deserto de homens e ideias". Nosso único e indiscutível craque é mesmo Neymar, que está na Espanha.

Em 1964, havia líderes militares que atuavam para destroçar a Constituição e instaurar uma ditadura feroz. Felizmente, pelo menos até agora, não surgiram personagens como Castelo Branco, Costa e Silva, Geisel, Osvino, Golbery, Mourão Filho, Médici e outros que violentaram a lei e as instituições.

A França, pelo menos retoricamente, criou o mito do grande mudo. Seria uma referência à força dos militares. Nem sempre essas forças foram mudas na história da França. E muito menos no Brasil. Contudo, no lamentável momento em que a classe política está bagunçando a vida nacional com a corrupção, a inflação, o retrocesso da economia e a vergonha no conceito internacional, ainda não apareceu um candidato militar que iniciasse nova e desgraçada ditadura. Com toda a miséria da atual situação, devemos torcer para que o grande mudo continue mudo e não tente piorar as coisas.

13.12.2015

Realmente, nunca houve

Somente um imbecil poderia afirmar que a esquerda chegou ao poder. O governo do PT é, em muitos sentidos, uma confusa colcha de retalhos e, faltando a costura interior, adotou um desenho eminentemente conservador.

Mas há esquerdistas no poder, isso é evidente, alguns deles sérios, provados e comprovados na prática política dos últimos anos. São, por sinal, os mais humildes, os menos espalhafatosos, os que mais trabalham – ou começaram a trabalhar.

Evidente que, no governo central e pelos estados afora, os nomes que mais buscam o noticiário – em diligente aproximação com jornalistas, colunistas e pessoas da área artística – são os esquerdistas de salão, os progressistas de coquetel. Uma raça, por sinal, que guarda admirável coerência em termos de badalação, pois conseguiu atravessar 21 anos de autoritarismo na mesma base de salões e coquetéis.

Lembro a noite em que, nos idos de 1965, juntamente com outros jornalistas e escritores, fomos recolhidos ao batalhão da Polícia do Exército. Soubemos mais tarde, pelo testemunho das folhas, que foram promovidas reuniões as mais extravagantes. Em nome da causa, organizaram-se comes e bebes, chegaram a armar um show de solidariedade no qual brilharam atrizes e atores que, no fundo, julgavam-se ofuscados pela discutível e provisória glória que nos fora atribuída.

Essa turma, ou parte dessa turma, chegou ao poder, mas ainda não conseguiu ir além do óbvio: entrevistas, generosos espaços na mídia. E é o que realmente pretendem. Alguns chegam a trabalhar, mas de forma errada, em contradição com as causas que defenderam.

Além disso, habituaram-se a uma corrupção que nunca houve igual. Estou parafraseando a famosa frase de Lula: nunca houve tamanha corrupção, que está transformando o Brasil num país pré-falimentar e ridículo.

17.1.2016

Judas

Até agora, não me convenci da moralidade e da eficiência da delação premiada, a não ser em caso de guerra declarada contra o inimigo real. Fora disso, a delação pode ser confundida com a tortura ou a chantagem. Há um ditado antigo: condena-se o delatado e despreza-se o delator.

Ao longo da história e da lenda, são muitos casos de delação premiada ou não. O mais famoso e miserável foi a delação premiada de Judas Iscariotes, entregando seu mestre e amigo à sanha de seus inimigos. Foi uma delação premiada por uma ninharia de trinta moedas, porque o delator sentiu a enormidade de sua delação, indicando aos soldados romanos um "inocente" de quem seus inimigos exigiam a morte. Judas tornou-se o logotipo da traição e da ingratidão.

Sei do que estou falando. No fim das férias, lá no seminário em que estudei, os padres promoviam um teatrinho entre os alunos. Os bem-dotados ficavam com os papéis principais e simpáticos. Por consenso, Judas era sempre eu. Como todos os personagens eram barbados, padre Tapajós improvisou barbas de espigas de milho, que era abundante na fazenda. Enegrecidas pelas cinzas do forno de nosso padeiro, Zé Bolacha, quebravam o galho. Ficávamos parecidos com os personagens da Renascença.

Minha única ação era beijar o Salvador, que tinha uma barba maior do que a minha. Apesar dos ensaios, em cena fui desastroso: beijei o Redentor de mau jeito, fiquei com sua barba pendurada na minha. Mesmo com a seriedade daquela ação descrita nos Evangelhos, recebi uma vaia maior e letal.

Deixei o Nazareno imberbe para ser açoitado pelos esbirros de Herodes, passar pelo vexame de Pilatos, quando nem soube responder o que era a verdade.

Pior do que a vaia, a cortina fechou o palco, e eu fiquei sem receber minhas trinta moedas.

19.1.2016

Uma noite no mar Cáspio

Na semana passada, uma aluna da Sorbonne foi encarregada de fazer um estudo sobre a literatura latino-americana, mal-informada de tudo, inclusive da América Latina. Veio entrevistar algumas pessoas e, não sei por que, pediu-me que a recebesse para uma conversa que pudesse explicar o Brasil com apenas um título que serviria de roteiro para o trabalho a apresentar.

Já me pediram coisas extravagantes, recusei algumas, aceitei outras. A moça era bonita, do tipo que geralmente definimos como "gostosa". Aleguei minha incompetência para titular qualquer coisa, confesso sem falsa modéstia, que pressionado por uma editora, cheguei a fazer um romance de 250 páginas em uma semana, mas levei uns três meses para dar-lhe um título que não me agradou nem agradou a ninguém.

No entanto, o romance saíra de minha cabeça, o que não era o caso do Brasil, por mais idiota que fosse, jamais faria qualquer coisa que definisse nosso país. Ainda assim, não quis decepcionar a moça. Pensando na atual crise do governo com a oposição, sugeri "Garruchas e punhais" – era o nome da briga entre os meninos da rua Cabuçu contra os meninos da rua Lins de Vasconcelos. Morei nas duas e era considerado um espião a soldo de uma ou de outra. O que no fundo era verdade, considerava idiotas os dois lados.

A moça riu, mas não gostou. Todos os países têm garruchas e punhais. Dei outra sugestão: "O mosteiro de tijolos de feltro". Ela não gostou – nem eu. Parti, então, para uma terceira via; por sinal, a mais estúpida. Pensou um pouco, inicialmente recusou. Olhou bem para mim e aprovou: "Uma noite no mar Cáspio". Para meu espanto, ela aceitou.

Acredito que os professores da Sorbonne também gostarão. E eu nem sei onde fica o mar Cáspio, embora também não saiba onde fica o Brasil.

26.1.2016

O Carnaval e o menino

"No grande teatro da vida, vão levar mais uma vez a revista colossal: Pierrô, Arlequim e Colombina vão a preços populares repetir o Carnaval." Na voz de Mário Reis, que serviu de modelo para o sucesso de João Gilberto, a marchinha estava em todos os lugares e todas as ruas de Paquetá, onde passei parte de minha infância.

Não entendia nada dos personagens da *commedia dell'arte*, muito menos dos jornais da época que xingavam o Carnaval de "tríduo momesco". Eu não sabia quem eram Pierrô, Arlequim e Colombina, muito menos o que era tríduo momesco. O pai não achava os preços tão populares assim, mas não me faltavam o lança-perfume, o saquinho de confetes e a abominável máscara de morcego, que era a fantasia oficial dos meninos de Paquetá.

Eu não tinha coragem de dizer que não gostava daquilo. O pai se entusiasmava com qualquer novidade. Lá pelas quatro horas da tarde, me botava uma túnica preta e a tal máscara de morcego que fedia a papelão e cola. Me mandava para a praia dos Tamoios, que assumia o papel de "grande teatro da vida". Esbarrava com outros morcegos bem mais animados do que eu. Procurei me esconder atrás da pedra da Moreninha, onde estavam gravados em bronze os versos de Hermes Fontes: "Paquetá é um céu profundo que começa neste mundo e não sabe onde acabar".

De repente, esbarrei com uma caveira, provavelmente um menino como eu, fantasiado de morte, os dentes arreganhados, a túnica branca com enorme cruz preta no peito e nas costas. Corri tanto que não podia gritar. Pior de tudo, não sabia aonde devia ir.

Estou correndo até hoje. Amigos reclamam que ando depressa demais, achando que não dou importância a eles. Eu mesmo não sei para onde estou indo, continuo fugindo da caveira que mutilou minha memória.

7.2.2016

Sugestão salvadora

O poeta João Cabral de Melo Neto, diplomata de carreira, passou a vida profissional chateado porque não tinha tempo para fazer o que desejava: poesia. Mesmo assim, fez alguma coisa, não é favor considerá-lo um dos três maiores poetas de nossa época.

Sua obra é considerada definitiva, aqui e em outras partes do mundo. Cabral, ainda assim, vivia uma pequena amargura, porque a diplomacia ocupava muitos espaços, embora tenha aproveitado sua missão na Espanha para produzir algumas obras-primas. Quando se aposentou, descobriu que tinha tempo demais. Continuou fazendo poesia, mas não era a mesma coisa. Produziu menos, e o que produziu nem sempre o agradava.

Pulando do grande mestre para o cronista medíocre e cansado, uma das desculpas que ele dá – outros cronistas fazem o mesmo – é reclamar da falta de tempo e, sobretudo, da falta de assunto. Muitas vezes vivem a noite escura da alma, de que falava São João da Cruz. A busca pelo assunto é a via dolorosa que termina num calvário.

Pois desta vez, pode faltar tudo na vida – arroz, feijão e pão –, só não falta é assunto. Chega a ser chato, não aguento mais falar de Lula (preso ou solto), de dona Dilma (presidente ou ex-presidente), de toda uma fauna política, econômica e social.

Fugindo desse cardápio indigesto, resta o alienado prazer de assistir aos jogos do Barcelona. Afinal, poucas vezes os amantes do futebol podem admirar um trio atacante formado pelo argentino Messi, o uruguaio Suárez e o brasileiro Neymar. Três latino-americanos que dão honra e glória a uma desprezada região do globo terrestre.

Não dão apenas assunto para quem gosta de ver coisas boas. Se eu tivesse autoridade, sugeriria que dona Dilma, Lula, congressistas e cronistas esportivos vestissem a camisa do Barcelona e melhorassem a vida nacional.

13.3.2016

O felix culpa

"Se Cristo não ressuscitou, é vã nossa fé." A frase é de São Paulo, o convertido da estrada de Damasco, que alguns exegetas consideram o fundador do cristianismo, ou seja, o homem que fez o *blended* do judaísmo, de parte do helenismo e dele mesmo. Contrariando os apóstolos reunidos em Jerusalém em torno de Pedro, levou aos gentios a mensagem que modificaria o Ocidente.

Há contestações sobre a ressurreição do galileu recém-crucificado. Autores como Renan e outros atribuíram o milagre a duas mulheres que espalharam a notícia. O próprio Cristo apareceu a seus discípulos em várias ocasiões. E recriminou um deles que só acreditou quando viu e tocou as chagas de seu Mestre.

Séculos depois, um dominicano fez um poema que considera "feliz" a culpa de Adão e Eva, expulsos do Paraíso terrestre por um pecado que se tornou "original". O poema de São Tomás de Aquino faz parte da liturgia canônica. E, ao longo do tempo, é uma das leituras das missas católicas, musicada por compositores clássicos: "*O felix culpa, quae talem ac tantum habere meruit Redemptorem*" ("Ó, feliz culpa que mereceu tal e tão grande redentor").

A Páscoa é o ponto mais alto do calendário cristão; de certo modo, é a continuação de uma das mais importantes festas do judaísmo, o *Pessach*, que o próprio Cristo comemorou pouco antes de ser traído e morrer no calvário.

Enquanto a Páscoa cristã celebra a ressurreição de seu fundador, o *Pessach* relembra a noite em que os judeus se libertaram do jugo egípcio.

É uma festa de liberdade em que um povo inteiro prefere passar quarenta anos no deserto, mas se liberta do cativeiro.

Agnóstico por convicção, gosto de comemorar as duas páscoas. Evito o terrível cativeiro de me tornar refém de Dilma e Lula. Desejo que ambos se f…

27.3.2016

Em nome do Pai

Em nome das baleias que circulam impunemente nas águas de nosso imenso litoral e estão em condenável fase de extinção; em nome do formidável rio São Francisco, que nunca será desviado para matar a sede de nossos irmãos nordestinos; em nome do padre Cícero, que intercede junto ao Senhor a favor dos mesmos e briosos nordestinos que são personagens obrigatórios de nosso cinema nacional; em nome do Pai, do Filho e do Espírito Santo, homônimo do estado que tem seu santo nome; em homenagem ao pornográfico autor teatral, biografado pelo Ruy Castro e que gostava de citar as cotias do jardim da praça da República; em nome das mesmas cotias que nunca fizeram mal a ninguém; em nome dos lixeiros deste país, que esquecem o lixo na porta das casas que nunca contribuem para as festas do Natal e do próspero Ano-Novo; em nome da bondosa e pia catequista de Japeri, dona Dilma dos Santos Anjos, nascida Carmen Sardinha; em nome de Moerís Paiva Gonçalves, que iniciou todos os meninos da rua Cabuçu nas artes da fornicação; em nome dos valorosos Soldados do Fogo que chegam atrasados para, segundo os jornais, "debelar os focos das chamas" – segundo os mesmos jornais: em nome da caridosa irmã Zélia, que merece a glória dos altares, mas que o governo brasileiro não tem dinheiro nem para pagar as custas do processo que corre no Vaticano; em nome de meu compadre Augusto Pinheiro, cuja cara e cujos óculos são parecidos com cara e óculos de meu filho Benjamim, que por sinal já nasceu de óculos; em homenagem póstuma a Dana de Teffé, cujos ossos nunca foram encontrados; em homenagem às antigas e falecidas palmeiras do mangue que não viviam nas areias de Copacabana; finalmente, em nome de mim mesmo, que não votei "sim" nem "não" para mudar e continuar como sempre fui.

24.4.2016

Maria Antonieta

Não sei quem disse pela primeira vez que Deus escreve certo por linhas tortas. Pessoalmente, acho que é ao contrário: Deus sempre escreve errado por linhas que às vezes são certas. De qualquer forma, os acontecimentos desta semana trágica são uma prova que dá razão às duas versões e deixam Deus numa situação parecida com a de Eduardo Cunha: não se pode mais confiar nos dois, nem em Deus nem em Cunha. Muito menos em mim.

O afastamento de Dilma Rousseff é a prova de ambas as hipóteses. Sofreu um impeachment por uma causa que está sendo e será por muito tempo discutida: crime de responsabilidade. É um assunto que pode ser discutido até que a vaca tussa. As pedaladas fiscais também podem ser discutidas até um século antes do Nada.

No entanto, seu afastamento não foi injusto; pelo contrário, foi uma medida útil e necessária para o bem do povo e do Brasil. Ela entrou em campo substituindo Lula, que é ao mesmo tempo o titular e o dono do PT que ficou desmoralizado. Bem ou mal, em seus oito anos de governo, ele fez coisas boas, apesar da pretensão de fazer de seu partido o dono absoluto e eterno do poder. Por muitos motivos, quebrou a cara ao indicar um poste de saias para levar adiante seu plano mirabolante.

Bem verdade que a nação não afastou dona Dilma por causa das pedaladas fiscais e muito menos por causa de um crime de responsabilidade. A causa única e bastante para seu afastamento foi sua incompetência e sua arrogância, que criaram milhões de desempregados sem criar um mercado de trabalho para absorvê-los. Pelo contrário: jogou o Brasil no fundo do poço com a desculpa de alguns planos sociais, que na verdade foram criados por seu antecessor.

Maria Antonieta tentou impedir a Revolução Francesa mandando dar brioches ao povo faminto. Não adiantou. Terminou na guilhotina.

15.5.2016

Agora vai

Durante anos, eu atribuía as desgraças do Brasil ao fato de não terem encontrado os ossos de Dana de Teffé, assassinada há uns quarenta anos pelo amante e advogado Leopoldo Heitor. O Brasil inteiro atribuía ao desaparecimento de Dana todos os problemas que entravavam seu progresso.

Dana de Teffé era uma bailarina que pertencia ao grupo do Marquês de Cuevas, na época a companhia de balé mais famosa do mundo. Encerrada sua carreira, ela se tornou espiã de vários Estados fascistas, que eram muitos nos anos 1930 e 1940.

Leopoldo Heitor era um gênio. Levou sua amante para um passeio de carro. Dana nunca mais apareceu, nem viva nem morta. O Brasil comprou equipamentos especiais para revolver a terra de todo o território nacional. Encontraram ossos de galinhas, de cachorros, de gatos e de alguns fetos em que os pais deram sumiço.

Examinados por peritos internacionais, nenhum desses ossos eram de Dana de Teffé. Os jornais noticiavam seu desaparecimento em manchetes indignadas. Dana era rica, e Leopoldo Heitor ficou com todos os bens dela, que eram muitos.

Eis que, nesta semana, a *Folha* me encaminhou uma mensagem de leitor anônimo sobre o caso que empolgou o país, afirmando que a ossada de Dana de Teffé fora achada em Paraty, na antiga casa de Leopoldo Heitor. Um relógio com o nome de Dana foi encontrado entre os ossos. A casa fica no largo de Santa Rita, atrás da cadeia velha.

Houve um precedente esportivo. O Vasco era o "expresso da vitória" e deu uma surra de 12 a 0 no Andaraí, clube que não mais existe. Um torcedor do time derrotado enterrou um sapo no estádio vascaíno, o Vasco nunca mais venceu o Andaraí. O resgate dos ossos de Dana certamente fará o Brasil encontrar seu desenvolvimento sustentável.

5.6.2016

Testamento

O tempo, as injúrias e as porradas dos "mil acidentes da carne" (Shakespeare) me obrigaram a cometer um crime que nunca passara por minha preocupação: fazer um testamento. Há exemplos notáveis que fazem parte da literatura universal, incluindo o teatro e o cinema. *Gianni Schicchi*, episódio de Dante que Puccini musicou, *A mandrágora*, de Maquiavel, a própria Bíblia que narra a compra de uma sucessão por um prato de lentilhas ("Esaú e Jacó").

Não tenho terras, impérios e direitos herdados, a não ser "a vergonha, que é a 'herança' maior que meu pai me deixou" (Lupicínio Rodrigues). Mesmo assim, com alguns furos que fazem parte da condição humana.

Bombardeado por um tombo que recentemente levei na Alemanha, durante a Feira do Livro em Frankfurt, desconfiei que era tempo de cometer mais um dos muitos crimes que fazem parte de minha lamentável biografia.

Perguntaram-me se eu já tinha feito meu testamento. Uma hipótese igual à pergunta: por que não me casei com a rainha da Inglaterra? Por que não fui preso pela operação Lava Jato e por que não abri uma conta na Suíça?

Não há de ser nada. De qualquer forma, pensei em repetir Rabelais: "Não tenho nada, devo muito, o resto deixo para os pobres". Os pobres são mesmo pobres, apesar de Lula e Dilma Rousseff garantirem que não há mais pobres no Brasil. Se forem esperar uma herança vinda dos céus ou de meu bolso, estão fodidos.

Pensando bem, o melhor é não fazer testamento nenhum. Ninguém brigará pelos bens que não tenho, a não ser algumas besteiras que escrevi por aí, mas sem valor no mercado.

Mesmo assim, ganhei de um vizinho uma pistola Mauser com a qual ele pretendia se suicidar. Nunca a usei para fim nenhum, nem mesmo para mim. Só a usarei se for obrigado a ser técnico da seleção nacional.

14.8.2016

O heroísmo de Carlos Alberto Torres

Acompanhei a carreira de Carlos Alberto Torres desde que ele foi, se não me engano, pentacampeão dos juvenis do Fluminense. Sempre achei estranho que todos os atletas, principalmente os jogadores de futebol, tivessem um nome reduzido a um só: Garrincha, Pelé, Didi, Romário, Neymar etc.

Curiosamente, desde garoto, Carlos Alberto Torres não era Carlos nem Alberto, tampouco Torres. Era e sempre foi, até o fim, Carlos Alberto Torres. Passou por vários clubes, até no exterior, e nunca foi identificado como um jogador desse ou de outro clube. Era sempre Carlos Alberto Torres.

Com ele, todos nós vivemos um dos instantes mais emocionantes da Copa do Mundo de 1970, quando o Brasil se tornou tricampeão no México. É um dos momentos mais sagrados de um jogo que, em plena ditadura militar, fez o Brasil viver um instante de glória, unindo desde o presidente da República, o general Médici, um dos expoentes do regime militar, até os presidiários recolhidos em quartéis de alta segurança.

O Brasil venceu a Itália por 4 a 1, o quarto gol foi a maravilha que todos nós lembramos quando vemos o lance que consagrou o Brasil como a pátria das chuteiras. A cena é um dos logotipos do orgulho nacional.

Pelé, na meia-lua da Itália, nem olhou para trás. Se olhasse, veria Carlos Alberto Torres saindo lá da defesa do Brasil para encher o pé com uma precisão antológica. Foi o quarto gol do Brasil em um dos momentos que proporcionou a todos nós uma pausa na fossa nacional provocada pelo regime militar.

Foi mais do que um grito de vitória. O brasileiro deixou de ser um vira--lata na história, e foi dado a cada um de nós um orgulho que, infelizmente, pouco durou. E Carlos Alberto Torres penetrou no sagrado átrio de nossos heróis.

30.10.2016

Uma tragédia que poderia ser evitada

Nunca uma causa banal provocou uma comoção generalizada em quase todo mundo. Não adianta procurar nem punir culpados – pelo menos até agora, não se pode atribuir o desastre da Chapecoense ao imperialismo americano, ao Estado Islâmico nem à turma da Lava Jato.

Quando foi aberto o complexo do túnel Rebouças (quatro galerias ligando a zona sul à zona norte), o governo do Rio de Janeiro colocou caminhões-pipas com gasolina para atender aos carros que, por isso ou aquilo, ficavam sem combustível e provocavam grandes acidentes.

Evidente que isso não podia ser aplicado ao tráfego aéreo, o abastecimento no ar só é possível em casos de guerra ou exercícios aeronáuticos. Ainda assim, é inegável que houve culpa do piloto ou da estrutura do aeroporto de partida.

O pessoal de terra não abasteceu devidamente o avião sinistrado, o plano de voo era falho e, finalmente, o piloto não levou em conta o marcador de combustível bem à frente, no painel que orienta o voo.

Esse é o lado triste que precisa ser investigado. Não se pode dizer que houve um lado bom no desastre da Chapecoense.

Contudo, ao lado da comoção provocada pelo acidente, o episódio também comoveu todos aqueles que, independentemente de nacionalidades, religiões e preferências esportivas, foram brutalizados pelo acidente na Colômbia.

Do papa ao humilde operário das ruas, todos ficaram emocionados com a tragédia, uma tragédia estúpida que matou 71 pessoas, na maioria jovens atletas que se iniciavam na vida profissional.

A multidão de colombianos que compareceu ao estádio em Medellín demonstrou que nem tudo está amortecido na alma humana. Um erro banal, não se sabe ainda de quem, provocou não apenas uma tragédia, mas um momento de solidariedade afetiva e comovente.

4.12.2016

Descobri que nada de comum havia entre meus dois nascimentos

Nasci duas vezes. A primeira, como todo mundo. A segunda, na passagem dos dezenove para os vinte anos, quando saí do seminário. Procurei encontrar um nexo entre os dois nascimentos e, curiosamente, descobri que nada de comum havia entre eles. Exceto o medo, que foi bem maior no segundo. No primeiro, faltou-me lucidez para entender por conta própria as coisas – eu as aceitava com uma curiosidade que só não era plácida porque não as entendia.

Isso não quer dizer que passei a entender alguma coisa depois. Apenas deixei de me preocupar com isso. No fundo – pensava –, os outros também não entendiam nada, e todos continuavam vivendo. Alguns alucinados até que acham graça nisso.

Olhando tudo em conjunto, houve momentos em que também me diverti com a vida, sobretudo quando sentia que a vida se divertia comigo. Por exemplo, no dia em que, tentando tocar um prelúdio de Palestrina, decidi improvisar e comecei a tocar aquilo que me parecia que fossem escalas em tom maior. De repente, surgiu um fiapo de melodia, e eu a persegui, achando que criava, então, alguma coisa parecida com um oratório. O professor que me dava aulas olhou espantado para mim e perguntou:

— Onde você ouviu isso?

Ia responder que tentava seguir uma sequência de notas, a melodia surgira sem querer, sem que eu a buscasse.

— Isso é o *"Gloria"* da *Messa pro papa Marcello!*

Nunca ouvira essa música nem sequer sabia que existia uma peça com esse nome, muito menos com aquela melodia. Corrigiu a posição de minha mão esquerda, apoderou-se do banco, expulsando-me com seu corpo.

Fez uma variação complicada, mudou com habilidade o tom maior para o menor, empurrou alguns registros e abriu outros, respirou fundo e engrenou a melodia. Só então entendi que se tratava da missa de não sei quem nem para quem.

8.1.2017

Dois de cada espécie

"Qual é a obrigação de um gato quando encontra um rato?" Em princípio, a frase poderia ser de Santo Agostinho, que gostava de coisas assim, mas com outro conteúdo, tornando-se um dos gênios da Antiguidade. Outro que poderia ter dito o mesmo seria o Padre Antônio Vieira, o imperador de nossa língua, que tinha estilo igual, mas sempre com significado diferente.

Contudo, a frase e o conteúdo são de Adolf Hitler, explicando a razão e a falta de razão para tornar-se o maior assassino da história. A desvantagem dos ratos é que não souberam criar as liminares que atualmente, a custo de jatos, tentam lavar a corrupção política e empresarial, mais nefasta e letal do que a febre amarela e os atrasos dos aviões de carreira.

Quando o Criador desconfiou que pisara na bola ao fazer o homem, deu uma de juiz Sergio Moro, que tem procurado consertar as coisas na face da Terra. Como arquiteto naval primitivo, Deus escolheu Noé, o único justo na face da Terra, para fazer uma arca, dando-lhe até o número de côvados que cada espaço devia ter para abrigar todos os animais, um casal de cada espécie.

Evidente que dificilmente Sergio Moro ou o Supremo Tribunal Federal, dando ou não dando liminares justas ou injustas, terão tecnologia e *know-how* o bastante para salvar do tsunami da corrupção um Noé e os animais, dois de cada espécie.

Sugiro ao presidente Michel Temer, embora não tenha autoridade para isso, a contratação urgente de uma orquestra de violinos, igual à do Titanic, para tocar desde "Danúbio azul" até "Tico-tico no fubá" em arranjo do maestro Antonio Carlos Jobim. Justo no momento em que afundaremos no dilúvio da corrupção, mas com a vantagem de levarmos animais, dois de cada espécie.

12.2.2017

Se eu morrer amanhã

Se eu morrer amanhã, não levarei saudade de Donald Trump. Também não levarei saudade da operação Lava Jato nem do mensalão. Não levarei saudade dos programas do Ratinho, do Chaves, do Big Brother em geral. Não levarei nenhuma saudade do governador Pezão nem do porteiro de meu prédio.

Se eu morresse amanhã, não levaria saudade do rock, dos sambas-enredo do Carnaval, daquela águia da Portela nem dos discursos do Senado e da Câmara, incluindo principalmente as assembleias estaduais e a Câmara dos Vereadores.

Se eu morrer amanhã, não levarei saudades dos buracos da rua Voluntários da Pátria, das enchentes do Catumbi, dos técnicos do Fluminense, dos juízes de futebol, da Xuxa nem das piadas póstumas do Chico Anysio. Não levarei saudade do imposto de renda nem dos demais impostos, muito menos levarei saudade das multas do Detran.

Não levarei saudade da vizinha que canta durante o dia uma ária de Puccini ("*o, mio babbino caro*") que ela ouviu num filme do Woody Allen. Aliás, também não levarei saudade do rapaz que mora ao lado e está aprendendo a tocar bateria.

Não levarei saudade das cotações da Bolsa, das taxas de inflação nem das dívidas externas do Brasil. Não levarei saudade dos pastéis das feiras livres nem das próprias feiras livres, também não levarei saudade dos blocos de índio que geralmente fedem mais do que os verdadeiros índios.

Não levarei saudade dos lugares em que não posso fumar, das lanchas de Paquetá nem dos remédios feitos com óleo de fígado de bacalhau. Não terei saudades das mulheres que usam silicone e blusas compradas no Saara.

Enfim, não levarei saudade de mim mesmo, de meus fracassos nem minhas dívidas. Finalmente, não terei saudades dos milagres dos pastores evangélicos nem de um mundo que cada vez fica mais imundo.

5.3.2017

Governar o Brasil não é difícil nem impossível: é inútil

Benito Mussolini terminou seus dias na face da Terra numa posição incômoda: pendurado de cabeça para baixo num gancho de açougue. Um fim de vida coerente com uma de suas frases mais famosas: "Governar a Itália não é difícil, é impossível". Menos trágicos, os presidentes do Brasil, mesmo sem o fim lastimável do ditador italiano, poderiam dizer: "Governar o Brasil não é difícil nem impossível: é inútil".

Citando Suetônio, poderíamos dizer que os doze césares tiveram as mesmas dificuldades dos presidentes dos dias de hoje. Um deles resolveu seus problemas e os problemas do Império Romano nomeando um cavalo para senador, que nada ficou devendo aos senadores que o sucederam.

Ernest Renan, em meu entender o maior estilista da língua francesa, considerou a linhagem dos Pios não só o melhor período do Império como o período mais feliz da humanidade de seu tempo. Teve razões para isso, uma vez que seus antecessores e seus sucessores, segundo Cesare Cantù, não eram coisas que prestassem.

Falta ao Brasil um Suetônio e um Cantù, apesar de termos césares demais. Somente para ficar no ano da graça de 2017, temos três ex-presidentes e estamos na iminência de termos mais um, além de outros que estão na fila.

Nenhum deles ficou pendurado num gancho de açougue, mas tivemos um suicida, um louco que renunciou, outro que foi exilado e dois que foram impedidos. Disso tudo, resultou que o Brasil pode ter governantes em excesso, que prometerão pão e leite para todos, descobrirão a inutilidade do leite e do pão, mas farão licitações que abastecerão corruptos e corruptores.

Um ex-presidente que foi exilado dizia que governar era abrir estradas. A maioria preferiu abrir as burras da nação, tornando inúteis suas promessas e nomeando cavalos para os altos escalões.

18.6.2017

A raiz dos ódios

Segundo os entendidos, são mais de 8 mil anos do predomínio dos homens no planeta Terra. Pelo calendário gregoriano, são 2017 anos que o cristianismo, religião dominante no Ocidente, prega a igualdade entre os seres humanos, condenando a violência, o racismo e a superioridade de uma raça sobre a outra.

Infelizmente, o atentado desta semana em Barcelona mostrou, mais uma vez, que a humanidade pode superar a brutalidade de certos animais. Nesse particular, tivemos recentemente os casos mais dolorosos da raça humana: o Holocausto nazista, a tragédia de Guernica (na própria Espanha) e os diversos atentados em várias cidades e regiões do mundo em pleno século XXI.

Praticamente a cada ano uma grande cidade é devastada por criminosos que, invocando deuses e territórios, colocam a raça humana no mesmo nível dos animais ferozes. O atentado atribuído até agora ao Estado Islâmico é uma prova de que estamos longe de uma sociedade justa. O noticiário desses dias cita os detalhes da carnificina em Barcelona, que se somam às barbaridades de Londres, Nice, Estocolmo, Berlim, Paris, Bruxelas, Munique, Manchester e outras cidades que consideramos civilizadas.

Nesta semana, os atentados de Barcelona e Charlottesville, invocando a supremacia de uma raça sobre outra, demonstram que, em pleno século XXI, a sociedade não aprendeu nem quis aprender os fundamentos básicos da fraternidade que tornariam o mundo mais justo e digno.

Não adiantaram o sonho de Martin Luther King, Nelson Mandela, Mahatma Gandhi e Jesus Cristo. Com lamentável periodicidade, somos obrigados a admitir o bárbaro estágio em que ainda vivemos.

Infelizmente, o atentado em Barcelona nesta semana não será o último. A raiz dos ódios não foi extirpada dos corações humanos.

20.8.2017

A cabana do pai Donald Trump

Harriet Beecher era uma professora que tentava a literatura. Escrevia pequenas novelas sentimentais, ao gosto dos folhetins franceses e ingleses que chegavam em massa da Europa. Certa tarde, presenciou uma cena de crueldade: a flagelação de um escravo. Revoltada com o que viu, começou naquela noite mesmo seu romance.

Publicou-o primeiro em folhetim – The National, de Washington –, depois em livro. E sua indignação era tão veraz, tão humana e bela que imediatamente despertou polêmica e curiosidade. Foi processada pelas autoridades, e sua vida particular foi algumas vezes ameaçada.

Anos mais tarde, Lincoln, já empossado na Presidência da República, recebeu a professorinha em seu gabinete. Saudou-a com estas palavras, que ganharam a história:

— Então, foi a senhora quem provocou a guerra civil!

O problema racial nos Estados Unidos, além de ter provocado uma guerra, continuou sem solução. Com a eleição de Barack Obama, não faltaram aqueles que julgavam encerrado o Uncle Tom, ou seja, a submissão da raça negra aos diversos segmentos da raça branca, tornando-se notável a Ku Klux Klan.

Até hoje são inúmeros os casos policiais que matam negros pelas costas. O sonho de Martin Luther King foi cortado violentamente por seu assassinato.

Donald Trump não é negro, a menos que pinte seu cabelo com tinta mais ou menos loura. Ele foge do padrão de outros presidentes, para o bem e para o mal. A ideia do muro separando o México dos EUA é uma medida sinistra. Em todo caso, ainda não manifestou o desejo de invadir outros países que, na opinião dele, podem prejudicar a noção que ele tem do poderio americano.

Provavelmente ele nunca leu A cabana do Pai Tomás. Aliás, a impressão que dá é que nunca leu livro algum.

3.9.2017

A morte da bezerra

A melhor solução quando um cronista não tem assunto é escrever sobre a morte da bezerra. No entanto, se fosse seguir a regra, eu matava todas as bezerras do mundo. Felizmente, tenho bezerras preferenciais. São duas fotos e dois fatos que frequentam minha necessidade de pelo menos matar duas delas.

A primeira é a foto do ex-presidente Clinton, Arafat (líder palestino) e Yitzhak Rabin (primeiro-ministro de Israel). Os três apertam as mãos selando uma paz que nunca houve. Lembro-me da delicadeza de Clinton com a mão no ombro de Arafat, convidando-o a entrar primeiro na sala da reunião que parecia o fim de uma guerra que ainda não acabou.

Rabin foi assassinado por um judeu, Arafat pode ter sido envenenado, e Clinton ficou desmoralizado pelo boquete mais famoso da história. Pulo no tempo e vejo Donald Trump e Putin de mãos dadas tentando resolver o problema da Coreia do Norte, que pode se transformar num abacaxi atômico.

Ao longo da história, Brutus apunhalou César pelas costas, tentando moralizar o Império mais imoral da história. Como se vê, não faltam bezerras para qualquer cronista sem assunto. Acredito que há bezerras suficientes para o cronista sobreviver no duro ofício de comentar atos e fatos – que foram, aliás, o título de um livro que escrevi em 1964, que me rendeu seis prisões consecutivas, um autoexílio em Cuba e, como sobraram algumas bezerras, consegui comprar uma casa em Teresópolis.

Sou pessimista desde o dia em que o dr. Heitor Machado Silva ajudou a me botar neste mundo. Sempre disse que o otimista era um cara mal-informado. O que há de bezerras dando sopa, desde que Noé colocou duas numa arca que devia até hoje estar no fundo do mar, em situação pior do que a do Titanic! Que as bezerras me perdoem, à custa delas pretendo comprar um carro novo.

8.10.2017

Da circunstância de ser corno

O corno é, antes de tudo, filho de corno e amigo de outro. Onde a primeira consubstancial verdade: ser corno é hereditário e contagiante.

Que vem a ser homem adequado? A mulher é bonita, moça, rica, filhos sadios que ganham medalhas em exposições de puericultura, como os touros recebem faixas nas de pecuária. Tem amantes à vontade – é o próprio marido que lhe reconhece a capacidade –, e eis a questão: o que será um homem adequado a semelhante mulher? O marido não fora adequado apesar do muito que se amaram, das oportunidades, das viagens ao redor do mundo. O que a mulher procurava e exigia era um homem adequado.

Homem adequado deve ser isto: um vice-marido. Um homem que aceite ser concubino de determinada mulher, se submeta à hierarquia humildemente, sabendo que ocupa na vida da mulher um lugar mais burocrático que romântico.

As causas mais comuns à briga entre dois amantes estão aí: o homem entra com sua fúria inicial, quer a mulher todos os dias, a todas as horas. A mulher não quer perder nem o amante nem o marido, encontra dificuldade em colocar o amante no ritmo a que se impôs, dentro de sua adequação, isso se não cansar antes. O homem, se cansar, vai procurar outra, e a mulher sabe disso.

Surge, então, a necessidade do vice-marido. E ao dizer vice-marido entenda-se tudo o que deve ser um marido pela metade, inclusive no sadio tédio que deve inspirar a uma mulher honesta. Bem, a mulher desonesta ou será imbecil e nunca terá amante, ou será esperta demais e quererá ter todos.

Sobra esta pouca verdade: a mulher inspira bons poemas e péssimas filosofias – basta atentar a isso de homem adequado. E, encontrado tal espécime, não desejará outra coisa senão ter paz de espírito e de carne para, à noite, botar a cabeça no travesseiro e dormir sossegada.

22.10.2017

Procura-se um homem

Há 2 mil anos, o filósofo grego Diógenes saiu de casa com uma lanterna na mão. Como o sol brilhava naquela manhã, todos perguntavam a ele a razão de levar uma lanterna e por que fazia isso. Diógenes respondia: "Procuro um homem". Segundo ele, não havia nenhum homem nas ruas nem nos lugares públicos. Diz a lenda que não encontrou nenhum, todos eram incompetentes ou corruptos.

Hoje, qualquer Diógenes pode fazer o mesmo e não encontrará nenhum homem, porque todos parecem incompetentes e desonestos. Pode ser exagero, mas terá razão. Nenhum daqueles considerados como homens seria encontrado. Os possíveis candidatos não eram dignos da classificação "homem".

Quem hoje fizesse o mesmo também não encontraria um homem digno de responder à ou comentar a pergunta do filósofo. Evidente que existem homens no cenário nacional, mas todos recusariam a classificação "homem".

Tenho um amigo que já ocupou cargos importantes na administração pública e não aceitaria a condição de homem. Ele temeria as delações premiadas, ou não, e evitaria o vexame de ser preso ou exilado. Receberia cheques, planilhas e sugestões que, antes de chegarem a sua mesa de trabalho, teriam passado por subordinados, desde os porteiros até os assessores mais graduados.

Não teria tempo nem condições de examinar as propostas que sugeriam propinas e medidas criminosas. Esse amigo não aceitou o convite por não saber o que fazer. Era o homem que duvidaria de todos os outros homens capazes de propor ou realizar as sugestões recebidas, com receio de serem considerados como ladrões e serem presos pelos tribunais ou pela operação Lava Jato.

Nas investigações da polícia ou dos tribunais superiores, seria considerado corrupto e ladrão e acabaria no presídio da Papuda.

5.11.2017

Uma carta e o Natal

Este será o primeiro Natal que enfrentaremos pródigos e lúcidos. Até o ano passado, conseguimos manter o mistério – e eu amava o brilho de teus olhos quando, manhã ainda, vinhas cambaleando de sono em busca da árvore que durante a noite brotara embrulhos e coisas. Havia um rito complicado e que começava na véspera, quando eu te mostrava a estrela em que Papai Noel viria, com seu trenó e suas renas, abarrotado de brinquedos e presentes.

Tu ias dormir, e eu velava para que dormisses bem e profundamente. Tua irmã, embora menor, creio que me embromava: na realidade, ela já devia pressentir que Papai Noel era um mito que nós fazíamos força para manter em nós mesmos. Ela não fazia força para isso, e, desde que a árvore amanhecesse florida de pacotes e coisas, tudo dava na mesma. Contigo era diferente. Tu realmente acreditavas em mim e em Papai Noel.

Na escola, te corromperam. Disseram que Papai Noel era eu – e eu nem posso repelir a infâmia e o falso testemunho. De qualquer forma, pediste um acordeão e uma caneta – e fomos juntos, de mãos dadas, escolher o acordeão.

O acordeão veio logo, e hoje, quando o encontrar na árvore, já vais saber o preço, o prazo de garantia, o fabricante. Não será o mágico brinquedo de outros Natais.

Quanto à caneta, também a compramos juntos. Escolheste a cor e o modelo e abasteceste de tinta para "já estar pronta" no dia de Natal. Sim, a caneta estava pronta. Arrumamos juntos os presentes em volta da árvore. Foste dormir, eu quedei sozinho e desesperado.

E apanhei a caneta. Escrevi isto. Não sei, ainda, se deixarei esta carta junto com os demais brinquedos. Porque nisso tudo o mais roubado fui eu. Meu Natal acabou, e é triste a gente não poder mais dar água a um velhinho cansado das chaminés e dos tetos do mundo.

31.12.2017

Índice remissivo

11 de Setembro 191
2001: *uma odisseia no espaço* (Stanley Kubrick) 134

A
Aarão 59
Abin – Agência Brasileira de Inteligência 35
Ademir [Marques de Menezes] 36, 213, 227
Aeronáutica do Brasil 148, 189, 206
Agostinho, Santo 49, 74, 145, 244
Agripina Menor 106
Aids 86, 152
Air France 118, 134
Alagoas 112
Alaska, galeria (Rio de Janeiro) 186
Alemanha 31, 53, 108, 208, 222, 240
Alighieri, Dante 240
Allen, Woody 88, 245
Allende, Salvador 179
Almanaque Capivarol 202
Almeida, João Ferreira de 103
Alpes 164
Alves, Márcio Moreira 118
Amazônia 61, 80, 109, 164
América Futebol Clube 224

América Latina 125, 133, 233
Anapolina, Associação Atlética 36
Andaraí Esporte Clube 239
Andrade, Joaquim Pedro de 65
Aníbal, general [Cartago] 165
anjo azul, O (Josef von Sternberg) 108
antissemitismo 228
Antonioni, Michelangelo 44, 88
Anysio, Chico 245
"Aquarela do Brasil" (Ary Barroso) 197
Aquino, São Tomás de 200, 236
Arafat, Yasser 249
Araguaia, guerrilha do 150
Aranha, Osvaldo 230
Argentina 212
Aristóteles 56
Arpoador, praia do (Rio de Janeiro) 218
Athayde, Austregésilo de 141, 211
Atlântica, avenida (Rio de Janeiro) 85
Atlântico, oceano 58
ato e o fato, O (Carlos Heitor Cony) 207
Ato Institucional nº 5 – AI-5 108, 170
Aurélio, dicionário 196
Austrália 218
Avenida Central, edifício (Rio de Janeiro) 35
Azevedo, Aluísio 131

B

Bach, Johann Sebastian 147, 155
Bagdá (Iraque) 66
Bahia 118
baile da ilha Fiscal 110
Baixada Fluminense (RJ) 112
Balada do cárcere de Reading (Oscar Wilde) 215
Báltico, mar 171
Banco Mundial 213
Bando da Lua 135
Bangu Atlético Clube 97
Barbosa, Joaquim 210, 213
Barbosa de Oliveira, Rui 39, 69
Barca, família (Cartago) 164
Barcelona (Espanha) 222, 247
Barcelona [clube espanhol] 235
Bardot, Brigitte 111, 165
Bariloche (Argentina) 89
Barra da Tijuca [bairro, Rio de Janeiro] 70, 218
Barra do Piraí (RJ) 32
Barros, J. A. de 193
Barroso, Ary 22, 111, 142, 200, 211
Base aérea do Galeão 189
Bastos Tigre, Manuel 24
batalha de Argel, A (Gillo Pontecorvo) 108
Batista, Agenor Fernandes 84
Batista, Tarlis 33
Bauer, Peter 207
Beauvoir, Simone de 70
Beckenbauer, Franz 36
Beecher, Harriet 248
Belo Horizonte (MG) 94
Bentley, Robert 208

Bento XVI, papa 120
Bergman, Ingmar 88
Bergman, Ingrid 88
Berlim (Alemanha) 113, 180, 217, 247
Berlin, Irving 197
Bernini, Gian Lorenzo 59
Bíblia 32, 103, 197, 240
Biblioteca Nacional 128, 207
Bigode [João Ferreira] 227
Bilac, Olavo 24, 195
bin Laden, Osama 178-9
Blanc, Julien 218
Bloch, Adolpho 113, 193
Bocage, Manuel Maria Barbosa du 180
Boff, Leonardo 183
"Bolinha de papel" (Geraldo Pereira) 111
Bolívia 100
Bonaparte, Napoleão 32-3, 87, 134
Bonhams, casa 32
Bono Vox (U2) 61
Borromini, Francesco 59
Botafogo de Futebol e Regatas 178
Boulevard 28 de Setembro (Rio de Janeiro) 223
Braga, Rubem 101, 179, 199
Braguinha [Carlos Alberto Ferreira Braga] 78
Braque, Georges 157
Brasileirão [Campeonato Brasileiro de Futebol] 146
Brasília (DF) 20, 31, 33, 37, 42, 48, 85, 97, 131, 145, 148, 156, 193
Brecht, Bertolt 186
Brizola, Leonel 155
Broadway (Nova York) 191
Brutus, Marcus Junius 249

Bruxelas (Bélgica) 247
Buarque de Holanda, Chico 64
Bulgária 209
Búzios (RJ) 79

C

cabana do Pai Tomás, A (Harriet Beecher) 248
Cabaret (Bob Fosse) 113
Cabral, Pedro Álvares 177
Cabuçu, rua (Rio de Janeiro) 224, 233, 237
Cachoeira, Carlinhos 198
Cafeteira, Epitácio 83
Cafu [Marcos Evangelista de Moraes] 69
Cairo (Egito) 100
Calabouço, ponta do (Rio de Janeiro) 101
Câmara, dom Hélder 213
Câmara dos Comuns (Reino Unido) 214
Câmara dos Deputados (Brasil) 20-1, 42, 119
Câmara dos Vereadores (Rio de Janeiro) 245
Caminha, Pero Vaz de 30
Campos, Roberto 141
Campos de Carvalho, Walter 209
Camus, Albert 222
Cantareira & Viação Ltda. 188
Cantù, Cesare 246
Capela Sistina (Vaticano) 225
Capitu (Machado de Assis) 111, 204
Cappio, bispo Luiz 97
Capri, ilha de (Itália) 222
Cápua (Itália) 164
Cara de Cavalo [Manoel Moreira] 198
Cardim, Lúcio 22

Cardoso, Fernando Henrique 56, 76, 81, 122, 170, 178, 220
Carequinha, palhaço 62
"Carinhoso" (João de Barro e Pixinguinha) 40
Carioca, rio 112
Carlitos [Charles Chaplin] 161
Carnaval 20, 23, 62, 69, 79, 98, 116, 128, 160, 194, 207, 221, 234, 245
Cartago 105, 164
Casa Civil 208
Cáspio, mar 233
Castelo Branco, Humberto de Alencar 230
Castro, Fidel 99, 108, 183
Castro, Ruy 160, 204, 237
Castro Alves, Antônio Francisco 34
Catumbi (Rio de Janeiro) 165, 213, 245
Cavalcanti, Severino 34
Cazuza [Agenor de Miranda Araújo Neto] 28
Ceará 110
Chacrinha [José Abelardo Barbosa de Medeiros] 61
Chapecoense [Associação Chapecoense de Futebol] 242
Chaplin, Charles 184, 217
Charlottesville (EUA) 247
Chaves [programa de TV] 245
Chico Picadinho [Francisco da Costa Rocha] 198
Chile 164, 173
China 116, 131, 221
Chopin, Frédéric 59
CIA – Central Intelligence Agency 108
Cícero, Marco Túlio 183
Cidadão Kane (Orson Welles) 184
Cidade de Deus (Rio de Janeiro) 131

Cinelândia (Rio de Janeiro) 207
Civilização Brasileira [editora] 138
Civitavecchia, porto de (Itália) 187
Clinton, Bill 249
Código Canônico 129
Código Florestal Brasileiro 179
Coelho, Paulo 94, 209, 212
Collor de Mello, Fernando 137, 155
Colômbia 242
Colombo, confeitaria (Rio de Janeiro) 177
Comissão da Verdade 148, 189
Comitê Olímpico Internacional 109
commedia dell'arte 160, 234
Complexo do Alemão (Rio de Janeiro) 163
Comte, Auguste 197
comunismo 35, 137
Concílio de Trento 218
Concórdia, praça da (Paris) 140
Congo Belga [República Democrática do Congo] 223
Congonhas, aeroporto de (São Paulo) 31
Congresso de Viena 95
Congresso Nacional 16, 35, 83, 208
Constituição Federal 56, 90, 155, 201, 230
Cony, Julieta de Morais 119
Copa das Confederações 213, 215
Copa do Mundo de Futebol 146
    1950 212, 227
    1970 241
    1998 194
    2006 75
    2014 94, 212, 214
Copacabana [bairro, Rio de Janeiro] 28, 92, 123, 186
    forte de 130
    praia de 58, 78, 85, 207, 237
    Réveillon de 58, 207

Corcovado (Rio de Janeiro) 140, 144, 176, 223
Cordão da Bola Preta 128
Coreia do Norte 249
Corinthians [Sport Club Corinthians Paulista] 134
Correio da Manhã [jornal] 123, 130, 185, 205, 207, 209
Costa Concórdia [navio] 187
Costa, Flávio 225
Costa, Lúcio 131
Costa e Silva, Artur da 230
Côte d'Azur (França) 165
Couto e Silva, Golbery do 35
cristianismo 54, 155, 197, 236, 247
Cruzeiro, galeria (Rio de Janeiro) 36
Cuba 93, 99, 108, 213, 249
Cuevas, Marquês de [George de Cuevas] 239
Cunha, Eduardo 229-30, 238
Curi, Aída 198, 213
Curitiba (PR) 146
Curso de Preparação de Oficiais da Reserva – CPOR 16

D

Dalí, Salvador 157
Damasco (Síria) 236
Danúbio, rio 112
"Danúbio azul" (Johann Strauss II) 244
Darwin, Charles 174
Davos (Suíça) 152
De Gaulle, Charles 118
De profundis (Oscar Wilde) 215
Del Castilho (Rio de Janeiro) 201
Departamento de Estado (EUA) 35

Departamento de Imprensa e Propaganda – DIP 180
Descartes, René 218
descobrimento do Brasil 30
Diário Oficial da União 205
Dias Gomes, Alfredo de Freitas 137
Dickens, Charles 167
Didi [Valdir Pereira] 36, 241
Dieckhoff, Hans-Heinrich 217
Dieta de Worms 95
Dinamarca 54
Diógenes de Sinope 251
Direito à memória e à verdade 91
Diretas Já 97
ditadura militar (Brasil) 69, 91, 117, 148, 150, 170, 182, 198, 200, 207, 212, 220, 230, 241
Doca Street [Raul Fernando do Amaral Street] 198
Doce, rio 229
Dona Beja [novela de TV] 113
Dönitz, almirante Karl 53
Dornelles, Francisco 187
Dr. Ross, pílulas de vida do 216
Dreyfus, Alfred 208
Drummond de Andrade, Carlos 28, 92, 123, 130, 185
Dunga [Carlos Caetano Bledorn Verri] 94, 229
Duque-Estrada, Osório 143
Düsseldorf (Alemanha) 222
Dutra, marechal Eurico Gaspar 122

E

Eco 92 – Conferência das Nações Unidas sobre o Meio Ambiente e o Desenvolvimento 95, 192

Édito de Nantes 95
Egito 63, 97, 134
Einstein, Albert 102
Eisenstein, Sergei 88
"Ela é fã da Emilinha" (Miguel Gustavo) 62
Eneida (Virgílio) 187
Escadinha [José Carlos dos Reis Encina] 198
escravidão 97, 248
Espanha 31, 101, 176, 213, 230, 235, 247
Estado Islâmico 242, 247
Estado Novo 37, 137
Estados Unidos 25, 35, 42, 97, 120, 125, 178, 197, 208, 217, 248
Estocolmo (Suécia) 247
"Eta dor de cotovelo" (Lúcio Cardim) 22
Europa 45, 113, 180, 248
Evangelho de Lucas 52, 147
Evangelhos 39, 126, 232
Ezequiel, profeta 103

F

Facebook 186
Faculdade de Filosofia da Universidade do Brasil 16
Farias, Paulo César [PC Farias] 23
fascismo 90, 190, 217, 239
Fatos & Fotos [revista] 193
Faustão, Domingão do [programa de TV] 178
"Fechei a porta" (Lúcio Cardim) 22
Feira do Livro de Frankfurt 240
Felipão [Luiz Felipe Scolari] 213, 215
Fellini, Federico 88, 132
Ferreira Alves, Osvino 230

Fifa – Federação Internacional de Futebol 212

Fincantieri [estaleiro italiano] 187

Flamengo, Aterro do (Rio de Janeiro) 205

Flamengo, Clube de Regatas do 213

Floriano Peixoto, marechal 59

Fluminense Football Club 36, 156, 213, 215, 220-1, 224, 241, 245

Folha de S.Paulo 15, 17, 81, 123, 239

"Folha morta" (Ary Barroso) 22

Fontes, Hermes 234

Forças Armadas 80, 132

Ford, John 88

Foster, Maria das Graças Silva [Graça Foster] 220

Fraenkel, Heinrich 190

França 31, 46, 108, 184, 194, 208, 215, 230

France, Anatole 106

Francis, Paulo 220

Francisco, papa 210, 212

Franco, Itamar 81

Frank, Hans 53

Frank, Michel Albert 198

Fred [jogador de futebol] 213, 215, 220-1

Freud, Sigmund 59

Friaça [jogador de futebol] 227

Frias de Oliveira, Octavio 81

Frineia (Grécia antiga) 195

Fundo Monetário Internacional – FMI 47

G

Galeão, aeroporto do 176

Gandhi, Mahatma 247

Garcia, Alexandre 193

"Garota de Ipanema" (Tom Jobim e Vinicius de Moraes) 72, 111

Garrincha, Mané [Manuel Francisco dos Santos] 241

Gaspari, Elio 33, 220

Gaza, faixa de (Palestina) 228

Geisel, Ernesto 230

Gênesis (Bíblia) 174

Gershwin, George 191

Gestapo 100

Ghiggia, Alcides 212, 227

Gianni Schicchi (Puccini) 240

Gil, Gilberto 228

Gilberto, João 105, 11, 234

Glória, hotel (Rio de Janeiro) 170

Goebbels, Joseph 53

Göering, Hermann 53, 190

golpe militar de 1964 35, 97, 123, 130, 148, 170, 175, 230

Gonçalves, Dercy 113

Gonçalves, José Esmeraldo 193

Gonçalves Dias, Antônio 126, 205

Goncourt, Edmond de 106

Gonzaga de Sá, M. J. (Lima Barreto) 112

Google 100, 106

Gordon, Lincoln 35

Goulart, João 35, 130, 148

governo Castelo Branco, O (Luís Viana Filho) 208

grande ditador, O (Charles Chaplin) 217

Grande Otelo 65

Grande sertão: veredas (Guimarães Rosa) 200

Granja do Torto (Brasília) 173

Grécia 187, 195

Grêmio Foot-Ball Porto Alegrense 146

Guanabara, Alcindo 194

Guanabara, baía da (Rio de Janeiro) 85, 109, 144, 188, 192

Guanabara, estado da 156

"Guantanamera" (Joe Dassin) 108

Guarulhos, aeroporto de 31

Guernica (Espanha) 247

Guernica (Pablo Picasso) 157

Guerra do Paraguai 213

Guerra do Peloponeso 202

Guerra do Vietnã 97, 108

Guerras Púnicas 17, 105, 164, 203

Guevara, Che 93, 108

Guimarães, Ulysses 155

Guimarães Rosa, João 67, 158, 162, 200, 222

Gustavo, Miguel 62, 216

H

Haiti 80

Hamburgo (Alemanha) 67

Harry Potter (J. K. Rowling) 52

Harvey, Thomas S. 34

Havana (Cuba) 108

Heidegger, Martin 37, 70

Heitor, Leopoldo 239

helenismo 236

Hércules de Miranda [jogador de futebol] 224

Herodes, rei 232

Herzog, Vladimir 150, 181

Hiroshima (Japão) 177, 191

Hitler, Adolf 53, 96, 109, 180, 185, 217, 244

Hollywood (EUA) 210

Holocausto 215, 247

Homero 204

Horácio 49, 187

Hudson Lowe, sir 33

Husserl, Edmund 70

I

Icaraí (Niterói) 188

idade da razão, A (Jean-Paul Sartre) 50

Idade Média 201

Igreja Católica 26, 27, 74, 102, 129, 147, 218

"Ilustrada" (*Folha de S.Paulo*) 15, 127, 191

impeachment 238

imperialismo 93, 149, 242

Império (Brasil) 47, 97, 110, 182, 197

Império Romano 246, 249

Inglaterra 31, 134, 203, 213-4, 240

Instituto Brasileiro de Ação Democrática – Ibad 35

Instituto de Biociências de Osaka 34

Interpol 100

Ipanema [bairro, Rio de Janeiro] 28, 140, 160

Ipiranga, rio 95, 128

Irã 133

Iraque 75, 178

Israel 133, 179, 228, 249

Itaipava (Petrópolis) 226

Itália 127, 215, 241, 246

J

Jacarepaguá [bairro, Rio de Janeiro] 68

Jackson, Michael 136

Jamelão [José Bispo Clementino dos Santos] 22

Japão 34, 42, 177
Jardim Botânico (Rio de Janeiro) 128
Jerusalém 226, 236
Jesus Cristo 23, 52, 63, 105, 132, 147, 157, 174, 194, 247
"Jesus, alegria dos homens" (J. S. Bach) 147, 155
João VI de Portugal, dom 87, 95, 128
João da Cruz, São 235
João Paulo II, papa 26, 73, 228
Jobim, Tom 72, 244
Jubileu de Almeida, dr. (Nelson Rodrigues) 179
judaísmo 54, 197, 236
Judas Iscariotes 232
Julgamento em Nuremberg (Stanley Kramer) 190
Júlio II, papa 225
Júpiter (mitologia) 183
Juvenal [Amarijo] 227

K

Kaká [Ricardo Izecson dos Santos Leite] 69
Kama Sutra 218
Kananga do Japão [novela de TV] 113
Kantha, S. S. 34
Kennedy, John F. 165
Kennedy, Robert F. 165, 178
Kennedy Onassis, Jacqueline 138
Khouri, Walter Hugo 88
Khruschov, Nikita 158
Kierkegaard, Soeren 70
King, Martin Luther 120, 247-8
Kramer, Stanley 190

Ku Klux Klan 248
Kubitschek, Juscelino 33, 85, 122, 138, 157, 181, 188, 206
Kubitschek, Sarah 33
Kubrick, Stanley 134

L

"La donna è mobile" (Giuseppe Verdi) 107, 166
Lacerda, Carlos 156
Lampião [Virgulino Ferreira da Silva] 176
Landru, Henri Désiré 184
Lane, Virginia 180
Lara, Pedro de 64
Lava Jato, operação 229, 240, 242, 245, 251
Leblon [bairro, Rio de Janeiro] 140, 223
Leblon, hotel 223
Lee, Rita 105
Lei da Anistia 140, 220
Leme, praia do (Rio de Janeiro) 218
Leme da Silveira Cintra, cardeal Sebastião 144, 220
Lennon, John 202
Lessin Rodrigues, Cláudia 198
liberalismo 182
Licurgo de Esparta 56
Light and Power Co. 206
"Lígia" (Tom Jobim) 111
Lima Barreto, Afonso Henriques de 112
Lincoln, Abraham 178, 248
Linha Amarela (Rio de Janeiro) 44
Linha Vermelha (Rio de Janeiro) 44, 80
Lins de Vasconcelos [bairro, Rio de Janeiro] 16, 97, 103, 122, 200

Lins de Vasconcelos, rua (Rio de Janeiro) 233

Livro de Ezequiel (Bíblia) 193

Lobato, Monteiro 137

Lobo, Aristides 47

Londres (Inglaterra) 32, 212, 247

Lúcio Flávio 198

Luís Edmundo 174

Luís [Pereira de Sousa], Washington 188, 197

Lula da Silva, Luiz Inácio 30-1, 42, 49, 52-3, 56, 75-6, 81, 91, 94, 99, 122, 124, 137, 145, 170, 183, 198, 229, 231, 235-6, 238, 240

lusofonia 107

Lutero, Martinho 77, 129

Lyra, Carlos 111

Lyra Tavares, Aurélio de 137

M

Macaé (RJ) 85

Machado, Alfredo 138

Machado, largo do (Rio de Janeiro) 185

Machado de Assis, Joaquim Maria 20-1, 47, 67, 98, 111, 119, 124, 156, 174

Machado Silva, Heitor 249

Macunaíma (Joaquim Pedro de Andrade) 65

Macunaíma (Mário de Andrade) 65

Madama Butterfly (Puccini) 42

Magalhães Jr., Raimundo 137

Maio de 1968 108

Manchester (Inglaterra) 247

Manchete [revista] 33, 193

Mandela, Nelson 247

mandrágora, A (Maquiavel) 240

Mangue (Rio de Janeiro) 113, 237

Mangueira, G.R.E.S. Estação Primeira de 22-3

Manhattan (Nova York) 191

Mann, Heinrich 108

Manuel, o Venturoso 177

Manuel da Silva, Francisco 143

Manvell, Roger 190

Mao Tsé-tung 116

Maomé, profeta 54, 103, 133, 183

Maquiavel, Nicolau 53, 240

Maracanã, estádio do (Rio de Janeiro) 48, 146

Maracanã, rio 112

Maranhão 126

Maratona, batalha de 177

Marco Zero (Nova York) 191

Maria Antonieta, rainha 238

"Maria Ninguém" (Carlos Lyra) 111

Mariscot de Mattos, Mariel 198

Marquesa de Santos [novela de TV] 113

"Marselhesa, A" [hino] 105

Marte 64

Máspoli, Roque 227

Massada, cerco de 97, 191

Massada, ruínas de (Israel) 191

Massine, Léonide 139

Matéria de memória (Carlos Heitor Cony) 88

Mauá, praça (Rio de Janeiro) 112, 189

Mayflower [navio] 201

Mazzilli, Ranieri 208

Medellín, estádio de [Estádio Atanásio Girardot, Colômbia] 242

Médici, Emílio Garrastazu 230, 241

Mediterrâneo, mar 100, 187

Mehta, Zubin 228

Mein Kampf (Hitler) 109
Mello, Celso de 210
Melo Filho, Murilo de 33
Melo Maluco [Francisco de Assis Correia de Melo] 188
Melo Neto, João Cabral de 235
Memorial de Santa Helena (Las Cases) 32
Memorial JK (Brasília) 33
Memórias póstumas de Brás Cubas (Machado de Assis) 67
Mendonça, Newton 111
Menininha do Gantois, mãe 54
mensalão 35, 82, 91, 145, 194-6, 198, 212, 245
Mercury, Daniela 204
Merleau-Ponty, Maurice 202
Mesquita, Júlio 137
Messa pro papa Marcello (Palestrina) 243
mestres cantores de Nuremberg, Os (Richard Wagner) 228
México 241, 248
Michelangelo 59, 225
Mignone, Francisco 139
Mikado [imperador do Japão] 177
Ministério da Saúde 214
Ministério das Relações Exteriores 192
Miranda, Carmen 160
Miranda, Murilo 139
Missouri (EUA) 179
Moisés 59, 63, 133
Moisés (Michelangelo) 59
Mondrian, Piet 131
Monika e o desejo (Bergman) 88
Monroe, Marilyn 165, 178
Montgomery, marechal Bernard 100
Moraes, Vinicius de 72, 111

Morangos silvestres (Bergman) 88
Moreninha, pedra da (Paquetá) 234
Moro, Sergio 244
Moura Andrade, Auro de 208
Mourão Filho, Olímpio 230
Movimento Democrático Brasileiro – MDB 182
Muggiati, Roberto 193
Munique (Alemanha) 128, 247
Muniz Sodré de Araújo Cabral 158
Muro das Lamentações (Jerusalém) 226
Museu de Arte Moderna do Rio de Janeiro 33
Mussolini, Benito 116, 246

N

Nasa – National Aeronautics and Space Administration 210
Nascimento, Abdias do 263
Natal 52, 84, 98, 186, 237, 252
National, The [jornal] 238
náusea, A (Sartre) 50-1
nazismo 53-4, 90, 100, 180, 190, 215, 247
Negrão de Lima, Francisco 156, 207, 223
Nero [imperador] 106
Neuma, dona [Neuma Gonçalves da Silva] 23
Neva, rio 112
Neves, Tancredo 23, 187, 193
New Deal 217
Newton, Isaac 102
Neymar Jr. [jogador de futebol] 215, 225, 230, 241
Nietzsche, Friedrich 77, 221
Nilo, rio 112

Niterói (RJ) 109, 148, 188
"No tabuleiro da baiana" (Ary Barroso) 200
Noé (Bíblia) 68, 105
Nordeste [região] 31, 100
Norte, mar do 171
Nova Friburgo (RJ) 85
Nova York (EUA) 191

O

"O mio babbino caro" (Puccini) 245
Obama, Barack 120-1, 125, 179, 197, 201, 208, 220, 248
Olimpíadas 116
Olinda (PE) 129
Onassis, Aristóteles 138
Organização das Nações Unidas – ONU 80, 192
Organização dos Estados Americanos – OEA 170
Oriente Médio 54, 133, 228
Ovídio 49

P

padre Cícero [Cícero Romão Batista] 237
Pagodinho, Zeca [Jessé Gomes da Silva Filho] 19
Paineiras, estrada das (Rio de Janeiro) 140
Paiva, Rubens 150, 181
Paiva Gonçalves, Moerís 237
Paiz, O [jornal] 188
Palácio do Planalto 198, 208
Palestina 228
Palestrina, Giovanni Pierluigi da 243
Palocci, Antonio 49, 179
Pantera de Minas [Ângela Diniz] 198
Pão de Açúcar (Rio de Janeiro) 223
Papai Noel 52, 98, 186, 252
Papua-Nova Guiné 30, 121
Papuda, Complexo Penitenciário da (DF) 251
Paquetá, ilha de (Rio de Janeiro) 126, 234, 245
"Parabéns! Parabéns!" (Carequinha) 62
Paraíba, rio 112
Paraty (RJ) 239
Paris (França) 33, 45, 114, 139-40, 184, 194, 247
Parkinson, mal de 177
Parnaso, monte (Grécia) 183
Parreira, Carlos Alberto Gomes 69
Partido Comunista Brasileiro – PCB 150
Partido dos Trabalhadores – PT 30, 70, 198, 220, 230-1, 238
Partido Pátria Livre – PPL 182
Páscoa 63, 236
Paulo, São [apóstolo] 52, 236
Paulo José [Gómez de Souza] 65
Paulo VI, papa 228
Pearl Harbor [base militar] 217
Pedro, São [apóstolo] 236
Pedro I, dom 128
Pedro II, dom 47
Pelé [Edson Arantes do Nascimento] 36, 215, 241
Perdoa-me por me traíres (Nelson Rodrigues) 179
Pereira, Geraldo 111
Pereira Passos, Francisco Franco 140
Pérez, Julio 227
Pessach 63, 236

Pessoa, Fernando 68
Petrobras 212, 218, 220
Petrópolis (RJ) 203
Pezão [Luiz Fernando de Souza] 245
piazza Navona (Roma) 59
Picasso, Pablo 157
Pickwick, sr. (Dickens) 167
Pietà (Michelangelo) 225
Pilatos, Pôncio 232
Pinheiro, Augusto 237
Pinheiro Neto, Ary 205
Pinochet, Augusto 173
Pinos, ilha de (Cuba) 108
Pinto, Jair Rosa 36
Pirandello, Luigi 189
Plano Nacional dos Direitos Humanos 148
Platão 70
Plutarco 124
Polícia do Exército 231
Polônia 53
Pontecorvo, Gillo 108
Porcos, baía dos (Cuba) 108
Porgy and Bess (Gershwin) 191
Portella, Eduardo 37
Porto, Sérgio 40
Portugal 31, 107, 180
Powell, Colin 120, 178
"Pra machucar meu coração" (Ary Barroso) 111
Praça Onze (Rio de Janeiro) 113
Praga (República Tcheca) 108
Prefeitura da Cidade do Rio de Janeiro 140, 207
Prestes, Luiz Carlos 137

Previdência Social [Instituto Nacional do Seguro Social] 152
Primeiro Comando da Capital – PCC 66
Princeton, Universidade (EUA) 34
Pro Milone [discurso romano] 183
proclamação da República 110, 230
Professor Unrat (Heinrich Mann) 108
Programa de Aceleração do Crescimento – PAC 203
Proust, Marcel 229
púcaro búlgaro, O (Campos de Carvalho) 209
Puccini, Giacomo 42, 240, 245
Putin, Vladimir 249

Q

Quadros, Jânio 56, 199
queda da Bastilha 105
Queirós, Eça de 178
Quincas Borba (Machado de Assis) 111
Quintella, Joana 121

R

Rabelais, François 240
Rabin, Yitzhak 249
Raia, Claudia 200
Ramos, Graciliano 112, 158, 205
Ratinho [programa de TV] 245
Rebouças, túnel (Rio de Janeiro) 242
Receita Federal 164
Recife (PE) 129
Rede Manchete 65, 113
Reforma Protestante 129
Regina, Elis 105

Rego, José Lins do 36
Reis, Mário 234
Renan, Ernest 246
Renascença 225, 232
Renato Gaúcho [Renato Portaluppi] 64
República, praça da (Rio de Janeiro) 237
República Velha (Brasil) 101
Revolução Cultural (China) 116
Revolução de 1930 140, 188, 230
Revolução Francesa 76, 238
Ribeiro, Darcy 140, 208
Rice, Condoleezza 120
Rio Branco, avenida (Rio de Janeiro) 112, 128, 140
Rio+20 [Conferência das Nações Unidas sobre o Desenvolvimento Natural] 192
Rio Comprido (Rio de Janeiro) 16
Rio de Janeiro (RJ) 16-7, 50, 112, 131, 157, 206, 242
Riocentro 212
Rio-Niterói, ponte 148
Riotur [Empresa de Turismo do Município do Rio de Janeiro] 23
Roberto Carlos [cantor] 61, 212
Rocha, Glauber 34, 118, 179
Rocha, Lúcia 118
Rocinha (Rio de Janeiro) 131, 163
Rodrigues, Lupicínio 22, 240
Rodrigues, Nelson 40, 48, 160, 179, 188
Rolling Stones, The 58
Roma (Itália) 59, 62, 104-5, 114, 128, 132, 140, 174, 176, 187, 195, 201, 203, 222
Romário de Souza Faria 94, 241
Rommel, marechal Erwin 100
Ronaldinho Gaúcho [Ronaldo de Assis Moreira] 69

Roosevelt, Franklin Delano 217
Rosa, João Guimarães 67, 158, 162, 200, 222
Rosa, Noel 105, 160, 204
Rousseff, Dilma 47, 124, 167, 170, 173, 179, 189, 198-200, 203, 208, 213, 220-1, 229-30, 235-8, 240
Rússia 113
Russo, Renato 28

S

Sá, Estácio de 112
Sabino, Fernando 28
Saint-Säens, Camille 163
Salão dos Poetas Românticos (ABL) 126
Salvador (BA) 31
"Samba de uma nota só" (Tom Jobim e Newton Mendonça) 111
San Pietro in Vincoli, basílica de (Roma) 59
Santa Catarina 219
Santa Cruz [bairro, Rio de Janeiro] 128
Santa Helena, ilha de (Grã-Bretanha) 32-3
Santiago, caminho de 52
Santo Antônio, morro de (Rio de Janeiro) 165
Santoro, Claudio 139
Santos Dumont, aeroporto (Rio de Janeiro) 31, 101
Sanzio, Rafael 225
São Bento, rua (Rio de Janeiro) 189
São Cristóvão de Futebol e Regatas 229
São Francisco, rio 97, 203, 237
São João Batista, cemitério (Rio de Janeiro) 137
São Luís, cinema (Rio de Janeiro) 185
São Paulo [cidade] 66, 94-5, 105, 198, 206, 225

São Paulo 31
São Pedro, praça de (Vaticano) 26, 140
Sardinha, Carmen 237
Sarney, José 155, 193
Sartre, Jean-Paul 50, 70, 154
Schiaffino, Juan Alberto 227
Seder 63
Segunda Guerra Mundial 37, 50, 100, 177, 190
Seminário Arquidiocesano de São José (Rio de Janeiro) 16, 49, 141, 165, 200, 220, 232, 243
Senado Federal (Brasil) 75, 245
Senhor dos Passos, rua (Rio de Janeiro) 34
Sergipe 112
Sermão da Montanha 201
Serra, José 92, 164, 167, 220
Sérvia 213
Serviço Nacional de Informações – SNI 35
Sexta-Feira da Paixão 194
Shakespeare, William 17, 196, 204, 240
Silveira, Ênio 138
Silveira, Joel 108, 112
Silvia da Suécia, rainha 192
Simão, José 180, 219
Sinai, monte (Egito) 59
Soares de Castro, Delúbio 49
Sobel, rabino Henry 94
Sociedade Bíblica Brasileira 103
Sócrates [filósofo] 49
Sólon de Atenas 56
Sorbonne (Universidade de Paris) 233
Sorrisos de uma noite de amor (Bergman) 88
Stahmer, Otto 190
Stálin, Josef 108, 141

Stendhal [Henri-Marie Beyle Stendhal] 146
STF – Supremo Tribunal Federal 56, 90, 102, 194, 196, 210, 213
Strauss-Khan, Dominique 179
Suassuna, Ney 75
Suburbana, avenida (Rio de Janeiro) 201
Sudeste [região] 94, 100
Suécia 192
Suetônio, Caio 246
Suez, canal de (Egito) 80, 100
Suíça 84, 220, 240

T

Tâmisa, rio 112
Tamoios, praia dos (Paquetá) 234
Tartarin de Tarascon (Alphonse Daudet) 42
Tati, Jacques 108
Tchecoslováquia 180
Teffé, Dana de 23, 80, 192, 198, 213, 237, 239
Temer, Michel 244
Terceiro Reich 113, 190
Teresópolis (RJ) 249
terrorismo 178, 228
Theatro Municipal do Rio de Janeiro 207, 216
Tibre, rio 112
"Tico-tico no fubá" (Zequinha de Abreu) 244
Tijuca [bairro, Rio de Janeiro] 71
Times, The [jornal] 68
Timóteo, Agnaldo 20
Tiradentes [Joaquim José da Silva Xavier] 105
Tiradentes, praça (Rio de Janeiro) 73, 180, 212
Titanic [navio] 191, 244, 249

Toda nudez será castigada (Nelson Rodrigues) 219

Toledo (Espanha) 176

Tom Zé [Antônio José Santana Martins] 105

Torre de Babel 107, 185

Torres, Carlos Alberto 241

Tracy, Spencer 150

Tratado da verdadeira devoção à Santíssima Virgem (Grignion de Montfort) 209

Tratado de Madri 95

Três Rios (RJ) 119

Tribunal de Nuremberg 53, 190

Trump, Donald John 245, 248-9

tudo e o nada, O (Cony) 15

Tunísia 100

Tupã (mitologia) 197

Twitter 186

U

UNE – União Nacional dos Estudantes 206

União Soviética 100

Universidade Estadual do Rio de Janeiro – UERJ 50

UPP – Unidade de Polícia Pacificadora 188

Uruguai 227

V

Valério Fernandes de Souza, Marcos 49, 195

Valsa nº 6 (Nelson Rodrigues) 179

Vargas, Getúlio 105, 122, 137, 180, 230

Vasco [Clube de Regatas Vasco da Gama] 36, 239

Vaticano, Estado do 203, 228, 237

Velho Testamento (Bíblia) 68

Veloso, Caetano 228

Venceslau, praça (Praga) 108

Veneza (Itália) 85, 187

ventre, O (Cony) 224

Verdi, Giuseppe 107, 166

Verdoux, *monsieur* (Charlie Chaplin) 184

vermelho e o negro, O (Stendhal) 146

Vespasiano (imperador) 128

Viana Filho, Luís 208

Vicente de Paula, São 81

Vidigal, favela do (Rio de Janeiro) 163

Vieira, Padre Antônio 68, 244

Viena (Áustria) 59, 95

Vietnã 97, 108

Vila Kennedy [bairro, Rio de Janeiro] 131

Villa-Lobos, Heitor 139

Virgínia (EUA) 190

Vístula, rio 112

Vitti, Monica 44

Voluntários da Pátria, rua (Rio de Janeiro) 70, 245

W

Washington D. C. 116, 217, 248

Weissmuller, Johnny 36

Welles, Orson 184

Wilde, Oscar 215

World Trade Center (Nova York) 191

X

Xuxa [Maria da Graça "Xuxa" Meneghel] 245

Z

Zé Keti [José Flores de Jesus] 160

Zélia, irmã [Zélia Pedreira Abreu Magalhães] 237

Zica, dona [Euzébia Silva do Nascimento] 23

Zizinho [Tomás Soares da Silva] 36, 97

Zola, Émile 208

Zurique (Suíça) 84, 94

Este livro foi composto na fonte Albertina
e impresso em julho de 2018 pela RR Donnelley,
sobre papel pólen soft 80 g/m².